www.bbulmedia.com

www.bbulmedia.com

좀비묵시록 82-08

좀비묵시록 82-08

1판 1쇄 찍음 2016년 7월 6일
1판 1쇄 펴냄 2016년 7월 12일

지은이 | 박스오피스
펴낸이 | 정 필
펴낸곳 | 도서출판 **뿔미디어**

편집장 | 이재권
기획 · 편집 | 문정흠

출판등록 | 2002년 9월 11일 (제1081-1-132호)
주소 | 경기도 부천시 원미구 소향로 17번길(두성프라자) 303호 (우) 14544
전화 | 032)651-6513 / 팩스 032)651-6094
E-mail | bbulmedia@hanmail.net
홈페이지 | http://bbulmedia.com

값 8,000원

ISBN 979-11-315-7283-2 04810
ISBN 979-11-315-6934-4 04810 (세트)

※파본은 구입하신 서점에서 교환하여 드립니다.

좀비묵시록 82-08

11

박스오피스 현대 판타지 장편 소설

뿔미디어

CONTENT

1장

마이 프레셔스!

1

"끄으으으~ 후우우~ 끄으으으!"

안개비가 걷혀가는 산속에서 진우는 안간힘을 써가며 들것을 당겼다. 오르막에 잡초들이 더해지자 전진이 쉽지 않다.

앞, 뒤, 옆, 세 방향에 소총을 매단 채로 배낭을 메고 60킬로그램 가까이 나가는 짐을 계속 끌기를 40여 분. 온몸에서는 김이 펄펄 나고, 입안은 바짝 말랐다.

하지만 진우의 입가에는 광기에 가까운 미소가 가득하다.

흐크크크, 키킥, 자꾸만 웃음이 터진다. 힘이 들어도 좋고, 손바닥에 물집이 잡히는 것 같아도 그저 좋기만 하다.

엄청난 수의 실탄에 꿈도 꿔보지 못했던 고급 개인화기까지 잔뜩 얻었다. 뜻밖의 횡재에 가슴이 두근거려서 호흡이 다 가빠질 지경이다.

"로또, 로또에 맞으면 이런 기분일까?"

진우는 들것 가득 실려 있는 검은 가방을 보면서 흐뭇하게 중얼거렸다. 그렇게 죽어라 뛰고 나서 곧바로 무거운 걸 끌고 산길을 헤매는 중인데도 전혀 피곤하지 않다. 하루 종일이라도 걸을 수 있을 것 같다.

그만큼 기뻤다. 태어나 지금껏 살면서 이만큼 풍부하게 원하던 뭔가를 가져 본 기억이 없다. 그것도 가장 간절한 순간에.

"훗, 후후후후."

두 팔과 다리에 전해지는 무게가 곧 엄청난 실탄이라는 걸 알기에, 낑낑거리며 언덕 위로 들것을 끌어 올리면서 진우는 웃었다.

하지만 몸은 정직하다. 아드레날린 덕에 솟구쳤던 에너지는 어느새 바닥을 드러냈고, 미리 빚을 내 힘을 쓴 만큼 더 큰 피로감이 전신을 휘감는다.

"윽!"

수풀 속에서 한 걸음을 더 나가려던 진우는 뒤로 엉덩방아를 찧으며 쓰러졌다. 그러고는 다시 일어나려고 땅을 짚다가 자신의 두 팔과 두 다리에 가벼운 경련이 일고 있다는 걸 깨달았다. 근육에서 휴식이 필요하다고 보내는 엄중한 경고다. 인삼 파워도 다 소진되어 버린 모양이다.

"하아아~ 하아아~ 그래, 좀 쉬자……."

진우는 젖은 풀밭 위에 벌렁 누우며 가쁜 숨을 몰아쉬었다. 체력 게이지에 빨간 불이 들어왔다. 아니, 이미 아까부터 들어와 있었는데 실탄과 새 총에 정신이 팔려 미처 모르고 있던 것뿐이다.

"후우우~ 지금쯤은 수색대가 도착할 때가 된 것 같은데……."

진우는 블랙호크가 불시착한 방향으로 고개를 돌리며 중얼거렸다. 물론 그동안 꽤나 열심히 도망쳐 왔으니 여기에서 육안으로 보이지는 않는다.

데려가 달라고 애원과 협박을 하던 중사 생각에 마음 한구석이 편치 않다. 하지만 진우로서는 매정하게 거절할 수밖에 없었다.

그를 도와야만 하는 의리도 없고, 그의 부상이 이동을 하기에는 너무 컸다. 뿐만 아니라 100퍼센트의 선의로만 대할 수도 없는 사람이었다.

그가 손을 뻗어 자신의 총을 빼앗는 상황이 온다 해도 그것을 완전하게 통제할 수 없을 것이다. 그렇다고 해도 마음이 쓰이는 것이 온전히 지워지지는 않는다.

"잊어버려. 그 사람들 헬기 타고 날아갈 때, 네가 도와달라고… 조금만 태워 달라고 했으면 도와줬겠냐? 어림도 없지. 그런데 너는 왜 신경을 써? 그리고 그 다리로는 멀리 도망가지도 못해. 줿어지고 와봤자 100퍼센트 죽는 거라고."

진우는 일부러 모질게 말을 하며 마음속에 남은 한 가닥의 가책을 떨어버리려 했다. 그리고 그것이 사실이기도 했다. 진우는 부상병에게 죽음을 남기고 온 것이 아니다. 그에게는 분명한 선택의 여지가 있었다.

진우의 충고대로 투항을 해도 되고, 정 그렇게 용맹과 충절을 자랑하고 싶다면 목숨이 다할 때까지 총격전을 벌여도 된다.

헬기 내부에는 아직도 여러 정의 개인화기가 방치되어 있고, 여분의 탄창도, 탄통도 꽤나 남겨져 있었다. 부상병 본인의 전술 조끼에도 예비 탄창이 꽂혀 있었으니, 싸우고 싶다면 다시 헬기 내부로 기어 들어가 무장을 하기만 하면 될 테니까.

"끄응~"

억지로 몸을 일으킨 진우는 아직도 부들거리는 팔을 뻗어 들것의 가장 윗부분에 있는 인삼 보따리 속에 손을 넣었다. 지금은 아무 상관 없는 타인의 일에 값싼 동정을 하는 것보다 내 몸을 챙기는 게 몇 배나 더 중요하다. 이 정도로 체력이 소진됐을 때에는 뭔가 먹어서 보충을 해줘야 한다.

"아, 맞다… 전투식량. 그걸 먹어볼까?"

물을 마시고 날 인삼을 우걱우걱 씹던 진우는 배낭에서 오늘 자신의 전리품 중 하나인 전투식량을 한 봉지 꺼냈다. 국방색 밀폐 봉지를 뜯자 딱딱하게 수분을 뺀 음식들이 나온다. 진우는 우선 빵이라고 적힌 비닐부터 열고 안에 든 것을 꺼내 입에 넣었다.

"더럽게 딱딱하네……."

우둑우둑, 씹을 때마다 요란한 소리가 난다. 압착한 빵의 식

감은 이게 실제 빵인지, 아니면 빵의 모형인지조차 분간하기가 어려울 지경이었다. 그래도 입안에서 침에 불고 잘게 부서지면서 먹을 수 있는 음식임을 알게 해준다.

꿀꺽, 억지로 빵을 씹어 삼키며 진우는 나머지 봉지들을 다 뜯었다.

피넛 버터, 초코바, 강정, 햄…….

전부 칼로리를 극대화한 메뉴들뿐이다. 바로 지금 진우의 상황에서 가장 절실한 음식이라고도 할 수 있다.

진우는 남은 빵 조각과 피넛 버터를 함께 씹었고, 단내가 나는 초코바도 우둑거리며 모두 먹어 치웠다.

탕— 탕탕— 탕탕— 투투투두—!

햄과 강정을 번갈아가며 한입씩 잘라 먹고 있을 때, 헬기가 불시착한 쪽에서 총성이 들려왔다. 진우는 멍한 표정으로 총소리에 귀를 기울였다.

타탕— 타타타타—

총소리는 꽤나 오래 지속됐다. 그 부상당한 중사는 블랙호크 안에 들어가 싸우기로 한 모양이다. 그리고 정말로 꽤나 잘 싸우고 있는 것 같다. 길게 이어지는 총성이 그 증거다.

"어디, 그럼 나도……."

진우는 먹던 음식을 봉지 위에 올려두고 새로 얻은 K—2를 잡았다. 주변에서 총소리가 들려오는 동안이 바로 새로 손에 넣은 무기의 영점을 조절할 수 있는 기회였다.

바닥에 엎드린 진우는 25미터를 대충 상정해서 그 거리에 있는 나무를 겨누고 방아쇠를 당겼다.

탕—

첫 발은 그가 조준했던 곳을 거의 정확히 때렸다. 냉정하게 말하자면 몇 센티인가 좌로 비껴 맞았지만, 가벼운 경련이 온 손으로 처음 잡아보는 남의 총을 쏜 것치고는 나쁘지 않다.

후우~ 숨을 가다듬은 진우는 곧바로 제2, 제3발을 발사했다.

탄착점은 첫 번째 총알보다 약간 더 오른쪽으로 치우쳐 거의 오차 없이 밀집됐다. 진우는 다시 세 발을 더 쐈고, 점점 더 완벽하게 하나의 점을 만들어냈다.

총은 좋다. 이 정도면 굳이 조준경의 크리크를 돌려 조절을 할 필요도 없을 정도였다.

타아앙—

멀리서 들려오는 한 발의 긴 메아리.

그것을 마지막으로 총성이 끊겼다. 부상병의 죽음을 알리는 메아리를 들으며 진우도 자신의 새 K—2 방아쇠에서 손을 뗐다. 이제 존재하지 않는 사람처럼 기척을 숨겨야 할 시간이다. 그걸 분명히 알고 있는데도 자꾸 손가락이 근질거린다.

제1화기가 될 K—2의 성능을 확인했으니 저격소총도, 그리고 소음기가 달린 기관단총도 주물러 보고 싶어져서 그렇다.

어차피 낯선 무기들이라서 익숙하게 다루려면 앞으로 적지 않은 시간을 투자해야 한다는 걸 알지만, 진우의 지금 감성은 원하던 장난감을 손에 넣은 어린아이와 비슷한 상태다. 그저 두근거리고 설렌다. 뭔가 무한한 가능성이 눈앞에 펼쳐져 있는 기분이다.

"후후후……."

진우는 다시 실없는 웃음을 흘리면서 들것에 고정되어 있는 가방들에 눈길을 보냈다. 그것으로도 모자라 나일론 줄 틈으로 아주 조금만 지퍼를 내려보았다.

가방을 가득 채운 탄창 묶음들.

이렇게 보는 것만으로도 행복해진다. 가방 안에서 눈부신 광채가 뿜어져 나오는 것 같다.

"하하하하, 으으으, 하하하."

진우는 가방들을 온몸으로 덮쳐 안으며 소리 죽여 웃었다. 위치를 노출시킬 위험만 없다면 만세 삼창을 100번이라도 외치고 싶다.

이게 다 내 거다! 이게 다 내 거야—!

진우는 단단한 가방을 꽉 끌어안으며 행복감을 만끽했다.

보물을 얻었다. 이제 더 이상 남은 실탄의 수를 헤아려 가며 싸우지 않아도 된다. 927307의 총열이 완전히 마모되었다는 것 때문에 한숨짓지 않아도 되고, 무엇보다도 이제 화천의 만발이 실재하는 것인지 아닌지에 대해 걱정하느라 매일 밤잠을 설치지 않아도 된다.

'탄창 하나가 얼마나 나갈까? 400그램? 350그램?'

진우는 K—2의 탄창을 빼서 손바닥 위에 올리고 무게를 가늠해 봤다. 고기 한 근보다는 확실히 덜 나가는 것 같다.

그렇다면…….

진우는 자기가 힘겹게 끌고 온 검은 가방들을 보며 대강의 수효를 계산해 봤다.

총기의 무게를 제외한다고 했을 때, 아무리 적게 잡아도 3,000발가량은 되어 보인다. 탄창에 곱게 끼워놓은 이만큼의 실탄을 가지고 있는데 굳이 화천까지 갈 필요도 없다. 그게 또 기쁜 일이다.

"…곧바로 서울로 갈 수 있다."

진우는 꿈을 꾸는 듯한 얼굴로 중얼거렸다. 너무 갑작스레 이뤄진 꿈이어서 비현실적으로 느껴진다. 동시에 그동안 겪어온 수많은 일들이 주마등처럼 스치고 지나면서 가슴이 먹먹하기도 하다.

"아니야, 정신 차려. 아직 횡성이야. 서울까지는 멀었어!"

눈가를 한 번 훔친 진우는 혼잣말을 중얼거리며 몸을 일으켰다. 아직도 팔다리가 좀 후들거리지만, 더 멀리 달아나 둬야 한다. 더 안전하게 몸을 숨길 수 있는 곳으로.

으응차! 진우는 나일론 로프를 두 손에 감고 어깨에 걸친 채 당겼다.

지익— 지익—

바닥에 끌리는 들것의 손잡이가 비에 젖은 흙을 움푹 파내면서 자신이 얼마나 묵직한지를 보여준다. 그 무게가 모두 벅찬 기쁨으로 다가와서 진우는 또 히죽거리기 시작했다.

⁂

"하아아~ 무거워."

삼식이가 카트 밖으로 고개를 내밀며 한숨을 내쉬었다.

태권소녀도 땀을 뚝뚝 떨어뜨리면서 힘없이 중얼거렸다.

"거미베…어, 허억."

카트의 철망은 좀비의 뇌수와 살점, 식용유, 그리고 세 사람의 땀으로 범벅이 되어 있다. 유빈은 장갑 낀 손으로 고글을 슬쩍 들었다. 열기와 함께 고여 있던 땀이 주르륵 흘러내린다.

그롸아아―! 그롸아아!

아래쪽에서 발버둥을 치던 좀비가 사납게 포효하고 있다. 하지만 놈은 허리가 반대로 꺾여 버린 터라 더 이상 미끄러운 무빙워크를 기어오를 수 없다.

턱, 턱.

아직도 기름기가 빠지지 않은 바닥을 짚고 기어오르려던 좀비의 몸이 아래로 주르륵 미끄러져 내려간다. 놈의 근처 계단참에는 열 마리가량의 좀비가 복합 골절을 당한 팔다리로 어떻게든 일어서 보려 애를 쓰는 중이다.

"…이제 더는 걸어 다닐 수 있는 놈이 없나 봐."

고글을 들어 올린 삼식이가 장갑을 빼며 중얼거렸다. 유빈의 눈에도 그런 것 같아 보인다. 10여 분 전, 두 층 아래로 떨어뜨려 버린 놈이 마지막이었던 모양이다. 그 이후로는 단 한 마리도 무빙워크를 거슬러 올라오지 못하고 있다.

하긴 그 긴 시간 동안 기어오르기만 하면 밀쳐서 떨어뜨리고,

또 올라오면 보안관이 두들겨 팼으니 몸이 성할 리 없다. 암만 좀비라고 해도 팔다리의 관절이 반대로 돌아가고, 척추가 부러져 버린 뒤에는 그저 버둥대는 정도가 전부였다.

"우리, 몇 시간이나 이 짓을 한 거지?"

따끔거리는 눈을 팔목으로 비비며 유빈이 물었다. 이를 악문 채로 좀비들과 계속 씨름을 한 터라 머리가 띵하다. 보안관이 시계를 확인하고 일러주었다.

"네 시간. 거의 네 시간 다 되어간다."

"…그렇구나. 징그럽게 싸웠네."

알려주는 목소리도, 답하는 목소리도 모두 쉬어 있다. 어찌나 고함을 지르고 안간힘을 썼는지… 유빈은 몸을 들이켜면서 아래쪽 계단참과 한 층 아래의 무빙워크를 내려다보았다.

머리가 으깨진 채 죽어버린 좀비들의 시체는 수십 구에 달하고, 아직 살아남은 좀비들은 부러져 튀어나온 뼈로 바닥을 짚으며 기어 다닌다.

눈을 돌리는 곳마다 터져 나와 있는 뇌수와 체액들, 그리고 흘러내린 내장들…….

그런 광경들이 헤드 랜턴의 불빛을 받을 때마다 과장된 음영으로 어른거린다.

지옥의 한 귀퉁이를 뚝 떼어 와 코스트코 무빙워크에 얹어놓은 것 같다. 그나마 붉은 피가 낭자하게 흐르지 않은 점만은 다행이지만, 대신에 엄청난 악취가 후덥지근한 공기 가득 퍼져 있다.

“저것들이 못 올라오면 어떻게 다 죽이지? 우리가 저 아래로 내려가는 건 싫은데.”

태권소녀가 물었다. 그녀의 목소리 역시 갈라지기는 마찬가지다. 유빈이 대답했다.

“아, 그건 나도 동감이야. 저 좀비 범벅이 되어 있는 데를 내려갈 일은 없지. 생각만 해도 끔찍하다.”

“그럼 어떻게 할 건데?”

“일단 좀 쉴까? 어차피 여기에서 할 일은 다 끝난 것 같은데.”

유빈의 말에 태권소녀와 삼식이는 등을 옥죄고 있던 특수 장비부터 벗어버렸다. 배낭 위에 걸친 것인데도 어깨와 등의 피부가 다 벗겨진 듯하다.

물론 그 덕에 좀비들과 몸싸움을 하면서도 크게 부상을 당하지는 않았지만, 무겁고, 딱딱하고, 불편한 장비였다.

“하아~”

제니도 벽에 몸을 기대며 한숨을 내쉬었다. 꼬박 네 시간 동안 플래시를 들어 올린 채 벌을 섰던 그녀의 가녀린 팔이 덜덜덜 떨린다. ‘오늘 일은 다 끝났다’ 라고 안도하며 긴장이 풀리자마자 급격한 신체 반응이 뒤따랐다.

“읍―!”

플래시를 내려놓은 제니는 주차장 구석으로 뛰어나가 구역질을 했다. 눈앞에서 4D로 펼쳐지는 좀비 두개골 및 내장 파괴쇼를 장장 네 시간 동안이나 감상했으니 무리도 아니다. 벌써 30분 전부터 몇 번이나 토사물이 치밀어 오르는 것을 오로지 의무감 하나로 꾹 눌러 참은 거니까.

"우우욱—! 우우욱—!"

제니가 괴로워하며 속을 게워내고 있자 보안관이 나서려 했다. 하지만 태권소녀가 그를 제지하고 성큼성큼 걸어가 제니의 등을 두드려 줬다.

자신이 다른 사람들을 걱정시켰다는 걸 깨달은 제니가 눈물 콧물 범벅이 된 얼굴을 닦으며 중얼거렸다.

"하아~ 미안해요. 가까이에서 싸운 사람들도 있는데… 웁!"

"괜찮아… 다 토해 버려. 긴장해서 그래."

자애로운 언니 포스로 등을 두드려 주던 태권소녀의 얼굴도 갑자기 파랗게 질린다. 구토가 전염된 것이다. 참을 수 있다고 생각했는데, 한 번 역류를 시작한 속은 더 이상 버티지 못하고 모든 걸 격하게 뿜어내기 시작했다.

"으아… 너희 괜찮냐? 왜 그렇게 바짝 붙어서… 내가 등 두들겨 줘?"

별로 든 것도 없을 텐데 계속 구역질을 해 대는 두 여자를 걱정스럽게 바라보던 삼식이가 물었다. 태권소녀는 오지 말라고 손을 들어 보였다.

그녀들이 진정되기를 기다리는 동안 유빈과 보안관은 특수 장비와 짐을 빼내고 무빙워크의 셔터를 내렸다. 혹시 올라오는 놈이 있을 경우를 대비하기 위해서다.

"으아, 좀 쉬자! 두 다리 좀 펴보자."

삼식이가 주차장 바닥에 등을 대고 벌렁 누우며 큰소리를 냈다. 햇살이 들지 않던 바닥은 그래도 꽤 서늘하다. 담배까지 한 대 피워 물고 나니 아주 신선놀음에 가까워졌다. 어차피 앞으로 몇 시간 동안 이 부근에 대규모 좀비는 지나지 않을 테니까 이 정도 호사는 부려도 된다.

보안관과 유빈도 다리를 쭉 펴고 앉아 물을 나눠 마셨다. 마치 멍석말이를 당한 사람처럼 온몸이 다 쑤시고 저려온다. 지난 몇 시간이 어떻게 지나갔는지 모를 정도로 정신이 하나도 없다.

"그건 버리지, 뭐하러 가지고 나왔어?"

날카로운 창끝이 온통 좀비의 끈적한 피와 살점으로 더럽혀진 특수 장비를 보며 보안관이 중얼거렸다. 기진맥진한 유빈이 힘없이 대꾸했다.

"혹시 씻어놓으면 또 쓸 일이 있을까 해서. 애써 만든 거니까."

이제 겨우 진정이 됐는지 손바닥에 물을 부어 얼굴을 대강 씻어낸 제니와 태권소녀가 근처로 와서 앉았다. 둘 다 얼굴이 아주 핼쑥해져 있다. 모두를 찬찬히 돌아보며 유빈이 말했다.

"고생 많았어. 이제 위험한 거, 힘든 거는 다 끝난 것 같아. 나머지는 걷지도 못하는 놈들이니까, 오늘처럼 이렇게 땀 뺄 일은 없을 거야."

"그렇게 단정해도 돼? 아직 죽은 건 절반 정도밖에 안 돼. 기어 다니는 놈들이라도 사방에서 덮쳐 오면 감당하기 어렵다고."

태권소녀가 자신의 어깨를 주무르며 물었다. 유빈도 아까부터 허리랑 어깨가 아주 끊어지는 것 같다. 좀비들이 한 번씩 쇠 파이프 창에 몸을 던져 박힐 때면, 바닥에 내동댕이쳐지는 것과 유사한 충격이 느껴졌었다.

옷 속으로 손을 넣어 짚어보니 벗겨진 상처가 따끔거리고, 피가 묻어 나온다.

"응."

유빈은 고개를 끄덕였다. 그러면서 자신감 있는 표정을 지어 주려고 했는데, 워낙 기운이 다 쪽 빠진 터라 그건 뜻대로 잘 안 됐다.

"이제 나머지 놈들은 제 풀에 죽게 만들 거야. 생각해 둔 것도 좀 있고, 저 정도로 망가뜨려 놨으니 그건 걱정하지 않아도 돼."

"뭔지는 모르겠지만, 말이 너무 시원시원해서 오히려 걱정이 된다."

그렇게 중얼거리던 태권소녀가 다시 멍해져서 물었다.

"근데… 규영이한테 형 이야기 해줘야 돼?"

어? 네 사람이 일제히 난감한 표정을 지었다. 뭐라고 이야기를 시작할지, 어디까지 말을 해줘야 하는 건지 판단이 잘 서지 않는다. 머리를 긁적이던 유빈이 의견을 냈다.

"그거, 꼭 오늘 이야기할 필요 없지 않을까? 코스트코 정리할 때까지는 걔한테 신경 써줄 여유가 없는데, 공연히 상처만 들쑤셔서 좋을 게 없을 것 같아. 여기 좀비 다 치우고 이사 와서 숨 좀 돌리고 난 뒤, 말해주는 게 나을 거라고 생각해."

"뭐, 그 말이 맞기는 하는데… 규영이도 자기 형이 코스트코에 갇힌 거 알아. 오늘 돌아가면 나한테 물어볼 수도 있어. 형 봤냐고. 그러면 그때 뭐라고 해?"

물어보는 태권소녀의 얼굴에는 걱정이 가득하다. 묵묵히 담배 연기만 뿜어내고 있던 삼식이가 입을 열었다.

"나는 걔가 충분히 강하다고 생각하는데, 형이 어떻게 했는지 들을 권리도 있고. 그냥 사실대로 말해주는 게 제일 좋지 않을까? 괜히 어설픈 거짓말 꾸며내다가 일만 더 꼬이게 만들까 봐 하는 말이야."

"어디까지 사실로 말하라고? 100퍼센트 다? 그러니까 셔터맨부터 옥상 주차장에서 유리에 적힌 편지 본 것까지 전부 다 그대로 말하라는 거야? 이미 좀비가 되기는 했어도 마지막에 죽인 게 우리 둘인데… 우리가 앞으로 규영이 얼굴 어떻게 보라고."

보안관이 끼어들어 문제점을 지적했다. 유빈이 보안관의 말을 정정했다.

"아니지. 확실하게 말하라면, 죽인 건… 나지."

유빈은 난감한 표정으로 모두를 돌아봤다. 어차피 좀비가 된 상태니까 누군가 한 사람은 반드시 나서서 해결해야 하고, 자신이 그 역할을 수행했다.

그 사건이 규영이에게 어떻게 느껴질는지에 대해서 깊게 생각해 보기 전에 저지른 일이다. 그리고 당시에는 꽤 긴급한 일이기도 했다.

그런데 보안관의 말을 듣고 보니 형의 머리에 못을 박은 녀석과 함께 밥을 먹고 같이 잠을 잔다는 걸 규영이가 어떻게 받아들일지 갑자기 걱정스러워지기 시작했다.

미움을 좀 받다가 끝나는 일이 아니라 규영이가 스스로의 삶을 수치스럽다고 여기게 될까 봐, 그게 두렵다.

"아니, 살아 있는 사람을 죽인 것도 아닌데 왜들 그리 심각해? 너희들이 말하기 껄끄러우면 내가 했다고 해. 내가 그 사람 더 힘들지 않게 하고 싶어서 서둘렀다고 말할게. 이해할 거야."

'정직하게 살자' 파 삼식이는 여전히 별거 아니라는 투다. 보안관이 귀찮다는 듯 대꾸했다.

"네 생각대로 세상이 돌아가냐? 걔 사촌기야. 어떻게 반응할지 아무도 몰라."

"그냥 언니는 못 봤다고 하면 되지 않을까요? 우리는 모른 척하고… 그러다가 우연히 좀비 시체 더미 사이에서 발견한 것처럼 하면, 그래도 충격이 덜할 것 같아서……. 선의의 거짓말이잖아요. 아무도 피해 보는 사람 없어요."

제니는 '거짓말로 좀 꾸미자' 는 파다. 태권소녀가 물었다.

"그럼 어떻게 해서 죽은 건데? 그냥 죽어 있었다는 건 말이 안 되잖아."

"위층에서 떨어지는 좀비에 맞아 죽었다고 하면 안 될까요? 실제로 그렇게 해서 죽은 좀비도 오늘 꽤 될걸요?"

"그래봐야 보자마자 표가 확 날 텐데. 목뼈는 멀쩡한데 뒤통수에 못이 박혀 있단 말이야. 게다가 그 사람 죽기 전의 동선이 엉망이 된다고. 셔터를 다 내려놓은 다음, 자동차 유리에 편지까지 써놓고, 다시 매장에 들어갔다고 하면 너무 이상해."

유빈은 특기인 걱정을 꼼꼼하게 늘어놓기 시작했다. 쉽게 결론이 나지 않는다. 길가의 모텔 옥상에서 초조하게 기다릴 신입과 규영을 생각하면 언제까지 이렇게 시간만 보내고 있을 수는 없다. 배도 고프다.

보안관이 해머를 짚고 일어나며 잠정적인 결론을 내렸다.

"아, 너무 어렵다. 그냥 오늘은 일단 못 봤다고만 하자. 그다음 일은 더 생각을 해보고. 뭐, 무슨 수가 떠오르겠지. 그렇게 다 입 맞추는 거다?"

다섯 명은 임시방편에 합의를 하고 지친 몸을 억지로 일으켰다. 그러고는 주차장 진입로를 통해 밖으로 빠져나왔다. 싸움에서 이겼는데도 영 발길이 가볍지가 않다.

"누나! 삼식이 형! 다 괜찮아요? 다친 사람 없어요?"

주차장 진입로를 빠져나오자 맞은편의 6층 모텔 옥상에서 초조한 얼굴로 거리를 내려다보고 있던 규영이와 신입이 미친 듯이 소리를 질렀다. 삼식이와 제니가 두 손을 흔들면서 인사를 했다.

"그래그래! 다 잘됐어!"

몇 시간 만에 다시 본 거리는 들어가기 전과 별로 달라진 게 없었다. 일행은 셔터를 열고 모텔 안으로 들어갔다.

"혜주 누나! 제니 누나!"

6층에 올라서기가 무섭게 규영이가 휠체어를 밀고 와 두 여자를 꼭 끌어안는다. 신입은 전자 담배를 빽빽, 피워 대고 있다. 그들이 앉아 있던 자리에는 깡통과 빨랫줄로 만든 덫이 몇 개나 뒹군다.

"하하하, 이거 뭐야? 둘이서 이걸 만들고 있었어? 어라? 담배꽁초 하나도 없네? 계속 전자 담배만 피운 거야? 하하, 웬일로 이렇게 착한 어린이처럼 행동하지? 너답지 않은데, 신입?"

삼식이가 신입의 입에서 전자 담배를 빼고 담배 한 개비를 물려줬다. 신입은 이걸 피워도 되는 건지 망설이는 분위기다.

괜찮아, 괜찮아, 삼식이가 고개를 끄덕이며 불을 붙여주었다.

"씨발, 좀비 새끼들 몰려올까 봐 담배도 못 피우고, 불안하기는 존나 불안하고. 하여간 미치는 줄 알았네."

아직도 불안이 다 가시지 않은 신입의 담배가 가볍게 떨린다. 삼식이는 두 녀석이 만들어놓은 덫을 들어보며 웃음을 지었다.

"그래서 이거 만들면서 번뇌를 지운 거야? 큭큭큭, 그러기에 따라오라니까. 우리는 엄청 안전한 데에서 재미있게 놀다 왔는데."

"새끼야, 너희가 첫 번째 좀비 죽인 다음에 괜찮다는 신호라도 좀 보내줬으면 걱정을 덜했을 거 아니야. 어차피 거리가 멀지도 않아서 소리만 질러주면 다 알 수 있는데."

"하하, 그 생각이 안 났어. 우리라고 경황이 있었겠냐?"

"바빠도 말 한마디를 못해? 그건 마음가짐이 글렀다고밖에는 안 보여. 아우, 씨발. 좀비 새끼들은 계속 울어 대지, 뭔 놈의 카트는 계속 쿵창쿵창 울려 대지. 너희들은 중간중간에 뭐라고 외마디 소리를 막 지르지. 도는 줄 알았다, 진짜."

네 시간이 넘게 쌓인 불안감을 삼식이에게 투덜대는 것으로 털어내 보려는지, 신입은 연신 찡찡거렸다.

제니의 손을 꽉 잡고 있던 규영이도 삼식이를 돌아보며 한마디를 보탰다.

"진짜 형네 들어가고 얼마 안 지났을 때, 갑자기 좀비 우는 소리가 들려서 우리 둘이 얼마나 걱정했다고요. 옥상에는 좀비가 없을 거라고 했었잖아요. 와, 근데 그 좀비 새끼는 대체 어디서 갑자기 튀어나와 가지고 그 난리를 친 거예요? 형들은 안 놀랐어요?"

"어? 아, 이제 괜찮아. 별거 아니야. 우리 밥이나 먹자. 너희도 배 많이 고팠지?"

자꾸 셔터맨의 이야기가 나오는 게 불편해진 보안관은 대충 얼버무리며 코스트코가 보이는 난간 앞에 섰다. 이쪽은 7층, 코스트코 옥상은 5층이지만, 실제 높이는 코스트코 쪽이 더 높아 보인다. 이런 상황이라면 문제의 그 사건이 여기에서 보였을 리는 없다.

"계속 마음을 졸이고 있었더니 배고픈 줄도 모르겠어요. 제니 누나, 무서웠죠? 저는 비록 같이 가서 싸우지는 못했지만, 마음속으로 엄청 빌었어요. 그리고 그 첫 번째 좀비 새끼 우는 소리 듣고 저주의 기운을 막 보냈어요. '빨리 뒈져! 아무도 다치게 하지 말고 얼른 뒈져! 이 개새끼야!' 이러면서. 헤헤, 그러자마자 더 이상 그롸아아— 하는 소리는 안 들리더라고요. 꼭 내 저주가 통한 기분이 들어서… 아휴, 얼마나 통쾌하던지! 물론 그럴 리는 없겠지만요. 그놈은 누가 죽였어요? 어디에 짱 박혀 있었던 거예요?"

규영이 천진한 얼굴로 묻는다. 내색을 하고 싶지 않지만, 규영이가 셔터맨을 저주하는 걸 듣자마자 다섯 명의 눈빛이 흔들렸다.

"그, 그게……."

혜주가 땀을 뚝뚝 떨어뜨리며 말을 더듬었다.

에? 영문을 오르는 규영이는 다른 사람들 쪽으로 고개를 돌렸다. 제니도, 유빈이도, 보안관도 다들 규영이와 제대로 눈을 마주치지 못했다.

규영이는 그 정도의 이상기후를 감지하지 못할 만큼 멍청한 아이는 아니었다.

하아아~ 하아아~

규영이가 가쁘게 숨을 몰아쉬며 제니의 손을 놓았다. 그러고는 초조하게 자신의 양손을 번갈아 쥐어뜯으며 물었다.

"설마… 설마 그… 그 울던 좀비가… 내가 아는 사람이에요? 아후… 누나, 제발 아니라고 해줘요. 난… 나는 그냥 형아는 죽었다고 알고 있고 싶어요. 네? 우리 형아 아니죠? 내가… 내가 우리 형아한테 빨리 뒈지라고 빈 거 아니죠? 흑!"

규영의 눈에서 눈물이 뚝뚝 떨어진다. 신경질적으로 쥐어뜯은 손가락에는 피가 맺혔다.

"규영아… 네 말이 맞아."

제니가 규영의 두 손을 꽉 붙잡아 더 이상의 자해를 막으면서 차분하게 말을 건넸다.

"그거 그냥 좀비였어. 네 형 아니야."

"…거짓말이잖아요. 흑!"

규영은 여전히 고개를 들지 못하고 눈물과 침을 뚝뚝 떨어뜨렸다.

"규영아, 날 봐. 누나 눈을 봐."

제니는 규영의 볼을 두 손으로 잡아 억지로 들게 하고, 그의 눈을 보면서 아주 다정하게 속삭였다.

"너희 형은 마지막까지 멋진 일을 하고 나서… 혜주 언니한테 너를 부탁한다는 편지를 남기고 돌아가셨어. 정말이야."

"…그럼 오늘 그 좀비는 뭔데요? 흐윽."

"너희 형을 따라왔던 놈인가 봐. 규영이 형이 눈을 감은 다음에도 미련이 남아서 그 자리를 계속 지키다가 오늘 죽은 거야. 그러니까 그렇게 울지 마."

"우리 형아는… 어땠어요? 어때 보였어요?"

"…편안해 보였어. 자동차 의자에 조용히 기대서 눈을 꼭 감고… 모르고 보면… 흑, 그냥 잠든 사람 같아."

말을 꾸며내는 제니의 눈에서도 눈물이 흘러나온다. 규영이는 힘없이 고개를 끄덕이다가 제니의 어깨에 안겨 다시 흐느끼기 시작했다. 언젠가 한 번은 아프게 흘려야 할 눈물이었다.

2

평소의 두 배가 넘는 대규모 좀비 무리가 근접해 온 덕에 건대 쉘터에서는 저녁 식사 시간이 다 지나가도록 병사들이 악을 쓰며 뛰어다니고 있었다.

게이트 병력은 증강 배치되었고, 주변 건물의 옥상에 배치된 저격조들은 저지선을 넘으려는 좀비들을 향해 난사를 퍼부었다. 예기치 못한 이상 징후 때문에 다들 패닉 직전까지 몰려 있다.

에에에엥— 에에에엥—

요란하게 울려 대는 사이렌도 심리적 압박을 주는 데 한몫 가세했다.

"저게 대체 뭐야? 왜 또 저렇게 색깔이 늘었어?"

쉘터 맞은편 건물의 옥상에 임시 K-3 사대를 구축하던 강 소위가 대로 쪽을 바라보며 중얼거린다.

정체를 알 수 없는 빨강 좀비 무리들에 익숙해질 만하니까 이제는 온갖 알록달록한 색깔의 좀비들이 합류해 버렸다. 엄청나게 불어난 규모도 신경이 쓰이지만, 그보다도 인위적이기 짝이 없는 저 채색이 더 거슬린다.

이쯤 되면 누군가 악의적으로 좀비들을 조종하고 있다고밖에는 이해할 수 없다.

하지만 대체 누가?

강 소위는 그 점을 이해할 수 없었다.

대체 누가 좀비들을 마음대로 조종할 수 있단 말인가. 그리고 왜 하필 여기로 점점 더 많이 놈들을 보내는 것일까?

"K—3 다섯 정, 사격 준비 마쳤습니다!"

병장의 보고를 받은 강 소위는 건성으로 고개를 끄덕였다. 좀비들은 어린이대공원역 앞을 돌아 나가는 중이다.

얌전히 빠져나가 준다면 참 고맙겠는데 워낙 수가 많다 보니 자꾸 정체가 생겨나고, 정체된 무리 중에 일부는 쉘터 방향으로 진로를 수정해서 접근하려고 한다. 그놈들을 몰살시키는 것이 강 소위의 임무다.

"노란 선을 넘자마자 발포한다."

강 소위의 명령을 받은 K—3 사수들은 입을 굳게 다문 채 기다렸다. 그리고 잠시 후, 앞이 꽉 막힌 백여 마리의 좀비들이 방향을 돌린다.

놈들의 발이 미리 그어둔 노란 실선 위를 지나는 순간, 옥상에서는 요란한 총성과 함께 다섯 정의 K—3가 불을 뿜었다.

투투투투투— 투투투투— 투투투투투—

이 건물 옥상에서만 사격이 시작된 것이 아니다. 쉘터 주변을 빙 둘러 축조된 저격 사대에서는 수십 명에 달하는 병사들이 모두 이를 악문 채 방아쇠를 당기고 있다.

그래봤자 좀비 무리의 크기에는 별다른 차이를 발생시키지 못한다. 애초에 너무 많다. 중대형 규모 넷의 좀비들이라는 것은 정말이지 엄청난 압박을 준다.

외부의 군인들이 그렇게 전투에 몰두하고 있을 때, 그와 정반대 편에 위치한 쉘터 남쪽의 한 건물 내부의 텅 빈 사무실 의자에는 육만배가 심각한 표정으로 담배 연기를 뿜어내고 있었다.

군인들이 다들 좀비 때문에 정신이 없는 틈을 타서 조용히 '대화' 를 좀 나누려고 하는 중이다.

육만배의 맞은편에는 초희가 공손하게 두 손을 모은 채 서서 민구에 대한 보고를 하고 있다. 이야기가 진행될수록 육만배의 얼굴에 분노가 점점 더 크게 번져 갔다.

다쳤다는 것도 날벼락인데, 그것으로도 모자라 잠실로 옮겨 갔다니…….

이건 말이 안 되는 일이다. 정말 다급하게 이송을 했어야 하더라도 적어도 자신에게만은 허락을 받고 움직였어야 맞다. 그게 만배파의 룰이고, 민구가 사는 방식이다. 이렇게 야반도주를 하듯 달아나는 것은 이치에 맞지 않았다.

"그래, 강 실장이 너한테 정성껏 치료해 줘서 고맙다고 해놓고서 다음 날 가보니 홀짝 사라져 버렸다, 이거지?"

육만배는 이글거리는 눈으로 초희를 노려보며 물었다. 초희는 조금 움찔하면서도 미리 준비해 온 거짓말을 태연히 늘어놓았다.

"네. 진짜예요, 회장님. 제가 똥 기저귀 다 갈아주고, 팔다리도 얼마나 열심히 주물러 줬는데요. 정말로요, 제가 다 해줬어요. 오죽했으면 강 실장 오빠가 저보고 춘향이는 댈 것도 아니라고 했겠어요."

육만배는 담뱃재를 신경질적으로 털며 잠시 침묵에 잠겨 있었다. 이 똘똘한 계집애가 지껄이는 소리를 다 믿는 것은 아니지만, 적어도 한 가지만은 사실인 것처럼 느껴졌다.

민구가 갑자기 사라지기로 결심했다는 것.

그렇다면 분명한 이유가 있다. 손을 들어 초희의 변명을 제지한 육만배는 고개를 끄덕이며 말했다.

"그래, 알았다. 너 체육관으로 돌아가고, 기동이 오라고 해."

"네. 어휴우~"

책임감을 덜어낸 초희는 가벼운 발걸음으로 문을 나섰다. 문가에 서서 인상을 구기고 있는 기동이에게 초희가 말했다.

"기동이 오빠, 회장님이 들어오래."

"부르셨습니까, 회장님!"

문을 닫고 들어온 기동이는 허리를 90도로 굽히며 인사를 했다. 녀석의 퉁퉁한 목과 손등에는 두툼한 반창고가 붙어 있다.

으음, 그랬구나…….

육만배는 마음속으로 중얼거렸다. 어제부터 살살 시선을 피해 숨어 다니던 녀석의 이상한 행동이 이제는 이해가 간다. 육만배는 가까이 오라고 손짓을 하며 물었다.

"기동아, 너 얼굴이 왜 그 모양이냐?"

"아, 예. 회장님, 부끄럽습니다. 민간인 어린 애새끼들이랑 가벼운 시비가 붙었는데, 살짝 스친 거뿐입니다."

기동이는 쭈뼛거리며 바짝 다가오지 못했다.

후우우~ 연기를 기동이의 얼굴에 뿜은 육만배가 다시 손을 까딱거렸다. 기동이는 또 마지못해 두 걸음을 다가왔다.

“애들? 어떤 애들이냐? 말썽 나는 건 안 좋은데…….”

육만배가 슬쩍 떠보자 기동이는 쑥스럽다는 듯 웃으며 고개를 푹 숙였다.

“회장님께서 신경 쓰실 정도는 아닙니다. 제가 아주 단단히 혼쭐을 내줬으니까 어디 가서 떠들고 다니지는 못할 겁니다.”

“그래?”

피식거리며 웃던 육만배가 일어났다. 그러고는 갑자기 기동이의 팔목을 덥석 붙들었다. 기동이가 머뭇거리는 동안 육만배는 녀석의 반창고 끝을 잡고 떼어냈다.

찌지익, 피멍이 검게 든 손등에는 두 개의 간결하고도 얇은 상처가 나 있었다. 누가 봐도 애송이들의 솜씨는 아니다.

“애송이들에게 시비를 털다가 칼을 맞았다고? 기동아, 다시 한 번 말해봐라.”

육만배는 소매를 걷어 올리며 물었다.

“아… 회장님, 고정하십쇼. 애들이 여럿이었는데, 버릇만 고쳐 주려다가…….”

쫘악!

기동이의 눈에서 불꽃이 번쩍 튄다. 호되게 따귀를 갈긴 육만배는 담배를 질겅거리며 다시 물었다.

“핏덩어리 애새끼들이 만배파 경호실장의 손에다가 이런 기스를 냈다고? 딱 핏줄만 노리고 떴다, 이런 말이냐?”

“아… 아닙니다, 회장님. 이건 그저 살짝 스친…….”

쫘악!

다시 한차례 매서운 따귀가 기동의 귓불을 후려갈긴다. 그래도 기동이는 그 자리에 멈춰 서 있었다. 잡아 뜯을 듯한 기세로 기동이의 귀를 꽉 움켜쥔 육만배가 목에 붙은 반창고도 떼어냈다.

가늘게 남아 있는 칼자국.

누가 봐도 동맥을 노리고 그은 흔적이다.

눈을 찡그린 채 부들거리며 그 칼자국을 보고 있던 육만배가 중얼거렸다.

"한 번 더 말할 기회를 주마. 이 상처, 어떻게 해서 생겼다고?"

"회장님, 오해십니다. 무슨 말을 들으셨는지 모르지만……."

다급해진 기동이가 하지 말았어야 할 말을 지껄이자, 육만배는 또 한차례 호되게 뺨을 후려쳤다.

쫘악!

빈 사무실 전체를 울릴 만큼 큰 소리가 났지만, 어차피 바깥에 퍼져 나갈 위험은 없다.

지금 건대 쉘터는 북쪽에서 쉬지 않고 울리는 총성에 완전히 덮여 있기 때문에 설령 여기에서 누가 죽어 나가도 모를 것이다.

세 대나 같은 자리를 맞고 나니 살집 좋은 기동이의 볼도 빨갛게 달아올랐다. 여전히 기동이의 오른쪽 귀를 꽉 움켜쥐고 있던 육만배가 귀 끝을 사정없이 흔들었다.

"언제부터 나한테 거짓말을 해도 모를 거라고 생각했나, 응?

이 멍청한 새끼야."

귀 끝이 찢기는 동안 기동이는 당혹스러운 척 연기를 했다. 이 정도로 당황한 기색을 보여줘야 그 뒤에 이어질 변명이 그나마 신뢰를 얻을 수 있을 것이기 때문이다. 잠시 더 시간을 보내던 기동이는 눈을 내리깐 채 다급하게 외쳤다.

"죄, 죄송합니다, 회장님! 사실대로 말씀드렸어야 하는데, 무서워서 그만… 제가 죽을죄를 지었습니다!"

"강 실장 언제 만났어? 왜 시비가 붙었나?"

육만배는 그제야 귀를 놓아주고 담배를 꺼내 물었다. 기동이는 얼른 불부터 붙여준다.

후우우~ 육만배는 언짢은 표정으로 연기를 뿜어내며 기동이를 노려보았다.

"형님이 다치셨다니까 제가 미련한 마음에 걱정이 돼서 몇 번 들렀습니다. 회장님께 따로 아뢰지 않았던 건 찾아갈 때마다 형님이 의식이 없어서 그랬습니다. 요즘 신경 쓰시는 것도 많은데 희소식도 아닌 걸 전해 드려봐야 공연히 심려만 끼쳐 드리게 될까 봐……. 회장님께서 강 실장 형님 아끼시는 마음이야 제가 제일 잘 알지 않겠습니까."

기동이의 말을 들은 육만배가 어이없어 하며 인상을 찌푸렸다.

"이놈이 진짜… 그쪽 건물로 민간인은 아예 못 들락거리게 하는데, 몇 번이나 들렀다고? 초희도 의무대 군인 놈한테 애원을 해서 겨우 따라다녔다고 하던데, 네가 오늘 아주 매를 맞고 싶어서 안달이 났구나?"

"저, 정말입니다, 회장님! 밤에 교대 시간 지나고 철망을 넘으면 쉽게 들어갈 수 있었습니다. 건물 문은 따로 잠가두지를 않습니다. 그, 그리고 제가 군인들 피해서 숨느라 화단 뭉개진 데도 다 있습니다. 맹세합니다!"

다급해진 기동이가 두 손을 내저으며 지껄여 댔다. 육만배는 여전히 화를 풀지 못하고 고개를 저었다.

"그러니까! 애초에 거길 왜 찾아가? 네깟 놈이 간호에 대해서 뭘 안다고? 뭘 어쩌고 싶었던 거야?"

"일이 이렇게 되었으니 무슨 말씀을 드려봐도 다 마뜩치 않으시겠지만, 저는 반갑기도 하고, 걱정도 됐습니다. 제가 혼자서 회장님을 제대로 보필하지 못한다는 걸 잘 알고 있는데… 강실장 형님이 오셨고……."

타타타타탕— 타타타타타— 투투투둑—

총소리가 너무 시끄럽게 울려 대서 기동이는 잠시 말을 끊었다. 오늘따라 어지간히들 볶아댄다. 잠시 후 조금은 조용해졌을 때, 기동이가 이야기를 이었다.

"그런데 그 믿음직한 형님이 사경을 헤매고 있는 걸 보니 참 만감이 교차했습니다. 저로서는 우리 만배파의 큰 기둥 하나가 없어진 것 같아서… 그래서 형님 누운 자리 옆에 앉아서 혼자 중얼중얼거리다가 오곤 했습니다. 어서 일어나셔야 한다고."

기동이의 이야기가 장황해지자 육만배가 차갑게 끊어버렸다.

"말 같잖은 소리는 작작 지껄이고, 그렇게 존경하는 형님이랑 왜 칼부림을 벌였는지나 털어놔. 그 지랄을 해놓고 어제오늘 나를 피해 다녔어?"

"어이구, 칼부림이라니요. 회장님, 그건 아닙니다. 형님이 날카로워져서 일방적으로 저한테 화풀이를 한 거였습니다. 억울합니다. 그리고 제가 짱 박혔던 거는… 이 나이 먹고 형님한테 그렇게 혼이 난 게 딴에는 또 창피하고 애들 보기에도 낯이 안 서는 것 같아서 눈에 띄지 않으려 했던 거……."

육만배가 피우던 담배를 땅바닥에 집어 던지면서 소리를 질렀다.

"왜 싸움이 났냐고 물었다! 이 새끼야!"

"애들 때문입니다! 강 실장 형님이 자기 애들을 제대로 챙겨 오지 않았다고 화를 낸 겁니다!"

육만배가 멈칫했다.

그 말을 듣고 보니… 지금 남아 있는 조직원들 중에 민구의 새끼들은 한 놈도 남아 있지 않다. 문제의 그 트럭을 훔치던 새벽에 민구네 애들이 꽤 많이 상하기도 했거니와, 건물을 지키느라 매일 좀비들과 벌인 싸움에서 죽어 나간 놈들이 대부분 민구의 식구들이었다.

기동이 놈이 잔꾀를 부려 제 부하들은 안으로 돌리고 민구네 애들에게만 위험한 일을 맡겼다는 걸 당시에도 알고 있었다.

하지만 육만배는 별로 간섭을 하지 않았다. 어차피 민구는 녀석이 데리고 있는 부하들의 수가 아니라, 그놈 자체로서 의미를 가지는 무기다.

반면에 이 기동이 놈은 머릿수가 필요한 놈이라서 육만배로서는 균형을 맞추고 싶기도 했다. 그래야 부려 먹기가 좋으니까. 그러면서도 힘의 서열이 깨질까 봐 걱정이 들지는 않았다. 어차피 넘볼 수 있는 수준이 아니라고 판단했기 때문이다.

육만배가 노기를 조금 거두자 기동이는 자신의 말이 먹힌다고 생각했는지 더 열심히 지껄여 대기 시작했다.

"저로서는 정말 당황스러웠습니다. 제가 아무리 강 실장 형님을 존경하고 마음으로부터 따른다고는 하지만, 식구들 안부를 묻다가 갑자기 벌떡 일어나서 난데없이 칼을 막 휘두르시니까……."

"됐다."

육만배가 짧게 말하고 다시 의자에 걸터앉자 변명을 늘어놓던 기동이는 깜짝 놀라 물었다.

"네?"

"그만 떠들어, 다 알아들었으니까. 참 꼴좋다, 식구들끼리… 더 말하기도 싫다. 이만 나가봐. 너희들도 다 나가!"

육만배는 뒤에 서 있던 조직원들에게도 나가라는 손짓을 했다.

"아… 네. 네, 회장님."

갑작스레 모든 걸 용서 받게 된 기동이는 오히려 떨떠름한 표정이 되어 쭈뼛거리며 뒷걸음질을 쳤다. 뭔가 한마디를 더 할까 망설이던 기동이는 허리를 90도로 굽히며 인사를 하고 문을 닫았다.

"후우우~"

혼자 남은 육만배는 머리카락을 쓸어 올리며 한숨을 내쉬었다. 기동이, 저 멍청한 새끼가 대충 꾸며 대는 이야기들을 믿지는 않는다. 하지만 기껏 둘러댄 게 저 정도라면 두 새끼가 서로 칼을 들고 생지랄을 했다는 것 하나만큼은 분명해 보인다.

뭐, 조직 내에서 그런 짓이 벌어진다는 게 바람직하다고 할 수는 없겠지만, 깡패 새끼들이니까 이해 못할 부분도 아니다. 어차피 힘이 곧 법인 세계, 약해진 놈이 도태되는 일은 일상다반사다.

그런데도 육만배가 충격에 빠진 이유는, 기동이의 몸에 남은 상처가 너무 얕아서였다.

오늘 저놈의 반창고 속 칼자국을 보며 확신할 수 있게 된 것은, 민구가… 자신이 지금껏 보았던 놈들 중에 가장 뛰어난 칼잡이가… 이제 아주 못쓰게 망가져 버렸다는 사실이다.

그가 알고 있는 민구는 기동이 같은 놈이 감히 먼저 칼을 꺼낼 엄두조차 낼 수 없는 존재였다. 그리고 만약 서로 칼을 겨누는 상황에 처하게 되었을 때엔 저 정도만으로 봐주는 인간이 아니었다.

아둔한 놈의 모가지는커녕 힘줄 하나 도려내지 못할 만큼 민구의 칼끝은 무뎌졌다. 그리고 바로 다음 날 줄행랑을 쳐버릴 정도로 약해져 있기도 하다.

기동이가 무서워서 도망을 쳤다고? 민구가?

하아… 육만배는 고개를 저었다. 빤히 보고 있으면서도 도무지 믿기지 않는 일이다.

"으음……."

육만배의 입에서 회한이 가득 담긴 신음이 터져 나온다.

'총에 맞았다고 들었지만, 아무리 그래도 이 정도까지 형편없어진 건가.'

담배를 입에서 뗄 수가 없었다. 입이 쓰다. 마음이 아리다. 보물이… 절대 깨지지 않을 거라고 생각했던 단단한 보석이 깨졌다. 칼 한 자루만 쥐어 주면 피바람을 일으키면서 길을 터내던 민구는 더 이상 존재하지 않는다.

예전 같았으면 얼마가 들든 상관하지 않고 한국 최고의 의사에게 부탁을 해서 원래대로 복원을 했겠지만, 이런 상황에서는 그런 돈지랄도 할 수 없다. 돈을 뽑을 은행도, 의사도 다 존재하지 않는다. 이제 민구는 운에 맡겨졌다.

운이 좋으면 예전의 반만큼이라도 기량을 회복할 것이고, 운이 없으면 저렇게 비실대다가 어딘가에서 성질을 못 이겨 뒈지리라.

그렇기 때문에 육만배는 기동이에게 더 책임을 묻지 않고 돌려보낸 것이다. 민구라는 날카로운 칼을 잃었으니, 기동이의 저 미련한 힘이라도 어찌어찌 써먹어야 한다.

만에 하나 민구가 몸을 만들어 다시 돌아온다면, 그때 선물 삼아 기동이를 내주면 될 것이다. 목을 따든 포를 뜨든 제가 알아서 하도록.

가능성이 아주 없는 이야기는 아니다. 민구는 워낙에 독하고 명이 질긴 놈이었으니까. 어차피 제 놈도 조직이 없으면 아무것도 아니라는 걸 잘 알고 있다. 운신할 수 있을 지경만 되면 반드시 돌아오려 할 것이다.

'벌써 13년이나 됐나? 세월 빠르군.'

'돌아온다' 는 단어에 예전 일이 떠오른 육만배는 눈을 지그시 감았다. 아직 자신이 젊던 시절, 처음으로 민구를 만났던 때의 기억이 아직도 생생하다.

바짝 마른 거지새끼 주제에 눈에서는 퍼런빛이 뿜어져 나오던 그 애송이…….

신문지로 감싼 식칼을 주며 첫 번째 사지로 내몰았을 때만 해도 녀석이 살아 돌아올 것이라는 생각은 하지 않았었다.

질긴 인연, 하나 이제는 훌훌 털어버려야 하는 때가 됐다.

3

육만배가 그렇게 회한 속에서 계산을 하고 있을 때, 기동이는 부하들과 함께 쉘터 구석으로 물러 나와 담배를 피우고 있었다. 연기를 뻑뻑 뿜어내는 기동이의 표정은 한결 밝아져 있었다.

애들이 보는 데서 망신은 좀 당했지만, 걱정했던 것에 비해 이만하면 선방한 거다.

"형님, 귀 괜찮으십니까? 의무대 가보셔야 할 것 같습니다."

부하 놈 하나가 눈치를 살피며 묻는다.

"왜? 많이 찢어졌어?"

"예. 윗부분이… 속살이 다 보입니다. 피도 좀 닦으셔야 할 것 같고."

자신의 귀를 만져 본 기동이는 피식 웃었다.

까짓 귀 하나쯤이야.

"야야, 긁힌 거다. 괜찮아. 저번처럼 네가 가서 반창고나 좀 얻어 와."

"그런데 회장님께서 좀 너무하시는 것 같습니다. 아무리 화가 나셨어도 그렇지, 형님을……."

다른 놈이 투덜대다가 힐끗 눈치를 본다. 기동이가 별로 제지하려는 기색이 없자 녀석은 이야기를 마저 끝냈다.

"사실 기동이 형님 안 계시면 그분이야 이제 그저 힘없는 늙은이 아닙니까? 다 형님이 힘을 쓰고 하셔야 무슨 일이 되는 거지… 윽!"

기동이가 갑자기 손을 뻗어 볼을 꽉 쥐자 부하 놈은 입을 다문다. 기동이는 녀석의 볼 살을 꼬집어 돌리며 말했다.

"야, 이 미련한 씨발 새끼야. 그 늙은이가 줄서서 기다리다가 그 자리에 올라간 게 아니야. 알어? 짓밟고 올라간 이름들이 다 쟁쟁하단 말이야. 눈에 보이지만 않을 뿐이지, 뒤에 여우 꼬리가 주렁주렁 달렸어. 꾀가 어마어마하다고. 네깟 새끼가 뭘 안다고 깝쳐? 그냥 얌전히 시키는 대로 하고 있어. 아까도 너 내가 싸대기 맞을 때, 움찔하더라? 왜? 뒤에서 쑤시려고? 그러고 나면 뒷감당할 자신 있어? 응? 여우 같은 저 육 회장이 머리 팽팽 굴리지 않았으면 우리 벌써 잠실에서 다 군대 끌려갔던 거야.

아니지, 애초에 잠실은 어떻게 갔겠냐? 다 그 노인네 잔대가리 덕분이라고."

"혀, 형님, 제가 생각이 짧았습니다. 용서해 주십쇼!"

"그래, 이 빠가 새끼야. 너나 나나 생각이 짧아. 대가리가 돌이라고. 그러니까 아직은 깝치지 말고 시키는 대로 얌전히 따르는 흉내나 내, 이 개새끼야. 괜히 툭 튀어나와서 사람 곤란하게 만들지 말라는 말이야. 알아들었어?"

"네! 네!"

"으이구, 대답은 잘하네. 씨발 놈."

기동이는 놈의 뺨을 놓아주고 두어 대 쫙쫙 두들겼다. 그리 오래 잡아당긴 것도 아닌데 이미 피멍이 들 기세다.

하지만 꼬집어 뜯은 놈이나 뜯긴 놈이나 무슨 우스운 일이라도 한 것처럼 낄낄댄다.

투투투투— 투투투— 투투투—

북쪽 건물의 옥상과 대로 쪽에서는 끊임없이 총성이 울리고 있다. 처음에 기동이의 귀 걱정을 했던 부하 놈이 대로 쪽을 돌아보며 중얼거린다.

"오늘은 좀 세게 나오는 모양입니다. 아까부터 꽤 오래 쐈는데… 군인 새끼들, 지금도 정신 하나도 없어 보이네요. 허, 가희 년 신랑 지금 밖에 나가서 작업할 시간인데, 이러다가 뒈져 버리면 그동안 공들여 놓은 거 다 나가리되는 거 아닙니까?"

"누구? 박 소위?"

기동이는 마뜩찮다는 듯 인상을 찌푸리며 말했다.

"신랑은 니미… 아, 그 새끼 진짜 어지간히 밝히긴 하더라. 애새끼 얼굴 유심히 보고 있는데, 하루가 다르게 삭아. 큭큭큭, 기가 다 빨리나? 하긴 가희 년이 좀 유별난 데가 있기는 하지. 암만 그래도 그렇지, 씨발, 살이 쪽 내릴 때까지 그 짓을 하고 자빠졌냐? 존나 미련하게 생긴 값을 하더구만. 아마 지금도 다리가 후들대고 있겠지."

"큭큭큭."

기동이가 음담을 하자 부하 놈들도 장단을 맞춰 낄낄거린다.

그렇게 놈들이 씹어 대던 시각에 가희 신랑, 박 소위는 정말로 대로 위를 뛰어다니며 식은땀을 줄줄 흘리고 있었다. 좀비들의 포효와 커다란 총성, 그리고 두통 때문에 정신이 하나도 없다.

투투투투— 투투투투투—

병사들은 철책 위로 총구를 내밀고 열심히 방아쇠를 당겼다. 하지만 암만 열심히 갈겨봐도 접근해 오는 놈들을 다 잡을 수가 없다. 이러다가 정말 철책이 무너지는 건 아닌지 하는 걱정이 들 정도였다.

도로 폐쇄 공사를 위해 좁혀놓은 도로에 너무 많은 놈들이 한꺼번에 몰려 버렸다. 제 속도로 원활히 코너를 돌아 나가지 못하게 된 좀비들은 자꾸 흩어져 쉘터 방향으로 돌아 들어오려 했다.

놈들과의 거리는 불과 50여 미터. 까딱하면 좀비들의 파도가 쉘터를 휩쓸 수도 있다.

'이러다가 쉘터에 고립되어 버리면…….'

박 소위는 얼른 고개를 저어 생각을 털어버렸다. 그렇게 되면 외부 건물로 나갈 수 없어지고, 외부 건물을 쓰지 못하면 가희와 밀회를 가질 공간이 없어진다. 그건 생각만 해도 끔찍하다.

가희… 갑자기 박 소위의 머릿속에 가희에 대한 생각이 뭉게뭉게 피어오른다.

당장 오늘 밤에 어디에서 그녀를 만나야 하는 건지, 예전에 사용하던 건물 쪽은 한동안 발길을 끊어야 할 것 같은데… 외부인들을 수용하던 그 건물로 가자고 할까?

하지만 거기 옥상에는 저격조 애들이 항상 배치되는데… 소리가 나지 않으려나?

어젯밤에도 절정의 순간에 그녀의 입을 틀어막아야 했다.

그렇게 상념에 푹 잠겨 버린 박 소위가 멍하니 전방을 보고 서 있을 때, 병사 하나가 그를 애타게 부른다.

"소대장님! 소대장님!"

"…응?"

박 소위는 얼빠진 얼굴로 병사를 돌아보았다.

"뭐야? 왜?"

"저희밖에 없습니다! 다 후퇴하라는 명령 떨어졌습니다!"

박 소위는 주변을 둘러보았다. 정말로 도로 위에 서 있는 것은 그가 통솔하고 있는 몇 명뿐이다.

명령? 언제 그랬지?

기억을 되짚어봐도 들은 것 같지가 않다. 하지만 주변 상황으로 미루어 보니, 꽤나 긴 시간 동안 그 혼자서만 모르고 있었던 것 같다.

남겨진 병사들은 사격을 하면서 한 번씩 불만과 불안이 가득한 얼굴로 박 소위를 돌아보았다.

"계속 여기 사수해야 합니까?"

물어보는 병사의 얼굴에도 두려움이 가득하다. 박 소위는 고개를 저었다.

"아, 아니야! 이제 충분하다! 퇴각해! 전원 퇴각!"

박 소위는 모든 게 다 계획되어 있었다는 눈치를 주기 위해 애를 썼다.

야! 그만 쏘고 다 빠져! 애들 다 챙겨!

병사가 자신의 분대원들에게 돌아가 명령을 전달하는 모습을 보며 박 소위는 크게 한숨을 내쉬었다.

등골이 서늘하다. 왜 그런지 모르겠지만… 요즘 가끔 이렇게 정신 줄을 놓는 일들이 생긴다. 하마터면 오늘 이 자리에서 인생이 좋날 뻔했다.

'스트레스 때문인가? 하긴 너무 피곤했지. 이 염병할 놈의 임무, 임무! 젠장, 잠도 제대로 못 자고. 씻지도 못하고 죽어라 일만 한 거잖아! 아흐, 지겨워! 지겹다고! 씨발!'

쉘터를 향해 달려가는 동안 박 소위는 진저리를 치며 마음속으로 고함을 질렀다. 이렇게 봉사를 죽어라 하고 있는데, 그것도 모르면서 아무 소리나 지껄이는 문 대위가 점점 더 증오스럽다.

좀비든 국가의 의무든 싹 다 잊어버리고, 그저 가희와 단둘이 어디 따뜻한 남쪽 나라에나 가버릴 수 있다면 좋겠다. 뜨거운 햇살 아래에서 그 보석 같은 육체를 마음껏 탐하고 싶다. 파도 소리가 귓가를 울리면 더 로맨틱할 것이다…….

총성이 빗발치는데도 박 소위의 아랫도리는 불룩해진다. 조금 전 자신의 얼빠진 행동 때문에 열 명이 넘는 무고한 젊은 목숨이 위험에 빠질 뻔했다는 자책 같은 것은 끼어들 자리가 없었다.

병사들의 눈총을 받으며 열린 게이트 문 안으로 들어가는 동안에도 박 소위는 오늘 밤 가희를 어디로 불러낼 것인지, 그 쪽지를 어떻게 전달할 것인지에 대해서만 고민하고 있었다.

다른 놈들이 어찌 되든… 아무 상관 없다.

쏴아아아아— 쏴아아아—

온종일 후텁지근하더니, 결국 밤 12시를 전후해서 폭우가 쏟아졌다. 빗소리를 들으며 사방이 고요해지기를 기다리던 박 소위는 몰래 관사 밖으로 빠져나왔다. 그러고는 컴컴한 마당과 주차장을 내달려 쉘터의 동쪽 철책 앞에 서서 주위를 두리번거렸다.

아무도 없다. 애초에 인원이 부족했기 때문에 내부 철책에는 따로 경비를 세우지 않는다. 어둠을 틈타 밀회를 즐기는 연인에게는 다행스러운 일이었다.

철책의 자물쇠를 연 박 소위는 건물 주차장 아래에 몸을 숨긴 뒤, 비에 젖은 생쥐 꼴이 된 채로 초조하게 기다렸다.

잠시 후, 쉘터 뒷문을 열고 나온 가희가 요란하게 퍼붓는 비를 뚫고 철책 쪽으로 뛰어오는 게 보인다. 박 소위는 얼른 마중을 나가 철책을 열었다. 두 연인은 건물 그늘 속에 숨어들었다.

“어서 와. 후후, 많이 젖었네. 뭔 놈의 비가…….”

가희가 입술을 덮쳐 오는 바람에 박 소위는 말을 끝맺지 못했다. 으음~ 박 소위는 부드러운 촉감을 만끽하며 그녀의 몸을 더듬기 시작했다. 비에 젖어 달라붙은 옷 위로 만지는 맛은 또 각별한 데가 있다.

“너무 보고 싶었어요. 아까 사이렌 울리고 총소리 들릴 때 가희가 얼마나 걱정하고 있었는지 모르죠? 우리 박 소위님, 머리카락 한 올도 다치지 않게 해달라고.”

비에 젖어 얼굴에 달라붙은 머리카락을 떼어내며 가희가 말했다. 그 애절한 말투며 눈빛이 아주 사람의 애간장을 녹인다. 박 소위는 벌써 숨소리가 거칠어졌다.

“하아~ 나도… 나도 하루 종일 네 생각뿐이었어, 가희야.”

“근데 왜 여기로 오라고 했어요? 아까 편지 줄 때는 정말 깜짝 놀랐어요. 후후, 밖에서는 모르는 사이처럼 굴자고 해놓고 갑자기 뒤에서 편지를 슥, 쥐어 주고 가니까.”

아, 그거… 박 소위는 가희의 손을 잡으며 말했다.

“어디에서 말이 새어 나갔는지 모르지만, 우리 사이에 대해 소문이 돌고 있대. 새 건물 거기만 주시하는 사람들이 있을지도 몰라. 그러니까 당분간만 만나는 장소를 여기로 옮겨야겠어, 가희야."

"어떻게 그럴 수가 있는 거죠? 어쩐지 사람들이 절 보면서 뒤에서 수군대는 기분이 들더라니… 설마 박 소위님… 누군가한테 자랑하고 다녔어요? 가희는 그런 건 싫은데……."

가희가 경계의 눈빛으로 바라보자 박 소위는 다급하게 고개를 내저었다.

"아니, 무슨 소리야? 내가 그럴 사람인가? 가희야, 내가 그 정도밖에 안 되는 사람 같아? 날 못 믿어?"

"아뇨, 믿어요……."

가희가 서글픈 눈으로 고개를 저으며 말했다. 당연히 믿는다. 왜냐하면 소문은 육만배가 냈으니까. 하지만 이 순진한 녀석은 꿈에도 그런 사실을 모를 것이다. 가희는 육만배가 시킨 대로 고민하는 척 한숨을 내쉬었다.

"후우~ 그런데 이렇게 몰래 만나는 게 뭔가 죄를 짓는 것 같아서 기분은 안 좋아요. 가희는 소위님을 사랑하는 죄밖에 없는데, 왜 이렇게 숨어 있어야 하죠?"

"그, 그건… 미안해. 내가… 내가 여기 책임자였다면 이렇게 하지 않았어도 되는데……. 문 대위가… 중대장님이 이걸 알면 나를 다른 지역으로 이동시킬 거야. 나는 그게 너무 두려워."

박 소위가 풀죽어 하자 가희는 금방 표정을 바꾸며 그의 얼굴을 쓸어준다.

"잊어버려요. 지금 이 시간에는 가희랑 소위님에게만 집중해요. 얼마나 소중한 시간인데… 하루 종일 이 시간만 기다리는데… 아우, 가여워. 여윈 것 좀 봐. 일이 힘들죠? 자, 영양제. 아~ 해요. 가희가 먹여줄게요. 아~"

가희는 품에서 꺼낸 약통을 열고 알약 하나를 입에 문 뒤, 미소를 지었다. 박 소위는 시키는 대로 입을 벌린 채 기다렸다. 그녀가 키스하듯 약을 건네고 혀로 깊숙이 밀어 넣었다.

"고마워… 가희가 챙겨주지 않았으면 나는 정말… 어! 벌써 기운이 막 나는 것 같아! 후후후."

준비해 온 물을 한 모금 마시고 박 소위는 과장된 몸짓을 보인다. 가희는 겉으로도, 마음속으로도 웃었다.

그렇게 좋아? 이거, 이제 완전히 약쟁이가 된 모양이네…….

"가자, 가희야. 여기 2층에 병실로 쓰던 방이 있어. 거기 침대도 있고… 네가 널 얼마나 보고 싶어 했는지 보여줄게. 대신에 소리 크게 지르면 안 돼. 바로 두 층 위에 병사 애들이 있어. 오늘은 비가 오니까 괜찮을지도 모르겠다."

"어머, 후후후. 그렇게 말하면 가희는 부끄러워서……."

가희는 쑥스럽다는 듯 낯을 가리는 시늉을 했다. 이 젊은 장교가 육만배의 손바닥 위에서 망가져 가는 게 측은하다가도 발정난 개새끼마냥 밝혀 대는 꼴을 보면 정나미가 다 떨어진다.

이놈은 오직 그 짓을 위해 사는 놈 같다. 사랑한다고 말은 하지만, 실제로 대화다운 대화를 나눈 시간은 모두 합쳐 한 시간도 안 된다.

너는 내가 어떻게 이 지옥 속에서 살아남았는지조차 물어본

적이 없었지…….

손바닥으로 얼굴을 가리고 있는 동안 가희의 눈이 일순간 슬퍼졌다.

만약 네가 내 삶에 대해 진심으로 궁금해했다면… 나와 어떤 미래를 보내고 싶은지 수줍게 털어놓았다면, 나는 육만배에 대해 이야기해 줄 수도 있었는데…….

팔을 잡아끌고 다급하게 계단을 올라가는 박 소위의 뒷모습을 보면서 가희는 생각했다.

확실히… 동정할 필요가 없는 놈이다.

쏴아아아—

비는 모든 것을 집어삼킬 듯이 퍼부어 대고 있다.

4

바로 강 건너 잠실에도 사나운 폭우가 쏟아지고 있었다. 서치라이트 불빛을 받아 반짝이는 빗줄기를 바라보는 민구에게 밤톨이 물었다.

"형님, 무슨 생각 하세요?"

"음, 안 잤나?"

민구는 철창 너머 밤톨을 돌아봤다. 그들이 격리 수용되어 있는 곳은 잠실 쉘터의 1층. 예전에 분식집이었던 곳을 대충 개조해 만들어둔 격리 수용 시설에는 민구 외에도 밤톨과 무전병, 그리고 세 명의 병사가 더 들어 있다.

민구도 예전에 한 번 갇혀본 적이 있는 개인 철창이다. 야구장 내부가 아니라 외부에 위치해 있다는 점만이 다르다.

의사가 제대로 치료를 해줄 것이라던 밤톨의 기대와 어긋나게, 외부에서 상처를 입고 돌아온 민구는 또 48시간의 격리를 명령 받았다.

심지어 가벼운 찰과상의 병사들까지도 모조리 갇힌 걸 보면 외상자 격리의 원칙은 아주 철저한 모양이다.

안전을 위해 당연한 조치이기는 한데, 갇히는 입장이 되면 기분은 그리 좋지 않다.

"예, 잠이 안 오네요. 형님한테 미안하기도 하고… 쩝, 이렇게 될 거라고는 생각도 안 했거든요. 당장 의무실에 눕혀줄 거라고 믿었는데……."

밤톨은 민구가 제대로 치료를 받지 못하는 걸 어지간히 마음에 걸려 했다. 민구가 말했다.

"의사가 와서 주사도 놓고 링거도 달고 갔으니, 그럴 거 없어."

"어쨌든 좀 그래요. 몸 상태가 영 안 좋으신데 돌바닥에 이은박 돗자리 하나 달랑 깔고 48시간을 보내라고 하다니……. 그래도 조금만 참으세요. 내일 오후에 여기서 나가면 의무대로 옮겨 달라고 부탁해 볼게요."

밤톨의 말처럼 민구에게 좁은 철창에 갇혀 있는 시간은 어지간히도 괴로운 것이었다. 기동이가 쑤신 옆구리의 상처, 총알이 살을 뚝 떼어낸 옆구리, 금이 간 상태에서 무리하게 힘을 주었던 갈비뼈까지… 전부 다 숨을 쉴 때마다 끔찍한 고통을 선사해 주고 있다.

온종일 그저 멍하니 앉아만 있는데도 쉴 새 없이 식은땀이 뚝뚝 떨어진다. 비가 내리고 난 뒤부터는 어째 더 쿡쿡 쑤시는 것 같기도 하다.

"한 대 피우시겠습니까?"

밤톨이 불붙인 담배를 철창 사이로 내밀었다. 민구는 사양하지 않았다. 기침이 나고 몸이 힘들어지지만, 마음이 답답한 것보다는 낫다. 담배 소지와 흡연은 밤톨이 외곽 경비 중대에 속한 병장이기 때문에 가능한 특별 대우였다.

물론 장교나 부사관들이 보지 않을 때만 누릴 수 있는 반토막짜리 특전이라고는 해도 그 덕에 48시간을 견디는 게 한결 수월해졌다.

"떨떨아, 넌 뭐하냐? 아까부터 왜 자꾸 훌쩍거려? 새끼가 사람 심란해지게. 자, 이거나 피워."

밤톨이 오른편의 무전병에게 담배를 건네면서 물었다. 무전병은 눈가를 닦으면서 대답했다.

"감사합니다. 그런데 이렇게 비 오는 소리 듣고 있으니까 자꾸 집 생각이 나서 그렇습니다."

"아나, 이 새끼. 몸이 편하니까 엉뚱한 생각 하네. 좀 밝고 긍정적인 생각을 해. 기분이 좀 좋아질 생각을 하라고."

밤톨의 충고를 들은 무전병이 물었다.

"예를 들면 어떤 거 말씀이십니까, 조 병장님?"

"그것까지 알려줘야 하냐? 그냥 네가 좋아했던 거, 소중한 거, 이런 거를 생각하라고."

"좋아하는 거라고 하시면… 엄마를 정말 좋아했습니다. 무지하게 친하기도 했고 말입니다."

"이 새끼가, 너 지금 나랑 장난 치냐? 엄마는 빼! 여친이나! 뭐, 다른 거 있잖아! 취미라든가!"

밤톨과 무전병의 만담 같은 대화를 들으며 민구도 가만히 생각을 해봤다.

좋아했던 것, 소중했던 것이라…….

그런데 담배 한 대를 거의 다 피울 동안에도 소중한 것이라고 부를 만한 게 아무것도 떠오르지 않는다. 훗, 그 사실이 어처구니없어서 민구는 쓴웃음을 지었다.

비싼 값을 지불하고 손에 넣었던 것들… 그건 그저 사치스러운 장난감이었을 뿐이다.

친구? 애인? 그런 건 없다. 그저 밑에 동생 애들에게 용돈을 좀 더 넉넉하게 쥐어 주는 정도 외에는 누군가와 진심으로 마음을 나눠보지 않았다.

가족? 애초부터 존재하지 않았다. 그럼 대체 예전에는 뭣 때문에 어깨에 힘을 주고 살았던 것일까? 소중한 것 하나 없는 주제에…….

민구는 빗속으로 퍼져 나가는 뿌연 담배 연기를 보면서 스스로에게 물었다.

계속 고민을 해보니 자신이 소중하게 여기던 것은 두 가지였던 모양이다.

하나는 최고의 칼잡이라는 자부심, 그리고 또 한 가지는 만배파의 에이스라는 타이틀.

'그게 전부인가. 참 한심하군…….'

민구는 스스로의 공허함에 새삼 놀랐다. 그 두 가지 모두 순식간에 물거품처럼 사라져 버린 것들이다. 허탈해서 웃음이 나온다.

그는 이제 재활을 해야 하는, 아주 약해 빠진 환자고, 만배파 조직원은 20명 남짓밖에 남지 않았다. 게다가 그중 대부분이 기동이 놈의 부하들이다.

그런 허접한 집단의 에이스라고 해봐야 빈껍데기 명함일 뿐이다.

'텅 비었구나. 정말 안에 든 게 아무것도 없어.'

피가 배어 나와 굳어진 복부의 붕대를 보며 민구는 또다시 허탈하게 웃었다.

☢ ☢ ☢

상봉동의 망우로에도 폭우가 쏟아진다.

후두두둑— 후두두둑—

가발 가게 간판을 타고 줄줄 흘러내리는 빗물을 보며 유빈과 태권소녀는 졸린 눈을 비볐다.

보안관 대신 유빈이 1번 경비로 나섰을 때, 태권소녀는 별다른 말을 하지 않았다. 그저 제니에게 규영이를 좀 신경 써달라는 부탁만 남겼다.

"괜찮아?"

눈을 껌뻑거리는 태권소녀를 보며 유빈이 물었다.

응, 이 정도쯤이야.

태권소녀는 고개를 끄덕인다. 하지만 어지간히 피곤해 보이기는 했다.

발목도 좋지 않은 상태에서 오늘 고된 싸움을 했고, 게다가 규영의 형 일로 울기도 많이 울었으니, 이렇게 새벽까지 깨어 있는 게 어지간히 고역일 것이다.

"아, 진짜 어지간히 쏟아붓네. 징글징글하게 온다."

창틀에 맞고 튄 빗물을 얼굴에서 닦아내며 유빈이 말했다. 제대로 배수가 되지 않아 부유물이 떠다니는 도로를 보니 기껏 깔아둔 '덫' 도 다 떠다니게 생겼다. 태권소녀가 묻는다.

"네가 말한 그 작전이라는 거, 그거 비 오는 날도 쓸 수 있는 거냐?"

"어떤 작전?"

"코스트코에 남은 좀비들 쉽게 죽일 수 있는 작전이 있다며? 아까 종이에 낙서도 열심히 하던데. 혼자서 뭐라고 중얼중얼하면서."

아, 그거…….

유빈이는 잠시 고민을 해보다가 고개를 저었다.

"아무래도 고인 빗물이 빠진 다음에 맑은 날을 골라서 하는 게 좋지 않을까? 바닥에 물기가 많고 미끄러우면 신경 쓰이는 게 많아지니까."

"그럼 내일은 어렵겠네."

"뭐… 며칠 내로 못한다고 무슨 큰일이 나는 건 아니니까. 안전제일이지."

훗, 유빈의 말에 태권소녀가 아주 약간 코웃음을 쳤다.

그리고 또 잠시 침묵.

빗소리 외에는 고요하던 분위기를 깬 것은 태권소녀의 질문이었다.

"야, 여자 토하는 거 보면 남자들은 정나미 떨어지냐?"

'이게 웬 난데없는……' 이라고 생각하던 유빈의 머리에 아까 코스트코에서 쌍으로 나란히 서서 토하던 두 여자의 일이 떠올랐다. 유빈은 고개를 저었다.

"무슨 어린애도 아니고, 그런 걸로 정 떨어지는 사람은 없을걸? 그런 식이면 애인들끼리 어떻게 술 마시겠어."

"그럼 무슨 생각 해?"

"그야… 괴롭겠다 정도? 아, 오늘 같은 경우에는 좀 다르지. 오늘은 미안하고 안타까웠지. 죽을힘을 다해 함께 싸우고 나서 그랬던 거잖아. 고맙기도 하고… 어떻게 보면 아름답기까지 했달까?"

아름답다고?

태권소녀가 이상하다는 표정으로 유빈을 돌아보았다. 또 잠시 입을 다물고 있던 태권소녀가 물었다.

"근데 모든 남자가 다 똑같은 반응을 하지는 않을 거 아냐. 그건 그냥 네 생각인 거잖아?"

"에… 굳이 따지자면 그렇지."

흐음~

말도 아니고 감탄사도 아닌, 숨소리만 짧게 뱉은 태권소녀가 소방 호스로 물을 발사하는 것 같은 검은 밤하늘을 보며 중얼거렸다.

"그 선배, 다 젖겠네. 운전석 유리창도 깨졌던데……."

옥상 차 안에 남겨진 규영이의 형 이야기다. 물어볼까 말까를 망설이던 유빈이 결국 궁금증을 못 참고 슬쩍 돌려서 질문을 던졌다.

"그 사람, 어지간히 날렵해 보이더라. 혼자서 싸워가며 4층까지 올라간 거 보면 힘도 대단했던 것 같고."

"음, 테니스 대표였으니까. 올림픽은 몰라도 아시안 게임 메달은 노려볼 만했지. 성격도 좋아서 선수촌에서는 인기인이었어. 그리고 좀비들한테 둘러싸였을 때도 진짜 잘 싸웠어. 다들 무서워서 몸 사리는데 잽싸게 스텝 밟으면서 좀비들 피하고, 그러면서 또 스패너로 갈기고… 그 선배 보면서 생각했지. 테니스라는 게 실은 격투기구나. 검술을 조금 바꿔놓은 거구나… 뭐, 그런 생각."

"그러면… 너랑 그… 서로……."

"서로 뭐? 좋아했냐고? 아니야, 바보야. 그 선배 약혼자 있었어. 내 타입도 아니었고. 그냥… 정말 죽느냐 사느냐 하던 때에

이끌어준, 좋은 리더였어. 이타적이고, 그렇다고 무작정 희생하는 것도 아니고. 그런 사람 있잖아."

아련한 눈빛으로 떨어지는 빗물을 바라보던 태권소녀가 다시 말을 이었다.

"너도 오늘 봤으니까 알겠지만, 나랑 규영이는 저 코스트코에 안 좋은 기억이 있어. 사실 지금도 좀 두려워. 저 안에 들어갔다가 또 불행이 닥치는 건 아닐까 하는 걱정 때문에……. 운동하는 애들은 은근히 저주나 징크스, 이런 거 잘 믿거든."

"그런 일 없어. 우리는 안전하게 들어가서 아주 안전하게 저 안에 있는 거 다 쓰면서 행복하게 잘살다가, 또 안전하게 다른 곳으로 옮겨 갈 거야. 걱정하지 마."

유빈이 단언했다. 그 말을 들은 태권소녀가 중얼거린다.

"행복… 예전에는 흔한 말이었는데, 지금 들으니까 되게 어색하게 들린다. 정말 저 안에만 들어가면 행복해지기는 할까?"

어… 유빈은 조금 고민해 보더니 확신하듯 대답했다.

"처음 며칠은 확실히 그럴 거라고 생각해. 금방 또 다른 게 욕심나기 시작하겠지만. 근데 사실… 행복이란 걸 잘 모르겠어. 별로 그래본 적이 없어서."

2장

킬 하우스

1

폭우가 퍼붓는 서울과 달리 제주도의 밤하늘은 맑았다. 하지만 비바람 대신에 인간들이 만들어낸 매서운 피와 연기의 폭풍이 지금 막 휘몰아치려 하는 중이다.

그 첫 번째 사건은 강정 기지 골프장 클럽 하우스에서 시작되었다.

8월 4일, 새벽 한 시가 되기 전에 클럽 하우스 요리사 신상기는 냉동 컨테이너가 줄 지어 늘어선 식당 뒤편의 넓은 잔디밭으로 나갔다. 잔디밭 위에서 시계를 보고 있는 그의 얼굴에서는 식은땀이 계속 흘러내렸다.

냉동 컨테이너는 대부분 지난 7월 16일 채 장군 휘하의 특수

부대가 서울에서 고급 식재료를 가득 채워 공수해 온 물건들이다.

그때만 해도 육군과 다른 군의 사이가 지금처럼 틀어져 버리기 전이고, 다들 워낙 정신들이 없어서 서울에서 뭘 가지고 오는지 관심을 갖는 사람은 없었다.

그저 채 장군이 고급 와인이나 두어 병 내놓으면 그것에만 환호하는 정도였다.

여러 개의 냉동 컨테이너들 중 신상기가 신경 써야 하는 건 6호기와 7호기, 두 개다.

보름 전, 그가 채 장군으로부터 직접 전달 받은 명령은 간단한 것이다. 별도의 지시가 없으면 8월 4일 01시를 기해 냉동 컨테이너의 전원을 끄고 문을 열어놓는다. 그것이 명령의 전부였다.

안에 무엇이 들었는지 보려고 해도 안 되고, 시간이 지체되어도 안 된다. 컨테이너의 문을 열어둔 뒤에는 식당 밖으로 빠져나가면 된다. 그렇게 하면 자신의 식구들 중 아무도 다치지 않는다.

"어이구……."

마침내 한 시 정각이 되었을 때, 컨테이너의 문을 열려던 신상기는 앓는 소리를 냈다.

두렵다. 안에 무엇이 들었는지 보지 말라고 했지만, 안 봐도 왠지 다 알 수 있을 것 같다. 무슨 일이 날 것인지 상상만 해도 끔찍하다.

하지만 하지 않을 수가 없다. 시키는 대로 하지 않았다가는 지금 제주 북쪽 어딘가에 인질로 잡혀 있는 자신의 아내와 아이 둘이 살아남지 못할 것이기 때문이다.

마음을 독하게 먹은 신상기는 6호기 컨테이너 문을 열고 옆에 붙은 패널을 조종해 전원을 꺼버렸다.

삐잇— 하고 짧게 울린 경고음에 가슴이 벌렁벌렁 뛴다. 그러고는 7호기의 문도 열어젖혔다.

화아악—

하얀 냉기가 곧바로 피어 나와 시야를 흐린다.

"이상한데, 영하 20도가 이렇게 추운가?"

신상기는 패널에 표시된 온도와 체감되는 냉기의 차이를 느끼며 혼잣말을 중얼거렸다. 물론 그의 체감이 맞았다.

이 냉동 컨테이너는 영하 57도로 세팅되어 있지만, 표기되는 온도는 항상 영하 20도로 고정된 채 변하지 않는다.

아주 허접한 페이크지만 효과는 확실했다. 겉에 커다란 고깃덩이를 몇 줄 주렁주렁 걸어두면 속임수는 더 공고해진다. 아무도, 단 한 사람의 군인도 이 냉동 창고에 대해 관심을 보인 적이 없었다. 신상기는 얼른 스위치를 눌러 전원을 차단했다.

삐익—

그것으로 1차 세팅은 거의 마무리가 되었다. 걸려 있는 고깃덩어리 너머, 컨테이너 안쪽에서 불길하게 너풀거리는 검은 비닐 커튼을 보며 신상기는 거기 무엇이 있는지, 대체 왜 이걸 열라고 하는지 생각하지 않으려 노력했다.

어차피 그가 통제할 수 있는 영역 밖의 일이다. 높으신 분들이 알아서 하는 일이다.

문을 열어둔 신상기는 두 번째 임무이자 마지막 임무를 수행하기 위해 클럽 하우스 직원 숙소로 서둘러 돌아왔다. 그러고는 자신의 방에 숨겨뒀던 최루탄 두 개를 까서 1층 복도 끝을 향해 데구루루 굴렸다.

치이이이익—

최루탄에서는 이내 엄청난 연기가 피어오르기 시작했다. 돌아서서 주차장으로 나오는 길에 신상기는 따끔거리는 눈을 몇 번이나 깜빡거려야 했다.

신상기는 몸에 밴 매운 냄새를 날리기 위해 에어컨을 풀로 가동하고 창문 두 개를 다 열었다. 주차장에서 골프장 정문까지는 500미터 이상 떨어져 있지만, 제한속도보다 5킬로미터를 초과해 달리면 금방이다.

묵직한 강철 바리게이트가 지그재그로 설치되어 있는 정문이 가까워지자 초소를 지키던 병사들 중 하나가 성큼 앞으로 걸어 나오며 세우라고 손을 든다.

여기는 요새 장갑차까지 떡하니 배치되어 있어서 아무 죄를 짓지 않은 상태에서도 지나다니기가 무섭다.

"수고 많으십니다."

신상기는 억지로 웃는 낯을 만들어내며 출입증을 들어 보였다. 병사도 요리사를 알아보고 인사를 건넨다.

"아, 요리사님이시네. 지금 나가십니까?"

"예… 좀 걸렸어요. 뼈 고아서 육수 우려내느라……."

"으아, 우리는 똥국 먹는데, 높으신 분들은 이런 때에도……."

두 사람이 대화를 하는 동안에 다른 병사가 거울이 달린 긴 막대기로 차량 밑을 훑고 트렁크를 점검했다. 일상적인 점검 과정이지만, 마음이 다급한 신상기로서는 그저 답답하게만 느껴졌다.

이제 조금 후면 최루탄을 까놓은 직원 숙소에서 난리가 날 것이다. 그러니 한시라도 빨리 여기에서 도망가야 한다.

아, 이 새끼들… 대충 훑고 가라고 좀 하지. 이렇게 시간을 끌다가는…….

신상기는 두 다리를 초조하게 떨며 가도 좋다는 신호를 기다렸다.

"…많이 넣으셨나 봅니다."

운전석 옆에 선 병사가 뭐라고 말을 건넨다. 알아듣지 못한 신상기가 '네?' 하고 반문을 하자 병사는 다시 이야기를 해준다.

"후추 엄청 뿌렸나 보다고요! 지금도 매운 냄새가 장난 아닙니다."

"아… 예, 예, 그거… 그… 후추 통을 한 번 놓치는 바람에……."

되는대로 아무 소리나 지껄인 신상기는 자신의 몸에서 나는 냄새를 맡아보았다. 정말이다. 코를 확 찌른다.

퉁, 퉁.

트렁크 문을 닫은 병사가 차를 가볍게 두드리자 검문하던 병사는 흰 장갑을 낀 왼손으로 가도 좋다는 신호를 해준다.

신상기는 지그재그 바리게이트 사이를 천천히 통과해서 정문을 빠져나왔다. 자꾸 눈이 백미러로 가는 바람에 앞 범퍼를 긁기까지 했다.

끼긱!

날카로운 쇳소리에 병사들이 돌아본다. 신상기는 얼른 창문 밖으로 고개를 내밀었다.

"괜찮아요! 기스야! 신경 쓰지 마요! 어차피 바꿀 때 된 차니까!"

그러고는 곧바로 속도를 높여 도로를 내달렸다.

휘이이잉—

몰아치는 비릿한 바람이 그렇게 반가울 수가 없었다.

"후아아아~ 후아아!"

신상기는 쏟아져 내리려는 눈물을 꾹 참으며 핸들을 꽉 잡았다. 가슴이 두근거려 터질 것만 같다.

자신이 저지른 일에 대한 걱정 때문이 아니었다. 하마터면 잡혀서 곤욕을 치를 뻔했다는 두려움이다. 그리고 이제 벗어났다는 안도감 때문에 감정이 폭발한 것이다.

나는 몰라…….

신상기는 몇 번이나 고개를 저으며 혼잣말을 중얼거렸다.

나는 그냥 시키는 대로 한 것뿐이야. 이제 집으로 가서 전화를 받고 마누라랑 애만 찾아오면 돼… 어차피 일주일만 꼭 틀어박혀 있으면 다 해결된다고 채 장군이 말했었어. 신세 단단히 갚는다고도 했었고…….

신상기는 얼른 평화로운 일상으로 돌아가고 싶다는 생각밖에 없었다. 자신 때문에 제주 전체가 폭풍 속에 휘말리게 될 것이란 예측을 하기에 그는 너무도 작고 나약한 인간이었다.

"쿨럭, 쿨럭! 뭐, 뭐야? 어흐."

직원 숙소에서 잠들어 있던 여급들과 웨이터들은 기침을 쿨룩거리며 각자의 방에서 깨어났다. 문틈으로 스며 들어온 매캐한 냄새 때문에 제대로 숨을 쉴 수가 없다.

너무 매워 눈을 비볐더니, 더 심하게 화끈거리고 따갑다. 불이 붙은 것 같은 고통이 얼굴 전체를 휘감는다.

"으흑! 크우욱!"

일전에 교수와 농을 주고받던 웨이트리스도 고통 속에서 벽을 더듬어 스위치를 켰다.

팟.

전기가 들어오자 바닥에서 피어 올라오는 연기가 보인다.

윽, 웨이트리스는 당황한 비명을 내질렀다. 처음엔 불이 났다고만 생각했다. 그러나 이내 뭔가 연기의 종류가 다르다는 걸 깨달았다.

드르륵.

웨이트리스는 신선한 공기부터 쐬려고 바깥으로 난 창을 열었다.

후우욱, 바람을 타고 들어오는 것은 똑같은, 더 뭉게뭉게 피어오른 연기다. 지독하게 맵다.

턱.

서둘러 창을 닫은 웨이트리스는 방문의 손잡이를 조심스레 건드려 봤다. 전해지는 열기는 없다.

그럼… 열어봐도 되는 걸까? 복도의 불길이 확 들이닥쳐지면 어떻게 하지?

쿵쿵쿵.

그렇게 그녀가 고민을 하고 있을 때, 누군가 밖에서 문을 두드린다. 놀란 것도 잠시, 반가운 목소리가 그녀를 부른다. 마담 언니였다.

"야! 지수야! 나와! 나와! 여기 난리 났어! 빨리 나가야 돼!"

"나, 나가요!"

웨이트리스 지수는 서둘러 문을 열었다.

쿠우우~

눈과 코의 점막을 할퀴는 것 같은 독한 연기가 복도 전체에 퍼져 있다. 속치마 바람의 마담은 적신 수건으로 얼굴을 가린 채 다른 방을 두들겨 댔다.

그녀의 뒤에는 같은 요정에서 일하던 웨이트리스 셋이 서 있다. 다들 괴로워 발을 동동 구르며 수건에 얼굴을 묻고 있었다.

"나가자! 빨리!"

지수가 다급하게 화장실에서 수건을 물에 적시는 동안 자기 식구들을 다 불러낸 마담이 재촉을 한다. 여섯 명의 여자는 얼굴을 가리고 맨발로 계단을 뛰어 내려갔다.

"세상에! 여긴 더해! 어휴~ 맙소사! 쿨럭!"

안개처럼 뽀얗게 연기가 차오른 1층 복도를 보며 마담이 진저리를 친다. 곧바로 현관문을 열었지만, 거기에도 신선한 공기는 없었다.

복도 여기저기서 기침 소리, 재채기 소리가 끊이지 않는다. 최루탄이 두 발이나 터졌으니, 여간 맵지 않다.

그러나 여자들, 그리고 그 곁을 스치며 뛰어나가는 다른 직원들도 무슨 일이 난 것인지 전혀 인지하지 못한 상태였다.

때르르르릉! 때르르르릉! 때르르릉!

오지랖 넓은 누군가가 소화 비상벨을 울렸다. 캄캄한 새벽, 자욱한 매운 연기, 거기에 비상벨 소리까지 더해지니 사람들의 마음은 더욱 급해진다.

여섯 명의 여자를 포함해 모두 서른 명이 넘는 직원들이 맨발로 잔디밭 위를 전력 질주해 달아났다.

"어푸푸푸! 어푸푸!"

야외에 설치된 수전을 만난 사람들은 앞다투어 수도꼭지와 호스에 얼굴을 들이밀었다. 여섯 여자도 수도꼭지 하나를 차지해 물을 뒤집어쓰고, 매운 기운을 씻어내려 애를 썼다.

아무리 별짓을 해봐도 따끔거리는 기운을 전부 다 털어낼 수는 없었다. 그러나 눈과 코만 좀 나아져도 한결 살 것 같은 느낌이었다.

"얘, 이쪽으로 와! 이쪽! 그쪽으로 바람 가잖아! 이쪽!"

수건을 물에 빨아 다시 얼굴을 닦아내고 있는 웨이트리스들에게 마담이 손짓을 한다. 그녀가 있는 방향으로 비척거리며 걸음을 옮긴 여자들은 하나둘씩 잔디밭 위에 주저앉았다. 잠결에 뛰쳐나와 맨발로 내달린 탈출이라 꽤 지친다.

멀리 보이는 직원 숙소에서는 아직도 연기가 피어오르고 있다. 마담과 다섯 여자를 시작으로, 마땅히 갈 데도 없던 30여 명의 대피자들 거의 전부가 넓은 잔디밭 위에 무리를 이뤄 군데군데 떨어져 앉았다.

"근데 언니, 이게 불이 맞기는 한 거예요? 뭔 불이 이렇게 매운 연기만 나요?"

"몰라, 얘. 내가 그런 걸 알겠니? 아후~ 자다가 별 지랄을 다 해본다. 이게 뭔 조화라니? 얘, 내 꼴 좀 봐. 후후, 다 비친다."

마담이 푹 젖은 속치마 자락을 펄럭거리며 너털웃음을 짓는다. 따라 웃는 다른 웨이트리스들의 복장도 그리 큰 차이가 없었다. 다들 얇은 실크 속치마나 헐렁한 티셔츠 한 장만 걸치고 잠들었다가 날벼락을 맞았으니 당연하다. 지수가 웃으며 맞장구를 쳤다.

"언니, 그래도 이만하길 다행이지, 뭐. 계엄령인지 뭔지 때문에 연회 금지 걸리지 않았으면 더 큰일 났었을걸요?"

"그러네. 높으신 분들 접대하다가 이런 일 겪었으면 동반해서 아주 빨가벗고 뛰어다닐 뻔했구나. 호호호."

마담의 농담에 웨이트리스들이 웃어 대는 동안 해군 기지 쪽에서 두 대의 레토나와 두 대의 살수 트럭, 그리고 병사들을 실은 트럭 한 대가 사이렌을 울리면서 달려왔다.

"저기 군인 아저씨들, 불 끄러 오네. 에그, 복도 지지리 없지. 이리로 지나가면 눈요기라도 한 번 하고 가는 건데."

"아휴, 언니는. 어떻게 이쪽으로 와요? 저 뒤에는 절벽이랑 바다인데."

지수는 고개를 돌려 불이 꺼진 클럽 하우스 건물을 보며 중얼거렸다. 그때, 시커멓고 커다란 건물의 윤곽 밖으로 검은 그림자 하나가 슥, 튀어나왔다.

"어머, 깜짝이야!"

지수가 소리를 빽! 지르자 다른 여자들도 움찔하며 몸을 일으킨다.

왜? 왜 그래?

마담이 물었다. 지수는 검은 그림자를 가리켰다.

"저기··· 저 사람 보고 놀라서 그런 거예요. 아후~ 뭐야. 가로등 많은 데 놔두고 왜 저런 데서 기웃거려?"

"어디··· 에이, 술 드셨네. 저 비틀거리는 거 봐라, 얘. 누군지는 모르겠지만, 높으신 분인가 보다, 얘. 안 그러면 저렇게 대놓고 술 먹고 돌아다니겠니? 요즘 분위기가 어떤데··· 어? 뭐야? 저 사람, 왜 저렇게 뛰어?"

마담이 당황스러워한다. 비척대던 검은 그림자의 걸음이 조금씩 빨라지더니, 이내 전속력으로 잔디밭을 내달린다.

어머! 여자들은 소리를 지르며 직각으로 멀어져 가는 검은 그림자를 따라 고개를 돌렸다.

검은 그림자는 담배를 피우고 있던 웨이터 무리를 향해 힘껏 몸을 내던졌다. 그러고는 곧바로 등에 올라타서 목덜미를 물어뜯는다.

끄아악― 꺄아악―

근처의 사람들에게서 비명이 터져 나온다. 바닥에 뒹군 첫 번째 피해자는 전력으로 검은 그림자를 떨어내고 달아난다.

뒤로 넘어졌다가 벌떡 일어난 검은 그림자는 곧바로 가장 가까이 서 있던 남자를 덮쳤다.

"어어… 언니, 저거… 저거 뭐예요?"

지수가 온몸을 떨며 마담을 붙들었다. 어지간히 담이 큰 마담도 이를 딱딱 부딪치며 발을 떼지 못한다. 오금이 달라붙기라도 한 양 자꾸 무릎이 무너진다.

좀비 사태 첫날 아침, 한 교수와 함께 헬기를 타고 서울을 빠져나왔기 때문에 그녀들은 실제로 좀비를 본 적이 단 한 번도 없었다.

"달아나요! 구, 군인들 있는 쪽으로 뛰어요, 언니! 꺄아악!"

마담을 잡아끌던 지수가 비명을 지르더니 손을 놓아버리고 등을 돌려 내달렸다.

왜? 마담은 뒤를 돌아보았다. 지독한 악취와 함께 또 다른 검은 그림자가 확 덮쳐 온다.

으윽! 마담은 들이받힌 충격을 이기지 못하고 뒤로 나뒹굴었다.

까드득! 까득!

엄청난 고통!

조금 전 물로 씻어낸 그녀의 입술과 코가 좀비의 이빨에 걸려 뜯겨 나간다.

"끄아아! 아아악!"

죽음의 공포와 고통이 지나고 천천히 의식이 사라져 갈 때, 마담의 뇌리에 한 가지 의문이 떠올랐다.

왜? 왜 이렇게 지독한 냄새가 나는 놈들이 근처에 올 때까지도 느끼지 못했을까? 바람도 등 뒤에서 불어왔는데…….

꽈드득!

목덜미의 살이 또 한 줌 뜯겨 나가고 붉은 피가 솟아올랐다. 모로 쓰러진 채 움직이지 못하는 마담의 시야에 조금 전 자신이 떨어뜨린 수건이 들어온다.

그랬구나… 코가, 마비되었던 거야…….

꿀쩝! 꿀쩍!

요란하게 씹어 대는 소리가 길어질수록 좀비의 주둥이는 피로 물들고, 마담의 눈동자에서는 생명의 기운이 빠져나간다.

"사람! 사람 살려요! 살려주세……."

트럭의 불빛을 향해 내달리던 지수의 앞을 또 다른 검은 그림자가 막아섰다.

그롸아아악! 그롸아아!

방향을 틀 여유도 없었다. 좀비는 지수의 탐스러운 머리채를 꽉 움켜잡고 모질게 당겼다.

뜨드득!

머리카락이 뭉텅 뜯겨 나가고, 지수는 잔디 위에 쓰러졌다.

으아아!

풀밭 위를 기며 지수는 필사적으로 소리를 질렀다.

투투투— 투투—

어디선가 들려오는 총성.

퍼벅—

살덩어리가 터져 나가는 소리.

'살았나? 괴물이… 죽은 건가?'

지수는 무심코 등 뒤를 돌아보았다. 그 덕에 자신을 향해 아가리를 쫙 벌리고 몸을 날린 좀비를 정면으로 보게 되었다. 놈의 뻥 뚫린 흉부 사이로 가로등 불빛이 관통되어 반짝인다.

와드득!

지수의 허벅지에 좀비의 이빨이 박힌다. 한 교수가 어지간히도 쓰다듬던 바로 그 자리가 뜯겨 나가며 피가 콸콸 흘러나온다.

그르르르—

지수가 발버둥을 치는 동안 그녀의 머리 쪽에서 또 한 마리의 좀비가 다가온다. 놈의 얼굴과 가슴팍은 이미 뜨거운 피로 붉게 물들어 있다.

"안 돼! 안 돼! 제발! 까아악!"

지수는 좀비의 얼굴을 꽉 잡고 밀어내 보려 했다. 하지만 그녀가 전력을 다하는 것보다 놈의 힘이 몇 배나 강하다.

으득!

팔목이 반대로 꺾이며 좀비의 송곳니가 목덜미에 박혔다.

쐐애애—

뜯겨 나간 기도를 통해 이상한 소리가 새어 나온다.

끄윽! 끅! 끅!

지수는 경련하며 그렇게 서서히 생명을 잃어갔다.

탕— 타타타—

뒤늦게 울리는 총소리는 그녀를 구하지 못했다.

불을 끄기 위해 출동했던 병사들도 당혹스럽다는 점에서는 죽어가는 지수에 못지않았다. 살수차의 호스를 풀어내고 관에 연결하는 작업이 다 끝나기도 전에 여기저기서 비명이 터져 나오고, 갑자기 패닉을 일으킨 사람들이 사방으로 내달렸다. 그중에는 피투성이가 된 사람들도 여럿이다.

40여 명의 병사들이 있지만, 무장하고 있는 것은 여섯뿐이었다. 그들은 어디까지나 소방 작업을 위해 투입되었기 때문이다.

"어어, 저기! 저기!"

소방 호스를 잡고 있던 병사가 좀비를 발견하고 소리를 지른다. 강정 기지에서 상주하고 있던 그들 역시 실제 좀비를 본 것은 처음이었다.

당연히 교전 경험은 없다. 무장하고 있던 병사들이 당황하면서 안전장치를 해제한 뒤, 총을 겨눴다.

그런데… 뒤엉킨 사람들 때문에 쉽사리 방아쇠를 당기기가 어려웠다. 외등이 밝혀주고 있다 해도 어차피 깊은 밤. 시야는 좁아질 수밖에 없고, 판단은 느려진다.

"쏘, 쏩니까, 김 중사님?"

"쏴! 쏴! 저기! 여자 덮치잖아!"

탕— 투투둑— 투두둑— 투투둑—

일제히 발사한 총알은 근처의 잔디밭과 좀비의 가슴, 그리고 달아나던 여자의 허벅지를 맞췄다.

끄아아악!

바닥에 나동그라진 여자의 입에서 비명이 터져 나온다. 정작 죽어야 할 좀비는 쓰러진 여자를 향해 멀쩡히 걸어가고 있다.

"쏴! 정확히 조준해서 쏴!"

잠시 얼어붙었던 병사들을 향해 지휘관이 악을 썼다.

투투둑— 투투둑—

먼 거리는 아니지만, 좀비의 머리를 맞춘다는 건 여간 까다롭지 않았다. 총에 맞아 팔이 날아갔는데도 좀비는 꽉 문 여자의 손가락을 놓지 않고 있다.

그롸아악—

반대쪽에서도 좀비들의 포효가 날카로운 비명과 한데 섞여 울린다. 병사들의 마음은 더욱 초조해졌고, 총구는 심하게 흔들렸다.

풀려 나온 좀비들이 피비린내를 풍기고 있을 때, 골프장 설비 관리실의 지하에서는 한 40대 남자가 콧노래를 부르고 있었다.

그의 오랜 숙원이 이뤄지려는 순간이다.

"두루루루~ 두, 두루루~ 뚜뚜 루루~ 두루루루~ 두, 두루루~ 두두두 루루~"

군 병력이 모든 시설을 관리하는 강정 기지와 달리 부속된 골프장의 전원은 이곳에서 통제한다. 관리의 주체도 군이 아닌 공사다. 남자가 걸어가는 복도에는 한 구의 시체가 엎어져 있었다.

뒤통수가 움푹 팬 그 시체는 남자와 같은 유니폼을 입고 있다. 남자는 시체의 사인을 알기에 당황하지 않았다. 둔기에 의한 두개골 함몰. 방심하고 있을 때 뒤에서 묵직한 스패너가 반복적으로 내려쳐진 것이다. 남자는 잘 안다. 자신이 저지른 일이니까.

"두루루루루루루~ 두루루루~ 따라, 땃따라라, 땃따라라, 라~"

남자는 배전반의 커버를 열어 바닥에 내팽개쳐 버리고 스위치들을 살폈다. 매캐한 연기를 맡자마자 작전이 시작되었다는 것을 인지했고, 총소리를 들었을 때 확신을 얻었다. 이제 자신도 역할을 해야 할 때였다.

'채 장군님…….'

첫 번째 전원을 차단시키면서 남자는 채 장군을 떠올렸다. 결코 잊을 수 없는 은인. 그저 여부사관 한두 명을 좀 데리고 놀았다는 이유로 군 감옥에까지 수감될 뻔했던 자신을 끝까지 감싸주고 챙겨주신 분이다.

그분이 여기에 일자리를 마련해 주시지 않았다면 불명예제대

후에 분한 마음을 못 이겨 자살했을지도 모른다.

'씨발, 그까짓 게 죄냐고. 제 년들도 은근히 즐겼다니까!'

철컥, 두 번째 스위치가 내려갔다. 남자는 모든 스위치를 빠르게 꺼버렸다.

끼우웅—

일제히 전원이 꺼진 조명에서 묘한 소리가 울려 나온다.

딸칵, 플래시를 켠 남자는 스패너를 들어 배전반에 힘껏 집어 던졌다.

파시식! 파짓!

박살 난 계기판에서는 푸른 불꽃이 튀어 올랐다.

후후후~ 남자는 만족한 웃음을 지으며 계단을 올라왔다. 3층의 자기 숙소 앞에 도착한 남자는 채 장군이 계실 것이라고 상상되는 방향을 향해 멋들어지게 거수경례를 올려붙였다.

이제 몇 시간 후면 정점에 서실 그분께서 보름 전 약속을 해주셨다. 이 작업만 성공하면 다시 군복을 입게 될 거라고.

임무는 완수했다. 자동차 헤드라이트를 제외하면 빛이라고는 보이지 않는다. 안전한 암흑 속에 묻힌 강정 기지 골프장을 만족스러운 얼굴로 바라보던 사내는 자신의 방으로 들어가 문을 잠갔다.

투투투— 투투투—

멀리서 총성이 울려온다.

2

"소등, 확인했습니다."

망원경으로 골프장을 주시하고 있던 특임대 소령이 채 장군을 향해 보고했다. 간이 의자에 앉은 채양균은 당연하다는 표정을 지으며 중얼거렸다.

"그래, 내가 말했잖아. 걔는 내 말이라면 껌뻑 죽어."

"그 사람 말고도 오늘 죽을 놈 많습니다."

시간을 확인한 소령은 계단을 내려가 자신을 기다리고 있는 특임대원들과 해병대 병사들 앞에 섰다.

에에에엥—

골프장 정전 때문에 강정 기지에서는 사이렌이 울려 대고 있다.

그들이 위치한 장소는 폐쇄된 채 방치된 구 대학 건물 2층. 강정 기지에서 불과 1.5킬로미터도 떨어지지 않은 곳이다.

반란군 놈들이 이곳 수색을 마치고 철수하자마자 여기로 옮겨와서 비어 있던 건물을 통째로 차지했다.

"주목!"

소령이 입을 열자 수십 명의 병사들이 일제히 그를 향해 고개를 돌렸다.

"그동안 쫓겨 다니면서 재미있었지?"

후후후, 소령의 농담에 몇 군데서 웃음이 터진다. 잠시 뜸을 들인 소령이 다시 물었다.

"혹시 무서웠던 사람 있으면 투항 허락하겠다. 있나?"

하하하! 또 작은 웃음이 터진다. 소령은 병사들의 얼굴을 찬찬히 둘러보다가 입을 열었다.

"쫓아오던 새끼들, 어떻게 하고 싶었나?"

"죽이고 싶었습니다."

가장 앞자리에 앉아 있던 특임대 대원이 나직하게 대꾸한다. 다들 고개를 끄덕이며 동조한다. 열흘이 넘도록 한 몸이 되어 목숨을 걸고 도망 다니는 동안 해병대 병사들도 이미 뼛속까지 동질화되어 있었다.

"너희 전우의 몸에 총알을 박은 새끼들, 어떻게 하고 싶었나?"

"죽이고 싶었습니다!"

해병대 병사들의 입에서 나온 대답이다.

"오늘, 그걸 허락해 주겠다."

가벼운 환호가 인다. 소령은 손을 들어 제지하며 말을 이었다.

"오늘 이 시간부로 우리는 도망 다니지도, 주저하지도 않을 것이다. 총 끝에 인정을 두지도 않을 것이다. 무슨 말인지 알겠나?"

척, 일제히 고개를 끄덕이는 소리가 하나의 구령처럼 절도 있게 울린다.

"오늘 밤 우리는! 저 부패하고 타락한 역도의 무리들을 모조리 처단하고 다시는 쫓기지 않을 것이다! 그간 쌓아왔던 너희의 분노! 적을 향한 증오! 나라를 구하겠다는 뜨거운 열망! 모두 이

한순간에 뜨겁게 불살라라! 아무것도 두려워하지 말고! 지금 너희 곁에 있는 동료들을 믿어라! 나를 믿어라! 채 장군님을 믿어라! 우리는 옳다! 그리고 승리할 것이다! 특임대와 해병대가 하나가 되어! 나라를 구한 역사의 현장에! 우리의 이름을 피로 새길 준비가 되었나?"

소령의 열변이 질문으로 끝나자 무릎앉아 자세로 대기하던 병사들은 손바닥으로 바닥을 한 번 쳤다. 도망자로 살다 보니 큰 소리를 내지 않는 습관이 아주 몸에 뱄다. 신뢰를 가득 담은 눈으로 병사들을 바라보던 소령이 나직하게 지시를 내렸다.

"각 팀장들, 팀원들과 작전 다시 확인하도록."

소령의 말이 떨어지기 무섭게 특임대원들과 해병대 병사들이 팀별로 뭉쳐서 머리를 맞대고 수군거린다. 급조해서 그린 단면도를 자그만 플래시 불빛으로 비춰 보는 초라한 환경이지만, 다들 의욕 하나만큼은 끓어 넘칠 기세였다.

"철웅아, 너 나중에 정치할래? 야~ 말 잘하네."

소령이 3층으로 돌아왔을 때, 채양균이 빙글거리며 물었다. 연설을 귀담아들은 모양이다. 소령은 피식 헛웃음을 웃었다.

"풋, 장군님도 참 놀리시는 거 좋아하십니다. 저는 딱 이게 적성입니다."

"적성이라… 뭐, 잘하기는 하지."

채양균은 담뱃불을 붙이며 중얼거렸다. 소령은 얼른 창가를 가리고 섰다. 채양균은 전혀 신경 쓰지 않고 여유롭게 맛을 음미하며 연기를 내뿜었다.

그때까지도 단 한마디 없이 구석에 기댄 채 어두워진 도로를 초조하게 바라보던 이승남이 입을 열었다.

"꼭 성공해야 하는데……."

"성공합니다."

대답하는 소령은 표정 하나 변하지 않았지만, 이승남은 한숨을 내쉬었다. 아무리 저쪽이 연일 강행된 수색으로 지쳐 있다고는 해도, 워낙에 병력의 차이가 압도적이다.

게다가 현대 특수전에서 가장 중요한 전력이라 할 공중 지원도 받지 못하고 싸워야 한다. 걱정이 되지 않을 수가 없다.

"야, 승남아. 너는 말이지, 간이 너무 작아. 어차피 인생 백 년 살기 힘들어. 그럴 바에야 좀 화끈하게 가보자. 아… 내가 배짱부릴 수 있는 근거를 좀 줄까? 승남아, 너 저 강정 기지 짓다가 마무리 공사 장기 지연되었을 때 뭐했어? 해군 참모총장으로서."

"뭐하냐니요? 해군 참모총장이랑 기지 공사랑 무슨 관계가 있습니까? 그거야 건설사 일 아닙니까?"

채양균이 고개를 끄덕였다.

"그렇지, 너는 골프나 쳤겠지. 대빵이 그러고 있으니까 밑에 애들이야 오죽했겠냐? 뭐, 사실 나도 그랬으니까 뭐라 그럴 자격은 안 되는데… 근데 말이지, 얘는 달랐어."

채양균은 소령을 가리키며 말을 이었다.

"얘는 그 몇 달 동안에 여기에 와서 살다시피 했어. 내 허락

받고 자기 팀원 싹 다 끌고 왔었다고. 그래서 저 해군 기지 본부 건물부터 별관, 식당까지 싹 다 제 발로 밟고 돌아다녔단 말이야. 여기에서 혹시 있을지 모르는 인질 사건이나 테러 대비하고 싶다고 부탁을 하는데… 참내, 얼마나 대견하고 예뻐 보이는지… 아예 실제 건물을 킬 하우스 삼아서 연습을 했다고. 그게 무슨 의미인지 알겠어? 주제도 모르고 깝치는 한 교수랑 네 밑에 그 염병할 똥별 새끼들은 지금 우리 킬 하우스 안에 들어 있다는 거야. 싹 다 뒈질 일만 남았지."

소령은 엷은 미소를 지으며 상관의 칭찬에 답했다. 채 장군의 말은 절반 정도만 사실이다. 대한민국 군인 중에 오직 그의 대원들만이 실제 강정 기지를 무대로 삼아 테러 진압 훈련을 해봤다는 말은 사실이다.

자신도 있다. 눈을 감으면 도면이 한눈에 그려질 정도니까. 적에게는 강정 기지가 집무실이고 관사겠지만, 그에게는 전장으로만 인식되고 있다.

어디로 들어가서 어디를 치면 가장 빠르고 효과적일지 그 자신보다 잘 아는 사람은 없을 것이다.

하지만 여전히 화력의 차이는 무시할 수 있는 범위를 넘어선다. 간이 콩알만 한 좀생이들이 가용 병력을 총동원해서 방어선을 구축하는, 지금과 같은 상황은 그가 연습했던 시나리오 속에 포함되어 있지 않았다. 목표까지 닿기 위해 죽여야 할 놈들이 너무 많다.

그러니 승률은 반반의 균형 위에서 아슬아슬하게 이쪽으로 기운 정도라고 봐야 했다. 최선을 다할 것이지만, 운이 도와주지 않는다면 승리를 기대하기는 어렵다.

지키는 쪽과 치려는 쪽, 어느 쪽이 더 운이 좋은지는 지금으로부터 약 한 시간 후, 03시 05분이 되면 알게 될 것이다.

"준비 마쳤습니다."

레드 팀의 팀장이 대표로 올라와 보고를 한다. 좌측 담장에서 출발해 세 개의 건물을 지나 가장 빠른 시간에 본부 건물에 도착해야 하는 팀이다.

이 녀석들과 이미 출발한 블랙 팀의 활약이 이 작전 성패의 6할을 짊어지고 있다고 해도 과언이 아니었다.

"무운을 빈다."

소령은 레드 팀장의 어깨를 두드려 주었다. 레드 팀장은 운 따위 없어도 충분히 이길 수 있다는 듯 자신만만한 미소를 지으며 고개를 끄덕였다.

40분 뒤, 강정 기지 정문 게이트로부터 570미터 떨어진 작은 횟집의 문이 열리며, 다섯 명의 남자가 도로로 나섰다. 열린 문틈으로 피투성이가 된 채 죽어 있는 시체들이 몇 구나 보인다.

조금 전, 순찰을 돌다가 다섯 남자에 의해 살해된 경비병들이다. 주변의 상가는 모두 고요했다.

투투투투— 투투투— 투투투투—

아직도 총성이 들려오는 강정 기지를 보며 제일 키가 큰 사내가 비웃음을 지었다.

“저 새끼들 진짜… 크, 좀비 몇 마리 풀어놨더니 그걸 한 시간이 넘도록 진압을 못하네.”

“정예 병력을 그쪽으로 안 빼고 뒀다는 거 아니겠습니까?”

다른 남자가 의견을 제시한다. 사내는 시계를 보며 중얼거렸다.

“뭐, 그렇겠지. 양동작전이라고 생각해서 오히려 게이트 쪽에 집중할 거다. 공두 시 사십오 분… 슬슬 준비해라.”

사내가 명령하자 네 명의 남자는 승합차 뒷문을 열고 뭔가를 꺼냈다.

굵고 긴 막대 두 개와 검은 쇳덩어리들 뭉치.

대전차로켓 판처파우스트 3와 탄두다.

두 명이 기관단총을 들고 주변을 살피는 동안 다른 두 명은 능숙한 솜씨로 탄두의 추진부를 발사관에 연결했다. 조립된 발사관을 세운 남자들은 탄두의 연장관을 쭉 뽑아낸 뒤, 나사를 돌려 고정시켰다.

“시계 양호. 목표 확보했습니다.”

10여 미터 간격으로 벌려 앉은 두 남자가 조준경에 눈을 붙인 채 보고한다. 돌담 위에 저격소총을 걸치고 전방을 관찰하던 키 큰 사내가 다시 시간을 확인했다.

초침이 두 시 오십 분을 막 가리키자마자 사내가 명령했다.

“우측, 좌측. 각자 장갑차부터 날려.”

“시작은 화려하게!”

콰아앙!

두 남자가 농담과 함께 방아쇠를 당기자 엄청난 폭발음과 함께 로켓이 발사되고, 뒤쪽으로는 카운터매스가 날아가 후폭풍을 반감시킨다.

쑤우웅—

빠르게 날아간 로켓은 상대방이 대응해야겠다는 마음을 먹기도 전에 장갑차의 장갑을 때렸다.

성형 장약탄 특유의 먼로—노이만 효과는 엄청난 고열과 에너지로 두꺼운 장갑의 한 점을 뚫어냈고, 장갑차 내부는 순식간에 화염과 폭발에 휩싸였다.

풍—

장갑차의 해치 위로 산산조각 난 장갑차장의 시체와 함께 불꽃이 솟아오른다. 게이트를 지키고 있던 두 대의 장갑차는 완전히 궤멸되었다.

그만한 발사음과 후폭풍이 있었으니 초소 쪽에서도 당연히 반응이 이어졌다. 다섯 남자가 있는 방향을 향해 서치라이트를 돌리려는 경비병을 스코프로 보며 키 큰 사내가 중얼거렸다.

"어림없어, 인마."

타아앙—

그가 방아쇠를 당기자 경비병의 목과 얼굴이 퍽! 하고 터져 나간다. 서치라이트는 붉은 피와 뼛조각으로 범벅이 된 채 멈춰섰다. 곧바로 다른 병사가 라이트를 잡았다.

"교훈을 얻어라, 좀."

사내는 다시 방아쇠를 당겼다. 이번 탄환은 병사의 눈을 관통

했다. 두 명의 피를 뒤집어쓴 서치라이트는 온통 뻘겋다.

"재장전 마쳤습니다."

저격수가 시간을 버는 사이, 판처파우스트의 탄두를 재장전한 남자들이 보고를 한다. 재장전이야말로 이 독일제 무기의 탁월한 특성이다. 저격수는 조준경에서 눈을 떼지 않은 채 대답했다.

"공삼 시 정각 됐으면 쏘고 가자. 뭘 기다리냐?"

콰아아아앙—

또다시 날아간 두 발의 로켓은 초소와 게이트 주변의 바리게이트를 불바다로 만들었다. 폭발에 휩싸인 경비병들은 시체조차 발견하기 어려울 만큼 갈기갈기 찢겨 나갔다.

타앙— 타앙—

세 발째의 재장전 시간 동안 저격수는 계속 총구를 돌려가며 방아쇠를 당겼다. 라이트를 깨고, 차량의 운전병을 사살했다.

콰아앙—

또다시 날아간 로켓이 터지면서 정문 일대는 완전히 아수라장으로 변해 버렸다. 뒤늦게 정문 쪽으로 달려온 지원 차량에서 K—3를 난사했다.

"저 새끼들, 대강 막 갈기네."

다섯 남자는 서둘러 승합차에 몸을 싣고 라이트도 켜지 않은 채 곧바로 내달렸다. 이제 골프장 게이트도 날려줄 차례다.

500여 미터 우측의 정문 게이트에서 불꽃과 검은 연기가 치솟는 것을 확인한 레드 팀은 해군 기지의 좌측 벽에 C4를 붙여 두고 다시 기다렸다.

세 시 정각에 폭파 스위치를 누르자 폭발음과 함께 두꺼운 콘크리트가 산산조각 나며 파편이 사방으로 튄다.

하지만 기지 내부에서 그 소리를 인지한 사람들은 없을 것이다. 동 시각에 정면에서 제2차 폭발이 워낙 성대하게 일어났기 때문이다.

"들어가! 뛰어! 뛰어!"

콘크리트 먼지가 다 가라앉기도 전에 레드 팀장은 대기하고 있던 스무 명의 병력을 모두 들여보냈다.

특임대가 셋, 나머지는 해병대로 구성된 레드 팀은 매끄럽게 강정 기지 안쪽으로 뛰어들었다. 벽에 설치되어 있던 센서가 날아가면서 사이렌이 시끄럽게 울어 대지만, 그것도 괜찮다.

어차피 5분 전에 정문에서 장갑차들이 폭발할 때부터 기지 전체를 사이렌 소리가 휘감고 있었으니까.

퓨퓨푹— 퓨퓨푹—

기지 안으로 뛰어든 레드 팀 대원들은 소음기가 장착된 기관단총으로 가로등부터 전부 박살 내버렸다. 이렇게 몰래 들어오는 일은 모름지기 어둠 속에서 해야 맛이 제대로 난다.

길게 펼쳐진 화단을 빠르게 가로지른 레드 팀원들은 첫 번째 건물인 해군 회관 부근에서 멈춰 섰다.

긴 직사각형 구조의 해군 회관 앞은 병력을 태운 트럭과 실탄을 지급 받고 트럭에 뛰어오르는 병사들로 분주했다. 해군 회관 옥상에서는 라이트가 쉬지 않고 움직이며 아래를 비춘다.

'너, 너, 옥상. 너, 너, 수류탄. 너, 너, 위치 이동해서 제압사격.'

아름드리나무 뒤에 몸을 숨긴 레드 팀장은 손가락으로 병사들을 지정해서 임무를 분담했다.

모두들 고개를 끄덕인다. 서브 소닉탄을 장착하고 있는 특임대원이 소음기가 부착된 MK14를 옥상을 향해 겨눈다.

틱— 틱— 틱—

박수 소리보다도 작은 금속음만 남긴 채 음속을 돌파하지 않는 7.62㎜탄이 옥상의 병사들을 향해 날아가 꽂힌다. 순식간에 세 명의 경비병이 쓰러져 버렸다.

그와 동시에 화단 아래 숨어 있던 두 명의 해병대원이 몸을 일으키며 병사들을 태운 트럭을 향해 수류탄을 집어 던졌다.

툭, 투르르르—

바닥에 떨어져 구르는 물체에 대해 해군 회관 앞의 병사들이 인지하기도 전에 수류탄은 요란한 굉음과 함께 폭발했다.

콰앙—

트럭의 장막이 찢어지고, 순식간에 수십 명의 젊은 군인들이 쇳조각 파편에 목숨을 잃고 쓰러진다.

투투투투— 투투투투투—

건너편 화단으로 이동해 대기하고 있던 해병 대원 네 명이 일제히 연사를 개시하자 아직 살아남아 있던 병사들이 사방으로 피를 흩뿌렸다.

틱— 틱—

그러는 동안에도 MK14는 계속 옥상의 병사들과 라이트를 향해 소리 없는 실탄을 날려 보냈고, 두 번째 수류탄 투척이 이루어졌다.

폭연과 신음이 어두운 밤하늘을 가득 메운다. 이만하면 기선 제압으로서는 아주 훌륭하다.

투투투투— 투투투투—

레드 팀장은 가장 먼저 몸을 일으켜서 해군 회관을 향해 기관단총을 난사하며 돌진했다. 나머지가 열을 이루며 그 뒤를 따랐다.

폭발의 충격파에 날아갔다가 겨우 몸을 추스르려던 병사들이 벌집처럼 온몸이 관통된 채 다시 나뒹굴었다.

20명의 레드 팀이 지나가는 길 주변에는 시체들이 줄줄이 널린다. 아직 단 한 사람의 아군 손실도 발생하지 않았다.

이제 두 개의 건물만 더 통과하면 해군 본부 건물에 닿을 수 있다. 본 게임은 거기서부터다.

해군 회관 1층으로 들어가 지하에서 방향을 바꿔 빠져나오며 건물 내부로 수류탄을 까 던져 넣는 레드 팀장의 얼굴은 한 시간 전 소령과 인사를 하던 때와 마찬가지로 자신감이 가득했다.

레드 팀장이 수류탄을 던지고 팀원들과 합류해 어둠 속으로 사라질 때, 그것을 지켜보는 눈이 있었다. 해군 본부 건물의 좌측 날개 옥상에서 M24 저격소총의 양각대를 펴놓고 주야 조준경을 통해 아래쪽을 살피던 씰 팀의 저격수이다.

"그리로 올 것 같더라."

빙긋 웃으며 혼잣말을 한 씰 저격수는 녹색 원의 십자 표시 한가운데에 레드 팀장의 머리를 넣었다. 그러고는 상대방의 움직임에 맞춰 천천히 총구를 따라 돌렸다.

거리는 800미터 이상 떨어져 있지만, 건물들의 사각 밖으로 모습을 드러낸 이상 끝이다. 놓칠 일이 없다.

"인사해 주시지 말입니다?"

씰 저격수의 우측에 서서 적외선 망원경으로 아래를 보던 감적수가 말했다. 저격수의 생각에도 그 정도 예의는 있어야 할 것 같았다. 그래야 저 아무 데서나 수신호를 주고받으며 깝치는 특임대 애들도 겸손이 뭔지 좀 배울 테니까.

슥, 저격수의 손가락이 방아쇠 위에 얹힌다. 방아쇠 압력을 910그램에 맞춰뒀기 때문에 그리 큰 힘을 줄 필요도 없다.

아주 살짝, 레드 팀장의 머리를 십자선의 중앙에 맞춘 저격수는 손가락을 까딱했다.

피아앙—

워낙 탄환의 무게와 속도가 월등해서 소음기를 낀 상태에서도 음속 돌파의 충격파는 커다랗게 울렸다. 그리고 그 소리를 직접 귀로 듣기도 전에 레드 팀장의 머리는 몸으로부터 뜯겨져 나갔다.

"정타!"

핏줄기가 높이 솟아오르는 레드 팀장의 목을 보며 감적수가 말했다. 레드 팀이 혼비백산 흩어지는 모습은 덤이었다.

철컥—

씰 저격수는 노리쇠를 뒤로 당겨 재장전을 하며 빙긋 웃었다. 이제 저 리더 없는 놈들을 하나하나 데리고 놀아주면 된다.

3

말 그대로 눈 깜짝할 사이에 리더를 잃은 레드 팀의 열아홉 명은 다급하게 산개해 건물의 그늘 속에 몸을 숨겼다. 둘로 나뉜 레드 팀의 절반가량은 해군 회관의 우측 벽에, 나머지는 거기에서 20여 미터 전진해서 용사의 집 건물 측면에 등을 바짝 붙이고 커다래진 눈으로 서로를 돌아본다.

두 건물의 중간 지점 보도에는 목 위쪽이 거의 다 뜯겨 나가 아직도 피가 콸콸 솟아져 나오는 팀장의 시체가 쓰러져 있다.

"어디에서 날아온 거야? 본 사람?"

뒷줄에 서 있다가 뛰어온 특임대 MK14 사수가 서브 소닉 탄창을 일반 7.62㎜ 나토 탄창으로 교환하며 묻는다. 조용하고 느린 총알보다 시끄럽지만 빠른 총알을 써야 할 때가 왔다. 다들 고개만 젓는다. 아무도 보지 못했다.

팀장이 가장 앞서 있었기 때문이기도 하지만, 그보다는 발사 지점이 너무 멀었다. 어떤 낌새도 느끼기 전에 전방을 살피던 팀장의 머리가 거의 폭발하다시피 했고, 몸이 반응을 하고 나서야 총성이 울려왔다.

벽의 끝 쪽에 바짝 붙은 MK14 사수는 아주 빨리 힐끔 고개를 내밀었다가 다시 돌렸다. 이미 머릿속에 든 지형이지만, 뭔가 바뀐 점이 있는지를 확인하기 위해서다.

변화는 없었다. 저격을 할 만한 포인트라고는 멀리 떨어진 해군 본부 건물의 좌측 코너 딱 한 귀퉁이밖에 없다. 나머지 부분은 벽에 가려져 보이지도 않는다.

이 밤중에 저 먼 거리에서?

예상치 못했던 불운에 MK14 사수는 고개를 저었다.

젠장, 기껏 건물을 통과하면서 한 바퀴 돌아 방향을 바꿨는데…….

애초에 저기에 저격수가 배치되어 있다는 것은 침입 경로를 어느 정도 예측했다고밖에는 생각할 수 없다.

적을 우습게 보지 않으려 노력했지만, 작전에 교만한 구석이 있었다는 걸 인정해야 할 시점이 왔다. 적에게도 얼마든지 우수한 인재가 존재함을.

저항과 마주하게 될 것이라는 점은 계산 내에 있었지만, 좀 빠르다. 용사의 집까지는 진출한 이후에 농성을 하게 되리라고만 짐작했었다. 병력이 나뉜다는 점도 애초의 작전과 달라진다.

MK14 사수는 용사의 집 쪽으로 고개를 돌렸다.

거리는 약 20여 미터. 저격수가 빤히 노려보고 있는데 저기까지 열 명을 인솔하고 뛰어간다는 건 자살 행위에 가깝다. 이제부터는 분명 적 저격수가 목표물의 머리가 아닌, 다리를 노려 쏠 것이다.

그러면 부상병을 데리고 오기 위해서 또 병력이 무모한 구출을 감행해야 하고, 거기에서 아주 줄줄이 초상이 나게 된다. 미끼를 만들어놓고 지속적인 피해를 입히기. 저격의 가장 고전적인 전략이다.

그걸 빤히 다 알아도 일단 부상병이 생겨나면 그대로 내버려두고 갈 수는 없다는 게 우스운 점이다. 그러면 곧바로 사기가 확 떨어질 것이기 때문이다. 합류는 포기해야 한다.

"그래도 우리가 이긴다는 건 변함없지."

MK14 사수는 무뚝뚝하게 혼잣말을 중얼거리고는 뒤에 늘어선 해병대 병사들을 향해 말했다.

"별거 아니다. 기죽지 마라. 우리는 다시 해군 회관으로 돌아가 농성한다. 우리의 나머지 팀들이 목표를 타격할 때까지 25분만 버티면 우리 승리다. 25분은 순식간이다."

해병대원들이 검은 얼굴을 끄덕인다. 어차피 지난 열흘 동안 사람 죽는 것은 면역이 생길 만큼 봐왔다. 농성이 있을 것이라는 것도 인지하고 있었다.

첫 아군 사상 발생 후에도 병사들의 사기가 꺾이지 않은 것을 확인한 MK14 사수가 명령했다.

"해군 회관 2층 연회실로 간다. 움직이는 건 전부 사살해. 너, 너, 둘이 선봉에 선다. 움직여."

조금 전, 수류탄이 터져서 파편이 가득 널려 있는 해군 회관의 뒷문으로 해병대원들이 뛰어 들어가는 것을 확인한 MK14 사수는 용사의 집 뒤에 숨은 나머지 팀원들 쪽으로 고개를 돌렸다.

그러고는 너희는 계속 전진하라는 수신호를 보냈다. 저쪽에 남겨진 특임대원이 고개를 끄덕이고 건투를 빈다는 수신호로 답해 온다.

작전 전달을 마친 MK14 사수는 해병대원들의 뒤를 따라 해군 회관 내부로 뛰어 들어갔다. 리더의 머리는 박살이 나버렸지만, 이쪽에도, 저쪽에도 아직 지휘할 수 있는 특임대원들이 남아 있고, 해병대 병력에는 아무런 손실이 없다. 그 정도면 됐다.

투투투투— 투투투—

선봉에 서서 길을 뚫는 해병대원들이 계단에서 K—2를 난사하는 소리가 들린다. 건물 내부의 적들은 조금 전 일어난 수류탄의 폭발에서 겨우 몸을 추스른 상태다. 이쪽에 분명한 전술적 우위가 있다.

2층에 올라선 레드 팀은 건물 반대쪽 끝을 향해 언더 토스로 두 발의 수류탄을 집어 던졌다.

콰콰앙—!

건물이 뒤흔들리고, 유리창들이 모조리 박살 난다. 전등이 터져 나간 천장에서는 열을 감지한 스프링클러가 일제히 물줄기를 뿜어냈다. 문짝이 떨어져 내리고 여기저기서 비명이 올라온다.

지직— 지직—

간신히 매달려 있는 몇 개의 조명등에서 스파크가 이는 소리가 들린다. 이렇다 할 병력의 움직임은 감지되지 않았다.

"들어가! 세 번째 방이다."

복도의 상황을 파악한 MK14 사수가 명령했다. 해병대원들은 K-2를 앞세우고 물로 흥건해진 복도를 내달려 2층에서 가장 큰 방인 연회실로 잠입했다.

300명 이상이 호화로운 식사를 하기 위해 만든 연회실은 텅 비어 있고, 값비싼 장식물들은 조금 전의 폭발로 모두 떨어져 나온 채였다. 해병대원들은 둥근 8인용 테이블을 옆으로 굴리며 내와서 엄폐물로 삼았다.

"무조건 선제 사격이다! 도탄 주의해!"

병력이 제대로 배치되었는지를 확인한 MK14 사수는 커튼 사이로 총구를 내밀었다.

부우우웅—

지원 병력들을 가득 싣고 운동장을 똑바로 가로질러 달려오는 트럭들이 보인다.

"무슨 배짱이냐……. 그렇게 일직선으로."

운전수의 얼굴을 조준경에 포착한 MK14 사수는 천천히 총구를 움직이며 모드를 연사로 놓고 방아쇠를 당겼다.

타앙— 타앙— 타앙— 타앙—

당겼던 네 발 중 세 발 만에 트럭의 전면 유리가 피로 물든 것을 확인한 MK14 사수는 곧바로 옆의 트럭을 향해 총구를 옮겼다.

투투투투— 투투투—

복도에서도 총성이 울려 댄다. MK14 사수는 입안의 쓴 침을 꿀꺽 삼켰다. 겨우 25분만 버티면 되는데, 어째 그게 아주 아득한 일처럼 느껴진다.

반으로 나뉜 레드 팀이 교전을 벌이기 10여 분 전에 강정 기지의 화물 항만 쪽에서는 블랙 팀 20명이 상륙을 끝냈다. 맨몸으로 30분 이상을 헤엄쳐 온 그들에게는 장비랄 게 거의 없었다.

특임대원 여덟 명이 가지고 있는 부력 배낭과 그 위에 얹어놓은 MP5 소음 기관총은 전체를 다 무장시키기에 턱없이 부족했다.

'너, 너, 너, 너, 나를 따라와.'

속옷 하의에서 물을 짜낸 블랙 팀장이 네 명을 지목했다. 두 명은 배낭에서 전술 조끼를 꺼내 장착하고 소음 기관총으로 무장을 마쳤다.

나머지 셋은 속옷 하의와 날을 세운 대검 한 자루뿐이다. 나머지 인원들도 똑같이 5인 1조의 조를 구성했다.

블랙 팀의 A, B, C, D조 20명은 몸을 숙인 채 맨발로 콘크리트 도크 위를 내달려 네 방향으로 흩어졌다. 밤바다에서 계속 체온을 빼앗겼고, 상륙한 뒤에도 옷을 거의 걸치지 못한 그들이지만, 여름이어서 충분히 견딜 만하다.

'대기!'

블랙 팀장이 신호를 보내자 네 명의 조원은 컨테이너 뒤쪽에 몸을 숨겼다. 두 명의 경비병이 순찰을 돌기 위해 접근하고 있다. 어깨에 총을 멘 그들의 시선은 화물 항만 자체보다 총성과 폭발음이 울리는 해군 기지 쪽에 더 치우쳐 있었다.

휙—

경비병들이 컨테이너를 지나친 순간, 어둠 속에서 튀어나온 두 명의 특임대원이 뒤에서 그들을 덮쳤다. 특임대원들은 병사들의 입을 틀어막아 뒤로 젖힌 후에, 노출된 목 위로 울트라 마린 나이프를 그었다. 그러고는 곧바로 칼을 앞으로 돌려 왼쪽 겨드랑이를 찔렀다.

피해자들이 발버둥을 치기도 전에 블랙 팀원들은 나이프로 다시 한 번 오른쪽 겨드랑이를 그었고, 오금을 발로 차서 자세를 무너뜨렸다. 블랙 팀원들은 경련하듯 떨리는 경비병들의 다리를 잡고 컨테이너의 그늘 안으로 끌어들였다.

으그그극—

그르륵!

순식간에 엄청난 고통에 휩싸인 경비병들은 눈을 홉뜬 채 엎어져서 가래 끓는 소리를 냈다. 그러는 동안에도 치솟아 오른 피는 그들의 식도와 기도, 양쪽 모두를 타고 넘어간다.

목 뒷덜미로 한차례 더 칼날이 깊게 지나가자 병사들은 몸부림조차 칠 수 없게 되었다.

블랙 팀원들은 경비병들이 온전히 숨을 거두기도 전에 개인화기를 탈취하고, 전투화와 양말을 벗겨내 대기하고 있는 해병대원들에게 피범벅이 된 전술 조끼와 함께 넘겼다. 예비 탄창을 확인한 대원이 보고한다.

"60발이 전부입니다."

"너무하는군. 교전이 벌어질 수 있다는 걸 빤히 알면서도 달랑 탄창 두 개만 줘서 내보낸 건가?"

블랙 팀장이 어처구니없다는 표정으로 중얼거렸다. 이래서야 경비병 몇 명 죽인다고 해도 팀 전체를 무장시키기가 어려워진다. 한 사람당 60발로는 5분도 못 버틸 것이다.

"뭐, 두 배로 부지런히 움직이면 되는 거 아닙니까?"

소음 기관총을 든 대원이 싱긋 웃는다. 이제 다섯 명 중에 개인 화기로 무장한 사람은 넷. 일행은 다시 컨테이너 사이를 내달렸다.

콰아앙—

해군 기지 내에서 폭발음이 들린다. 레드 팀이 교전을 개시했다는 신호다. 템포를 올려야 하는 타이밍이다.

"넘어!"

담을 만나자 두 명의 대원이 가장 아래에 서서 달려오는 두 명을 담장 위로 올렸다. 담장에 몸을 걸친 두 명은 한 손씩을 뻗어 뛰어오른 한 사람을 붙잡아 끌어 올렸고, 10초도 걸리지 않아 다섯 명이 3미터 높이의 담을 모두 뛰어넘었다.

땅에 내려선 다섯 사람은 가장 가까운 건물인 화물 항만 관리 센터 안으로 난입했다. 그러고는 움직이는 모든 것들을 향해 망설임 없이 방아쇠를 당겼다.

드르르륵— 드르르륵—

소음기가 달린 MP5에서 불꽃이 쏟아져 나온다. 종소리 정도의 총성이 울렸지만, 오늘 밤은 워낙 사방이 시끄러워 이 정도 소리는 금방 묻힌다.

"비슷한 사이즈는 일단 무조건 신어라."

피투성이가 된 채 죽어 있는 병사의 시체에서 구두를 벗겨내 신으며 블랙 팀장이 아직 맨발인 대원들에게 명령했다. 맨발이라는 것 자체가 커다란 전술적 약점이다. 자동차로 이동하는 경우라고 해도 크게 다르지 않다.

"찾았습니다."

다른 병사들이 실탄을 회수하는 동안, 접수대를 뒤지던 특임대원이 옥상 열쇠를 발견하고 들어 올렸다.

이 건물 옥상에는 대공 캐논이 설치되어 있다. 그걸 해군 기지 내부를 향해 발포할 계획이다. 블랙 팀장이 고개를 끄덕이며 대답한다.

"최대한 시끄럽게 놀아주자."

우측 돌파의 레드 팀과 항만 침투의 블랙 팀에 이어 블루 팀은 좌측의 벽을 뚫고 난입했다. 규모는 앞서의 두 팀과 같고, 팀의 구성도 비슷했다. 소수의 특임대원과 다수의 해병대로 이루어져 있다.

C4로 담장을 뚫고 들어가자마자 블루 팀은 철저하게 해군 기지의 외곽으로 돌았다. 그들의 목표는 단순하다. 가능한 한 빨리 충무관까지 도달해서 그곳의 장비들을 탈취해 중앙을 공격하는 것이다.

충무관은 도면상으로 보면 해군 회관과 좌우 대칭을 이루는 곳에 위치한 건물로, 그 두 건물과 해군 본부 건물을 선으로 연결하면 커다란 삼각형이 만들어진다.

투투투투— 투투투투—

블루 팀은 소리를 죽이는 것에 별로 연연하지 않았다. 적군을 만나자마자 방아쇠를 당겼고, 그들의 피가 땅을 적시기도 전에 그 자리를 돌파했다.

그들은 아주 짧은 시간 만에 충무관으로부터 500여 미터 떨어진 외빈관까지 도달할 수 있었다. 그들의 작전은 효율적인 것처럼 보였다. 여러 정의 K—3로 무장하고 있는 간이 초소와 마주하기 전까지는…….

투투투투투— 투투투투—

천둥 같은 총성이 울리는 것과 거의 동시에 앞서 달리던 세 명의 블루 팀원이 피를 흩뿌리며 나뒹군다.

핑— 핑—

K—3 탄환은 블루 팀원들이 몸을 숨기고 있는 벽에 깊은 생채기를 남기며 튕겨 나갔다.

"끄아아아! 으으윽!"

두 다리에 관통상을 입은 병사들이 고통스러운 비명을 질러댄다. 복부가 터져 나가는 바람에 제대로 숨조차 쉬지 못하고 있는 나머지 병사는 어떻게든 자신의 내장을 다시 주워 담아보려는 것인지 자꾸 두 손을 허우적거린다.

"여기서 엄호해. 우리는 뒤로 돌아간다. 너희 셋, 뒷문으로 나오는 거 모조리 다 갈겨."

명령을 남긴 블루 팀장은 저격수 하나와 해병대원 둘, 총 네 명의 조를 짜서 벽에 바짝 붙어 건물의 반대편으로 뛰어갔다. 그러고는 곧장 건물 내부로 뛰어들었다.

투투투투— 투투투— 투투투투—

그러는 동안에도 K—3가 긁어 대는 소리와 아군이 응사하는 소리가 건물 벽을 울리며 커다란 메아리를 만들어낸다.

드르륵— 드르륵—

MP5를 앞세운 네 명의 블루 팀 별동대는 거의 텅 비어 있다시피 한 외빈관을 빠르게 점령하고 3층까지 올라갔다. 그리고 가장자리의 방문을 거칠게 걷어차 열었다. 덜덜 떨고 있던 외국인 해군 장교가 두 손을 들어 올린다.

빡!

뭔가 더 말을 하기도 전에 블루 팀장은 안에 들어 있던 외국인 해군 장교의 머리통을 개머리판으로 갈겼다. 그러고는 한 번 더 전투화로 걷어차 버렸다. 창가 벽에 바짝 달라붙은 저격수에게 블루 팀장이 묻는다.

"어때, 시야 확보되나?"

"저쪽 건물 처마에 가려서 반만 보입니다."

저격수가 고개를 갸웃거렸다. 어떻게 해도 한꺼번에 다 잡기는 어려워 보인다. 블루 팀장은 망설임 없이 명령했다.

"반이라도 처리해."

"그러려는 중입니다."

외국인 장교가 쓰던 베개를 창틀에 받쳐 두고 사격 자세를 잡은 저격수는 조준경에 눈을 붙인 채 호흡을 가다듬었다.

거리를 500에 맞춘 저격수는 시야에 들어오는 가장 우측의, 그러니까 처마가 가려주기 직전의 기관총 사수부터 표적으로 삼았다. 그러고는 방아쇠를 당기기 전에 머릿속으로 그 좌측으로 조준을 바꾸는 시뮬레이션을 해보았다.

시간적 여유가 많지 않으니까 리듬을 타고 죽 흘러가듯이 나머지 셋도 처리해야 한다. 기관총 하나가 남으면 5분 이상 지연될 수밖에 없다.

타앙—

첫 발이 격발되고 타깃이 쓰러지는 것을 확인하기도 전에 저격수는 미리 연습했던 그 리듬대로 총구를 옆으로 돌렸다. 그러고는 두 번째 K—3 사수를 향해 방아쇠를 당겼다.

타앙—

다시 몸을 옆으로 튼 저격수는 세 번째, 네 번째 발을 발사했다.

그가 세 번째 발을 발사하는 순간, 해병대원으로부터 빌린 K—2를 들고 창의 반대쪽에서 대기하고 있던 팀장이 아래를 향해 3점사를 퍼붓기 시작했다.

투투투— 투투둑— 투투둑— 투투둑—

저격수가 놓친 세 번째 표적을 사살하기 위해서였다.

그리고 두 사람은 동시에 창문 옆으로 비켜났다.

쨍그랑—

타타타타타—

곧바로 총알이 날아와 맹렬한 기세로 유리창을 박살 낸다.
"제가 놓쳤습니까?"
유리 조각이 빗발치는 사이로 저격수가 묻는다. 팀장이 대답했다.
"네 개 쏴서 세 개 잡았으면 나쁘지 않다!"
투투투투— 투투투—
또 한차례 총알이 비처럼 날아 들어온다.
윽! 복도를 감시하고 있던 해병대 병사 중 한 명이 도탄에 어깨를 맞고 쓰러진다.
"괜찮아? 일어날 수 있나?"
세 명의 동료가 부상병을 끌어 일으키며 묻는다. 부상병은 어깨에서 피를 철철 흘리면서도 이를 악물고 외친다.
"이 정도는 아무것도 아닙니다! 끄떡없습니다!"
"하하하! 이 새끼! 독기가 있는데? 좋아! 장하다!"
네 명의 별동대는 퍼붓는 총알이 잠잠해진 틈을 타서 다시 총구를 내밀고 사격을 시작했다. 저 멀리 어느새 지원을 나온 적 병력의 트럭들이 보인다.
막혔다. 원래의 목표 지점보다 500미터 이상 뒤처진 곳에 정체되어 버렸다. 하지만 이런 것도 나쁘지는 않다. 블루 팀장은 작전이 척척 맞아 들어가고 있다는 생각에 미소를 지었다.

4

판처파우스트 3로 무장한 병력이 정문을 날리고 세 개의 팀이 각각 좌우와 해안으로 침투하여 기지 내부에서 교전을 벌이기 직전에 채 장군과 소령이 이끄는 주력 병력은 제주 시내의 한 렌터카 회사에 잠입해 있었다.

그들은 순식간에 당직을 서고 있던 직원들을 제압하고, 차고에 세워진 모든 자동차의 열쇠를 빼앗았다.

"아, 그 새끼. 차량 좀 징발하면 하나 보다 하고 좀 있지, 괜히 설치다가 저 얼굴 꼴이 저게 뭐야? 야, 인마! 내일 열 배로 갚아줄게."

얼어터져 곤죽이 된 채 묶인 직원들을 향해 채 장군이 아무 소리나 지껄여 댔다. 그사이 두 대의 오픈카를 포함한 여덟 대의 승용차와 세 대의 SUV, 세 대의 승합차에 60여 명의 병력들이 탑승을 끝냈다. 모두 이 부근에서 징발해 온 차량들이다.

"장군님, 타시죠."

소령이 대형 SUV의 뒷좌석 문을 연다.

부르르릉—

엔진 소리도 요란하게 총 열네 대가 일렬로 도로 위를 내달린다. 병사들은 대부분 MP5로 무장한 특임대원들이고, 소수의 해병대원들은 거의 K—3 사수와 유탄발사기를 장착한 K—201 사수들이다.

콰쾅— 타타타타—

해군 기지 쪽에서 요란한 소리들이 들려온다.

"후후~ 이 새끼들, 동에서 번쩍, 서에서 번쩍… 아주 혼이

다 나가는 중일 테지."

담배에 불을 붙이며 웃은 채양균이 눈빛을 빛내며 외쳤다.

"하지만 여기가 메인이다, 이 개새끼들아!"

선봉으로 달려가는 두 대의 SUV 뒷좌석에는 각각 K-201 유탄발사기 사수와 K-3 사수가 앉아 있다. 길을 막고 선 초소를 최대한 빨리 날려 버리고 돌파하기 위해서다.

하지만 도로는 의외로 한적해서 그들은 출발한 이래 딱 두 개의 초소만을 폭파시킨 뒤, 쭉 내달릴 수 있었다. 한라산 북측에서 여전히 대규모 수색 작업이 진행 중이라는 점을 감안해도 너무 허술한 대응이었다.

"하여간에 이 새끼들, 멍청해. 이래서 먹물 먹은 새끼들은 안 돼."

뻥 뚫린 도로를 바라보며 채양균은 코웃음을 쳤다. 불안함을 감추지 못하며 이승남이 묻는다.

"뭐가 그렇게 안 된다는 거요?"

"아무한테나 턱턱 자리를 내줘서 안 된다는 거야!"

채양균이 대답했다. 그는 자신이 어떻게 이 좁은 제주도에서 그토록 긴 시간 동안 체포되지 않은 채 버틸 수 있었는지 잘 안다.

물론 조철웅이가 이끄는 특임대 애들이 워낙 똘똘하게 자신을 잘 보필해 준 것도 큰 이유이기는 하다. 하지만 근본적인 원인은 다른 데 있다. 그것은 바로 인사 문제였다.

정신 나간 한 교수 새끼는 대빵으로 임명한 놈이 죽자마자 바로 다음 서열을 승진시켜 그 공석을 메웠다. 자리가 비어 있는 꼴을 못 봐준다. 제 딴에는 동기부여를 하겠다고 하는 짓인지 모르겠지만, 입장을 조금만 바꿔놓고 보면 말이 안 되는 인사다.

밑의 참모들 입장에서는 일을 똑바로 할 이유가 없어지는 셈이다. 수색과 경비를 대충하면 할수록, 그래서 더 많은 장군들의 대가리가 저격을 당해 날아갈수록 더 빨리 자신이 별을 달 수 있거나 군의 정점에 설 수 있는 가능성이 높아지기 때문이다.

이 새끼들은 존나게 안일하다. 문제가 발생했을 때, '어떻게 해결할 것인가' 보다 그 일로 '어떤 이득을 얻을 수 있는가' 를 먼저 생각한다.

놈은 확실히 별들을 모른다. 그런 특성을 알고서야 이런 식으로 후다닥 승진을 시켜주진 않았을 테니까.

그것이 열흘이 넘도록 채 장군과 특임대, 그리고 해병 중대가 해군 전체에게 쫓기면서도 제주도라는 폐쇄된 공간에서 숨어 지낼 수 있던 가장 큰 이유였다.

반대편에 있는 벼락출세를 한 장성들 중에서 단 한 놈만이라도 직접 필드에서 상황을 봐가며 진두지휘를 했다면, 채 장군 쪽의 그 적은 인원과 장비로 이렇게까지 버텨내지는 못했을 것이다.

"애들 와 있습니다."

목표 지점에 가까워지자 약간 속력을 줄였던 운전수가 소령을 향해 보고했다. 멀리 전방 주택 2층 창에 모두 불이 환하게 밝혀져 있다.

반대로 1층과 3층은 완전히 소등된 채다. 미리 입을 맞춰둔 신호대로다. 플래시 불빛으로 서로 교신을 마친 뒤, 소령이 고개를 끄덕였다.

"우리도 가자."

긴 차량의 행렬이 불 켜진 주택 쪽으로 이어졌다. 좌회전을 하기도 전에 이미 마중 나와 있는 대원이 있다.

"오시는 데 불편한 점 없으셨습니까?"

농담 섞인 말로 인사를 건네는 것은 두 시 오십 분에 해군 기지 정문을 향해 판처파우스트 3를 발사했던 그 다섯 남자 중의 하나다.

자동차에서 내린 소령은 남자로부터 적외선 망원경을 건네받으며 물었다. 골프장과는 500여 미터 떨어져 있다.

"내부 상황은 어때 보이나?"

"개판입니다. 좀비들을 아직도 다 못 잡았는지 총소리는 계속 나고, 그런데도 골프장 정문 병력은 별로 움직일 생각이 없고… 그렇다고 정리가 되는 것도 아닙니다. 명령 체계가 다 꼬여 있는 것 같습니다."

소령은 시간을 확인했다. 03시 21분. 진입 작전이 시작된 지 20여 분이 지났다. 이미 침투한 레드, 블루, 블랙 팀을 상대하기 위해 적의 병력이 이동할 만큼 충분한 시간을 줬다.

"장갑차가 있군. 트럭이 두 대."

불 꺼진 골프장 정문을 적외선 망원경으로 살피며 소령이 중얼거렸다. 남자는 방금 막 소등한 주택의 3층을 가리키며 말했다.

"조준경도 새것으로 다 갈아 끼웠습니다. 명령만 기다리고 있습니다."

판처파우스트 3는 착탈식 조준경을 채택하고 있다. 세 발 이상 로켓을 발사하면 조준경의 조준점이 틀어져 버리기 때문에 그것을 갈아 끼운 후, 새로 발사를 해야 정확도가 유지되는 것이다. 소령은 다시 SUV에 오르며 명령했다.

"좋아, 준비되는 대로 때려."

"넵! 20분 후에 뵙겠습니다!"

남자는 문을 닫아주며 경례를 붙였다. 그러고는 주택을 향해 돌아서서 손가락을 빙글빙글 돌렸다.

옥상에서 대기하고 있던 남자들이 고개를 끄덕인다. 그들은 판처파우스트 3의 새 조준경에 눈을 바짝 붙이고 목표물을 찾았다.

제1타깃, 장갑차.

제2타깃, 병력을 가득 실은 트럭 1호.

저격수의 조준은 트럭 2호의 운전병에게 고정되어 있다. 저격수가 먼저 운전병을 날리면, 곧바로 두 발의 로켓이 발사되고 골프장 정문을 불바다로 만들 것이다.

"준비됐지?"

키 큰 저격수가 조준을 마치고 묻는다.

넵! 다들 눈을 조준경에 바짝 붙인 채 대답한다.

저격수는 망설이지 않고 방아쇠를 당겼다.

타앙—

쨍강!

트럭 2호의 앞 유리가 박살 나고, 운전대에 기대 있던 운전병의 얼굴이 피투성이 고깃덩어리로 변한다. 그리고 곧바로 로켓에 직격당한 장갑차가 불덩이로 바뀌었다.

콰아앙—

엄청난 폭발을 일으키며 튀어 오르는 트럭 1호 역시 곧바로 화염에 휩싸여 버렸다.

"출발해!"

적외선 망원경으로 전방을 주시하고 있던 소령이 폭발을 확인하자마자 운전수에게 명령했다.

부아아앙—

SUV들을 앞세운 긴 차량의 행렬이 500여 미터 전방의 골프장 정문을 향해 내달리기 시작했다. 그들이 중간 지점까지 도착했을 때, 두 발의 로켓이 한 번 더 골프장의 굵은 철제 정문과 아직 폭발하지 않고 있던 트럭을 때렸다.

화르르르—

주변이 온통 환해질 만큼 강렬한 불꽃이 정문 주변을 휘감으며 타오르고, 철문과 바리게이트가 수십 미터 바깥으로 날아가 요란한 소리를 내면서 떨어진다.

위이이잉—

속력을 최대한으로 낸 승합차가 가장 먼저 골프장 정문을 돌파하였다. 네 번의 폭발이 있은 이후여서 별로 장애물이라고 할 만한 것은 없었다. 그 뒤로 속속 자동차들이 골프장 내부로 달려 들어갔다.

"하하하, 이 개새끼들! 골프 그렇게 좋아하더니, 결국 골프장 때문에 망하는구나!"

진입로를 내달리는 SUV 뒷좌석에서 채양균이 통쾌하게 웃었다. 해군 기지의 정문에서 해군 본부 건물까지 닿으려면 세 개의 게이트와 무수한 건물들을 돌파해야 한다. 한세월이다.

반면, 지금 그들이 달리고 있는 뒤쪽의 골프장에서는 접근하기가 상당히 용이하고 가깝다.

2.5킬로미터 길이 정도에 걸쳐져 설계된 18홀과 골프 연습장을 지나면 헬기 이착륙장이고, 곧바로 해군 본부 후문에 닿는다. 게이트 하나와 일반 사병 막사가 그 사이에 있다고는 해도 정문 쪽과는 비교가 안 되게 단출하다.

해군 참모총장이었던 이승남으로서도 지금 생각해 보면 어이가 없을 만큼 멍청한 배치였다.

'왜 이렇게 기지 설계를 했던 걸까?'

무의식적으로 질문을 던지기는 하지만, 이승남은 사실 그 답을 알고 있다. 이 기지는 처음부터 전쟁을 대비하기보다는 외국 해군 간부 의전과 국내 장성의 복리 후생 쪽에 더 목적을 두고 설계되었기 때문이다.

특히 장군들과 그 가족들이 외부 사람들 눈치 보지 않고 더 편안하게 라운딩을 할 수 있도록 하기 위해 골프장을 본부 뒤에 바짝 붙여뒀다.

지금 이 상황처럼 제주도 내에서 침입 세력이 발생할 것이라는 변수는 아예 상정해 두지도 않았다. 그것이 오늘 밤, 아킬레스건이 되어 해군 간부 전체의 목줄을 잡아당기게 될 것이다.

부우우우웅—

열네 대의 차량은 굴곡진 잔디밭 위를 빠른 속도로 가로질렀다. 이따금씩 헤드라이트 불빛 내에 뛰어다니는 좀비들의 모습이 들어왔다가 사라진다. 피투성이가 된 채 엎어져서 필드 위에 토사물을 게워내고 있는 병사들의 모습도 보인다.

기껏해야 좀비 몇 마리를 풀었을 뿐인데, 골프장 주변의 경비 병력들은 어지간히 큰 타격을 입은 모양이다.

투투투투투— 투투투투—

좀비들과 싸우고 있던 경비병들을 발견할 때마다 SUV의 측면에 배치된 K—3가 불을 뿜는다. 좀비, 경비병 가리지 않고 무조건 제거한다. 미리미리 보이는 대로 처리해 둬야 후환이 없다.

그롸아아—

승합차의 앞을 막아서려던 좀비의 몸통이 차 아래로 말려 들어가며 터진다. 승합차는 심하게 휘청거리기는 했지만, 속도를 멈추지 않고 계속 내달렸다. 다른 차량들도 마찬가지다.

전속력으로 내달린 차량들은 2.5킬로미터 거리를 금방 돌파했다. 공중 지원도, 통신도 없이 수행해야 하는 이 작전에서 비장의 무기는 스피드다.

적들이 세 방향에서 몰아쳐 오는 공격에 혼이 팔린 사이, 몰래 다가가 심장을 치는 것이 요점이다. 해군 본부 함락까지 20분 이상 끌어도 안 되고, 끌기도 어렵다.

투두두두두— 투투둑— 투투투투—

선두 차량의 요란한 사격 소리가 헬기 이착륙장에 도달했음을 알린다. K—3가 철책을 경비하고 있던 경비병들을 제압하고 있는 것이다.

저쪽은 단순한 K—2, 이쪽은 K—3와 저격총.

화력의 수준이 다르다. 당연히 경비병들은 순식간에 제압되었다.

그동안 소령을 비롯한 모든 병력은 하차를 마쳤다. 절단기를 동원해 펜스를 뜯어내고 60여 명의 병사들은 헬기 이착륙장 안으로 잠입하는 데 성공했다.

관제탑 주변은 불이 환하게 밝혀져 있지만, 아직 이륙하는 헬리콥터는 보이지 않는다.

당연한 일이다. 판처파우스트 3로 정문을 때려 작전 시작을 알린 때로부터 아직 30분밖에 지나지 않았다. 계급별로 보고에 보고, 보고를 거쳐야 하는 딱딱한 관료 조직의 특성상, 한 교수는 이제야 겨우 무슨 일이 일어났는지를 전달 받았을 것이다.

"저거부터 처리해."

아직 아무도 탑승하지 않은 헬리콥터 두 대를 가리키며 소령이 명령했다. 이 싸움에서 끝을 내야 한다. 그러니 달아날 수 있는 수단 같은 건 일찌감치 제거해 두는 것이 상책이다.

C4를 든 특임대원들이 헬기로 달려가는 동안 다섯 명의 K―3 사수와 다섯 명의 특임대가 불이 환히 밝혀진 관제탑으로 뛰어들었다.

저 정도 인원이 저 높은 장소에서 농성을 한다면 중대 병력 정도는 충분히 저지할 수 있을 것이다.

"저기도 난리구만."

좌측 아래에 위치한 사병 막사를 내려다보며 채 장군이 중얼거렸다.

투투투― 투투둑―

병사들은 막사 건물 사이를 뛰어다니면서 달려오는 좀비들과 사투를 벌이고 있었다. 그리고 그 너머에 문제의 원흉, 해군 본부 건물이 보인다.

원래대로라면 지금 좀비와 사병들이 정신없이 얽힌 저 막사 건물을 통과해야겠지만, 그래서야 단기간에 목표까지 닿지 못한다.

하지만 소령에게는 다른 복안이 있었다. 시간도 줄이고 병력 손실도 최소화할 수 있는 복안이.

"하수구 열었습니다!"

헬기장 구석에서 둥근 맨홀 뚜껑을 들어 올린 병사가 보고를 한다. 소령은 플래시로 안쪽으로 비춰보았다.

10여 미터 아래로 이어진 맨홀.

하수구와 가스 공급용 파이프를 배치해 놓은 높이 2.5미터,

폭 4미터가량의 지하 통로다.

이 루트는 기지 어디로든 거미줄처럼 이어진다. 당연히 해군 본부 건물 아래로도 지난다.

이곳으로 들어가 땅 밑에서 500여 미터를 달리면 막사에서 쓸데없는 충돌을 벌이지 않고도 해군 본부의 지하 3층 주차장에도, 반대편의 보일러실에도 닿을 수 있다.

예전에 그가 팀원들과 아직 골조밖에 지어지지 않은 강정 기지를 킬 하우스 삼아 연습하던 때에 직접 밟아본 경로다.

"들어가! 빨리! 서둘러!"

특임대원들이 서로를 격려하며 사다리를 타고 맨홀 아래로 내려간다.

콰쾅―

뒤쪽에서 헬리콥터가 폭파하는 소리가 울리고, 관제탑을 점거한 병력들이 막사를 향해 사격을 시작했다.

투투투투― 투투투―

지형적으로 워낙에 유리하기 때문에 기갑 병력의 추가 지원이 올 때까지 20분 이상 버틸 수 있을 것이다. 그사이 소령의 메인 화력은 해군 본부를 점거하면 된다. 계획은 깔끔했다.

탁탁탁탁탁―

50여 명의 메인 타격대는 플래시 불빛에 의존해서 캄캄한 지하의 터널을 빠르게 돌파했다. 몇 개의 코너와 갈림길을 지나야 했지만, 조철웅의 기억에 새겨진 지도에는 오차가 없었다.

중간 지점에서 병력은 다시 반으로 갈라졌다. 메인 B팀은 보일러실부터 출발해 해군 본부의 좌측을 정리한 뒤, 작전 사령실에서 A팀과 합류할 것이다.

"클리어! 아무도 없습니다."

맨홀 뚜껑을 밀어 열고, 슬쩍 고개를 내밀어 주차장 내부를 살펴본 선봉이 보고한다. 소령이 손가락 두 개를 돌리자 선봉은 연막탄을 주차장 내부로 던졌다.

피시시싯—

하얀 연기가 피어오르는 것을 확인하고 나서 선봉이 사다리를 뛰어 올라갔다. 그 뒤를 이어 25명이 차례대로 사다리를 오른다.

"장군님, 호위 병력과 함께 여기 계시는 게……."

소령의 권유에 채양균은 호탕하게 웃으며 산탄총을 들어 올려 보였다.

"야! 나 아직 현역이야! 이승남이랑 같은 과로 몰지 마. 승남아! 가자!"

유일하게 아무런 무기도 소지하지 못한 이승남을 앞세우고, 채양균은 사다리를 올랐다. 4성 장군이 그렇게 나오는데 소령이 할 수 있는 건 없었다. 소령은 결의를 다지며 맨홀을 기어올랐다.

주차장 내부는 연막탄에서 피어오른 하얀 연기로 자욱해져 있었다. 시야가 가리기는 하지만, 이쪽의 병력 규모와 이동 방향을 CCTV 너머로 적에게 모두 알려주는 것보다는 전략적으로 이점이 있다.

스물다섯 명의 A팀 중 여섯 명이 다시 방향을 달리해 주차장을 가로질렀다.

지금 분리되어 나간 여섯 명은 한 층 아래의 전기 설비실로 가서 건물 전체의 모든 전원을 완전히 파괴한 뒤, 다른 경로로 이동할 것이다.

나머지 병력은 빠르게 계단을 뛰어올랐다. 적이 지하 주차장에서 이상 징후를 발견했다고 하더라도 병력이 투입되기 위해서는 1층을 거치게 마련이다. 그런 작업이 이뤄지기 전에 미리 2층까지는 올라가 있어야 한다.

'대기!'

2층 복도 문에 다다른 선봉이 왼 손바닥을 보이며 일행의 전진을 막는다. 계단 벽에 붙은 조명등을 개머리판으로 쳐서 깨뜨려 버린 선봉은 아주 살짝 문을 돌려 손 한 마디 정도만 열었다.

상대적으로 어둑한 복도에 비해 2층 복도는 환하다. 상황이 상황이다 보니 병사들은 정신없이 뛰어다니며 명령을 받고, 또 전달하고 있었다. 어깨에 총을 멘 채로 초조하게 명령을 기다리는 사병들의 모습도 보였다.

외부 상황을 확인한 선봉은 다시 문을 당겨 닫았다. 어두운 계단에 선 대원들 사이로 초조한 시간이 흐른다.

팟—

그 순간, 아래층 계단과 위층 계단의 조명등이 일제히 꺼졌다.

어? 뭐야?

복도 쪽에서 당황한 웅성거림이 들려온다. 건물의 전기가 나간 것이다.

틱, 문 위에 붙은 희미한 비상등이 켜지는 것과 거의 동시에 선봉은 섬광탄을 건물 내부로 집어 던지고 다시 문을 닫았다.

파악—

갑자기 찾아온 암흑 때문에 한껏 커졌던 적 병사들의 동공을 강렬한 섬광이 칼처럼 찔렀다.

으아악!

복도 전체에 커다란 비명이 울린다. 네 사람의 선봉대는 복도로 이어진 문을 열고 뛰어들었다.

파파파파파팟—

선봉대의 MP5에 부착된 LS—162 라이트가 빠르게 깜빡이며 복도의 경치를 보여준다. 1초에 일곱 번 반 점멸하는 이 75루멘 라이트는 그들의 시야를 밝히는 빛이자 무기다.

암흑 속에 위치한 상대가 이 조명을 정면에서 마주 보면 한동안 시각이 마비된다. 물론 아군에게도 상대방의 모습이 아주 선명하게 보이지는 않지만, 그 정도 핸디캡은 충분히 감수할 수 있다.

드르르륵— 드르르륵—

선봉대는 복도의 왼쪽으로 돌아 나가며 MP5를 난사했다. 눈을 가리고 총을 더듬거리던 병사들은 이렇다 할 저항도 해보지 못하고 벌집처럼 몸이 꿰뚫린 채 쓰러져 버렸다.

드르르륵— 드르르륵—

MP5에서 발사된 9㎜ R.I.P. 탄은 목표물의 배를 뚫고 들어가 내장 전체를 헤집어 댔다. 어린 병사들의 목숨보다 돈 몇 푼이 더 소중했던 군 수뇌부는 오늘 방탄조끼를 표준 장비로 채택하지 않은 대가를 톡톡히 치르게 될 것이다.

그와 거의 동시에 제2대가 오른쪽으로 진행하며 복도 위에 움직이는 모든 것들에게 총알을 먹였다.

콰앙—

산탄총에 맞은 적병이 문짝을 안고 넘어간다. 방 안에서 비명을 지르던 놈들에게도 무자비한 총알 세례가 퍼부어졌다.

"03시 29분……."

소령은 시계를 확인했다. 예상 종료 시점까지 잔여 시간 11분. 작전은 꽤나 순조롭게 진행되고 있다.

5

쿠웅— 두두두두—

머리 위 3층에서 폭발음과 총성이 울려온다. 보일러실 쪽에서 올라온 메인 B팀의 병력이 공격을 시작했다는 신호다. 소령은 팀을 재정비하여 계단을 올랐다. 이제 그들이 F층의 방어 병력을 제압하는 동안 3층을 정리한 B팀이 뒤쪽을 칠 것이다.

그 외에 추가 지원 병력은 오지 않는다. 먼저 투입된 세 팀은 처음부터 적군들을 유도하고 발을 묶어놓는 것이 목적이었기 때문이다.

"끄으으으~! 으으으~!"

중상을 입은 방어 병력들의 입에서 새어 나오는 신음 소리와 산발적으로 울리는 총성을 뒤로하고 소령이 이끄는 A팀의 주 병력은 중앙의 계단으로 이동했다.

드르륵— 드르륵—

3층의 학살을 피해 뛰어 내려오던 방어군의 사병들이 총알 세례를 받고 계단 아래로 나뒹군다.

두 줄로 갈라진 병사들은 로마 시대 신전처럼 장식된 넓은 대리석 계단의 가장자리를 밟으며 두 층 위로 올라갔다.

시체와 피로 물든 계단 위에서 소령은 힐끔 뒤를 돌아보았다. 채 장군과 이승남을 호위하는 두 명의 특임대원은 3층의 B팀과 합류하기 위해 반대편 계단으로 이동 중이다.

팟, 맹렬한 불빛이 갑자기 뻗어 나오며 개방된 형태의 계단과 3층부터 5층까지 통으로 연결된 전면 유리를 환하게 비춘다. 대비하고 있던 놈들이 제논 라이트를 켠 모양이다. 다급하게 엎드리는 대원들의 그림자가 커다랗게 천장과 벽면을 물들인다.

타타타타— 타타타—

쨍강! 쨍강!

F층 방어 병력이 쏴대는 총알은 특임대원들의 머리 위를 스치고 지나 건물 전면의 거대한 유리창을 박살 낸다. 메인 A팀은 대리석 계단과 난간에 바짝 몸을 붙였다.

소령은 뒤쪽에 대기하고 있던 병력들 중 K—201을 소지한 해병대원들을 향해 손가락으로 신호를 보냈다.

F층은 조금 독특한 공간이다. 한 층의 높이라고 할 수 없을

만큼 엄청나게 높고, 거대한 샹들리에가 달린 중앙 계단의 장식도 너무 과하게 화려하다.

반면에 바로 위 5층은 허수에 가까워서 해당 층 자체에는 이렇다 할 시설이 거의 존재하지 않는 곳이다.

이 기이한 건축 설계는 해군의 야망과 육군의 위상, 그리고 군이라는 집단의 이상한 집착을 모두 동시에 보여주는 것이라고 할 수 있었다.

원래 해군 측에서는 작전 통제실을 5층에 두려 했다. 물론 당시의 설계는 지금의 형태와 꽤나 다른 모습이었다.

하지만 5층의 5라는 숫자가 5성 장군을 연상시킨다는 이유로 채 장군의 육군에서 그것을 극렬히 반대했다.

해군 원수에 대한 해군들의 로망은 거대한 영향력을 가진 채 장군이라는 인물의 벽을 만나 좌절되었고, 결국 작전 통제실은 F층에 설치되어야 했다. '해군 너희는 별 넷까지만' 이라는 의미였다.

다만, 해군도 나름의 곤조가 있으니까 완전히 물러난 것은 아니다. 그들은 작전 통제실에 이르는 4층의 긴 복도에 야트막한 한 단을 만들고 그 위에 작전 통제실을 얹었다.

해군의 입장에서는 그렇게라도 해서 4층보다 더 높은 곳에 섰다는 자위가 필요했다. 유치하지만 어떤 이들에게는 핏대를 세우고 꼼수를 쓸 만큼 중요한 일이다.

작전 통제실은 그 위층까지 뻥 뚫린 구조이기 때문에 4.5층 정도에 위치해 있는 셈인 것이다.

"머리 들지 마! 아직 기다려!"

특임대 지휘관들이 자신의 팀을 돌아보며 고함친다. 어차피 적은 긴 복도 안쪽에 있기 때문에 여기까지 수류탄을 던지지 못한다. 마지막 고비이므로 신중하게 접근해야 한다.

이 작전 최대의 난관은 그 4.5층으로 이어진 한 단, 요새화된 복도의 공간을 얼마나 적은 손실을 입은 채 통과하느냐에 달려 있다.

적도 바보가 아니니까 거기에 꽤 많은 대비를 해두었음이 자명하다.

투투투— 투투투투투—

지금 머리 위로 돌가루를 흩뿌리는 저 맹렬한 제압사격이 그 대표적인 증거다.

"유탄, 각도 낮춰서 멀리 발사해."

박살 난 난간에 몸을 숨기면서 소령이 명령했다. 일전에 사족보행 로봇 관창이 폭발하면서 그 충격으로 무너져 내린 부분들이다. 해병대원들이 K—201 유탄발사기로 계단 위쪽을 비스듬히 겨누고 방아쇠를 당긴다.

퐁—

맥없는 소리와 함께 날아간 유탄들은 50여 미터를 날아가 F층 복도를 뒤흔들며 폭발했다.

끄아아아, 바리게이트를 구축해 두고 있던 방어 병력들이 폭발에 휘말려 죽어가는 비명 소리가 들려온다.

퐁—

한 번 더 날아간 유탄이 폭발하자 건물 전체가 다 흔들렸다. 복도는 금방 화약 냄새로 가득해졌다. 대낮보다도 환하게 건물을 밝히던 라이트가 깨지자 모든 게 다시 암흑 속으로 빠져 버린다. 귀를 어지럽히던 총소리도 뜸해졌다. 이제 적의 총알이 빗나가기를 빌며 뛰어들 차례다.

드르르륵— 드르륵—

MP5로 무차별 제압사격을 하며 A팀원들이 계단 위로 뛰어오른다.

투투투투— 투투투—

아직 죽지 않고 남아 있던 적 방어군도 곧바로 응사한다.

으아악!

어깨를 직격당한 특임대원이 난간 뒤로 밀려 떨어지고, 적의 병력에서도 비명이 쉼 없이 터져 나왔다.

퍽— 퍼벅—

두 다리와 복부를 잇달아 관통당한 대원이 쓰러지고, 7.62mm 나토탄에 머리를 맞은 해병은 몇 미터나 쭉 밀려나며 즉사했다.

소령도 MP5를 꽉 잡은 채 4층 복도로 뛰어 올라갔다. 서로 상대방의 눈을 향해 쏘아대는 플래시 불빛과 총성 때문에 4층의 입구는 아수라장, 그 자체였다.

"머뭇거리지 마! 흩어져!"

응사하고 있는 십여 명의 대원들을 향해 외친 뒤, 소령은 세 명의 대원을 이끌고 우회했다. 이 건물은 넓다. 직선으로 돌진하지 않더라도 저기까지 닿을 경로는 많다.

그리고 아직도 그의 카드는 다 사용되지 않았다. 저렇게 참호까지 구축해 놓고 기다리는 놈들에게 정면으로 맞서봐야 희생만 늘어날 뿐이다.

핑— 피잉—

머리 위로 총알이 지나는 소리가 요란하게 들려온다.

몇 개의 작은 회의실을 지난 소령은 바리게이트의 왼쪽에 위치한 사무실까지 접근하는 데 성공했다. 단단히 잠긴 이 5센티 두께의 강철 벙커 너머에 무방비 상태의 적군 측면이 있다.

'뚫어.'

소령이 손짓으로 명령하자, 특임대원이 배낭에서 두꺼운 스펀지 막대처럼 생긴 가변 성형 작약을 꺼냈다.

동그랗게 만 성형 작약 접착면을 강철 문에 붙이고 뇌관을 끼워 넣은 뒤, 네 명의 특임대원은 거리를 두고 물러나 귀를 막은 채 벽에 바짝 달라붙었다.

콰광—

화염과 불꽃이 튀고, 두꺼운 강철판이 둥글게 잘려 나간다.

뗑그르렁—

떨어져 나온 철판 조각이 바닥에 구르는 것과 동시에 소령은 아직도 불이 붙어 있는 구멍 안으로 총구를 넣은 뒤 방아쇠를 당겼다.

드르르륵— 드르륵— 드르르륵—

30발짜리 탄창 하나를 다 쏟아붓는 동안 소령은 총구를 조금씩 돌렸다.

척, 소령이 뒤로 물러나 빈 탄창을 갈아 끼우는 사이, 두 번째 사수가 구멍 안에 총구를 넣고 무차별 난사를 시작한다.

끄아아아—

퍼퍼벅—

으악—

티잉—

소음기가 달린 MP5의 총성을 뚫고 적군의 비명과 도탄이 벽을 맞고 튀는 소리가 들려온다.

세 번째 사수가 난사를 끝낸 뒤에야 특임대원은 구멍에 눈을 대고 강철 벽 너머를 살펴봤다. 피투성이가 되어 엄폐물 위에 쓰러져 있는 방어 병력들의 시체가 희미한 조명 아래에서 연기를 피워 올리고 있다. 이곳은 정리가 끝났다.

드르르륵— 드르르륵—

건물의 반대편에서도 일방적인 MP5 난사 소리가 울려 대는 중이다. 4.5층이 슬슬 정리되어 감을 알리는 신호다. 특임대원들의 총구에 붙은 플래시가 복도를 완전히 장악한 채 환하게 밝히고 있다.

이제 은행 금고처럼 단단한 보안 장비 뒤에 숨은, 작전 통제실 본체만 남았다. 공략 방법도 이미 정해놨다. 천장의 귀퉁이에 C4를 터뜨리고, 그렇게 생겨난 틈으로 진압탄을 앞세워 침투할 것이다.

"저항이 미미했습니다."

F층에서 4.5층으로 올라가는 한 개의 단을 오르며 A팀 부팀

장이 말했다. 방금 전의 교전에서 사상자는 일곱 명. 예상했던 것보다 적다.

소령도 고개를 끄덕여 주기는 했지만, 무전으로 다른 팀들과 교신을 할 수 없다는 점이 한 가닥 불안으로 마음을 무겁게 한다. 흩어져서 힘겨운 농성을 벌이고 있는 다른 팀들도 마찬가지일 것이다.

그들은 지금 스스로의 경험과 상상만 믿고 모두 눈을 가린 채 코끼리를 더듬어가며 거세를 하는 중이다. 코끼리가 얼마나 성질을 내고, 누구를 가장 먼저 짓밟을 것인지 전혀 알지 못한다. 거세가 성공해도 이미 짓밟혀 죽은 사람은 살아 돌아오지 못한다.

축전지를 사용하는 작전 통제실은 건물 전체가 정전이 된 지금도 아무 이상 없이 가동되고 있을 것이다. 당연히 CCTV를 통해 F층이 완전히 제압당했다는 것도 알 수 있다.

양측에 더 큰 희생이 있기 전에 놈들이 투항해 주면 좋겠지만, 애초에 그럴 만한 그릇의 놈들이 아니었다.

"다들 부디 살아남아야 한다……."

작전 통제실의 지붕에 올라가 C4를 부착하고 있는 대원들을 보며, 소령은 혼잣말을 중얼거렸다. 실력과 충성심을 모두 신뢰할 수 있는 부하들을 그만큼 다시 모은다는 건 꽤나 어려운 일이다.

휘이이잉—

교전과 폭발 속에서 박살이 나버린 유리창을 통해 바닷바람이 불어 들어온다.

"응? 이건 뭐야?"

C4 폭발에 대비해 창가로 물러나 서 있던 해병대 K—201 사수가 뭔가를 발견하고 당긴다.

처음에는 케이블의 단선된 부분이라고만 생각했다. 그런데 문제의 케이블이 5층이 아니라 더 위쪽에서부터 외부를 통해 늘어져 내려와 있다는 걸 깨달았다.

"거기에는 폭발이 없었는데……."

K—201 사수는 케이블의 단면을 눈 가까이 들어 올렸다. 플래시 불빛이 작전 통제실에만 집중되어 있기 때문에 워낙 컴컴해서 잘 보이지가 않는다.

자세히 살펴보니 단선된 것이 아니었다. 끝부분에 뭔가 빛을 반사하는 유리 재질이 붙어 있다.

"뭐야, 뭘 찾았어?"

가벼운 미소와 함께 다가온 특임대원이 K—201 사수의 어깨를 툭, 친다.

"아, 이게 뭔지 아시겠습니까? 아무렇게나 흔들거리던데 말입니다."

대수롭지 않은 듯 말하며 K—201 사수가 케이블을 내밀자 특임대원의 표정이 굳어졌다. 케이블 카메라다. 누군가 위층에서 이쪽의 움직임을 엿보고 있었다. 그것도 이만한 특수 장비를 사용할 수 있는 고도로 훈련된 집단이…….

"매복입니……."

특임대원의 목소리가 다 터져 나오기도 전에 콰장창! 요란한 소리와 함께 유리창의 잔해가 깨지고 로프에 몸을 묶은 병력들이 F층의 정면과 우측에서 창을 뚫고 뛰어든다.

드르르륵— 드르르륵— 드르르르르—

창을 깨고 들어온 습격대는 땅에 발을 내딛기 전에 일단 MP5로 난사부터 시작했다.

퍼버벅— 퍼퍼퍼벅—

C4를 설치하던 병사들이 등에 무수한 총알을 맞고 앞으로 고꾸라진다. 넘어져서 노출된 그들의 하체에 다시 한차례 총알 줄기가 훑고 지난다.

퍼버벅— 팅— 팅—

주변은 금세 홍건한 피로 물들었다.

드르르륵— 드르륵—

수십 정에 달하는 기관단총의 총성에 F층 전체가 압도되어 버렸다.

퍼버엉— 피시시싯—

최루탄이 바닥을 뒹굴며 호흡을 고통스럽게 하고 시야를 흐린다. 특임대원들은 사방으로 흩어져 뒹굴며 신음한다. 갑자기 전세가 뒤집혔다.

"9미리야! 정신만 바짝 차려! 괜찮다!"

바닥에 엎드렸다가 다시 몸을 일으키며 소령이 외쳤다. 함께 데려온 소수의 해병대 병력들에게는 미안하지만, 특임대원들은 케블라 방탄 패드가 든 전술 조끼를 착용하고 있었다. MP5에서 발사된 권총 탄알 정도는 치명상이 되지 않을 만큼 얼마든지 막아주는 장비다.

문제는 적도 비슷한 방어 장비를 착용한 채 덤벼왔다는 것이다. 몸통을 어정쩡하게 쏴서는 못 죽인다. 저쪽은 방독면까지 착용한 채여서 장기전으로 가면 무조건 진다.

"쿡! 쿨럭! 따라와! 너! 응사하면서 뛰어!"

소령은 주변의 특임대원들과 해병대원들을 끌고 조금 전 그가 벽에 구멍을 뚫어 적을 사살했던 방어 참호 쪽으로 내달렸다.

거기에는 특임대원의 방탄 헬멧을 뚫어버릴 만큼 강력한 7.62㎜ 나토탄 사용 화기가 있다.

드르륵― 드르르륵―

창문에 매달린 채 로프를 풀던 습격대가 달려오는 소령 일행을 발견하고 MP5를 갈긴다. 소령도 지지 않고 응사했다.

드르륵―

몸통을 맞은 습격대가 중심을 잃고 허우적거리다가 긴 비명을 남긴 채 건물 바깥으로 떨어져 버린다.

드르르륵― 드르륵―

그 옆에서도, 또 그 옆에서도… 습격대의 난사는 끝없이 이어진다.

"끄으윽!"

다리를 맞아 쓰러진 특임대원이 자세를 돌려 사격하며 외쳤다.

"가십쇼! 끄으! 제가 막겠습니다!"

소령은 돌아보지 않았다. 여기에서 우왕좌왕하면 모두 개죽음을 당하게 된다. 단 한 명이라도 살아남고 이겨야 나라를 구한 영웅들의 이름 한 줄을 국립묘지에 새겨 넣어줄 수 있다.

"탄띠 확인해!"

피범벅이 된 참호 안에서 두 정의 M240 기관총을 발견한 소령은 직접 한 정을 들어 올리며 명령했다. 나머지 특임대원들은 K—2를 챙겼다. 9㎜ 권총탄보다는 5.56㎜ 나토탄의 저지력이 월등하다.

핑— 핑—

머리 위로, 또 벽으로 수없이 총알이 날아든다. 특임대원들은 참호와 시체를 함께 엄폐물로 삼고 응사했다. 그사이 탄띠를 갈아 끼우고 재장전을 마친 소령이 방아쇠를 당겼다.

투투투투— 투투투투투투투투— 투투투투투—

순식간에 복도 건너편을 향해 예광탄과 불덩어리들이 날아간다. 목표는 단순하다. 창가에 붙어 있는 놈들과 서서 뛰어다니는 모든 놈들의 몸통을 꿰뚫으면 된다.

분당 900발이라는 놀라운 연사 속도와 대구경 탄환의 위력은 순식간에 창가 주변을 초토화시켰다. M240 기관총 두 정이 동시에 불을 뿜자 참호를 때리는 총알의 수가 확연히 줄어들었다.

"너희 넷! 이거 더 끌고 천천히 전진해! 나머지는 따라와! 뛴다!"

보이는 각도 내의 위협들을 제거한 소령은 특임대원들에게 M240을 맡기고 넘겨받은 K—2를 꽉 쥔 채 달려 나갔다.

드르르륵— 드르륵—

연기 속에서 MP5의 총성과 비명이 들려올 때마다 심장이 찢겨 나가는 것 같은 고통이 인다.

내 새끼들이… 죽어가고 있다.

탕— 탕— 타타타—

방독면을 쓴 채 연기 속을 걸어오던 습격대의 옆구리와 목을 꿰뚫은 소령은 총구를 돌려 다른 놈들의 몸통을 겨냥했다.

타타탕— 탕— 탕—

소령은 적군의 피를 뒤집어쓰며 빠르게 내달렸다.

조금만… 조금만… 더 시간을 끌면 이긴다. 기관총과 탄통을 든 네 명이 복도 끝까지 뛰어오고, B팀의 잠입이 끝나기만 하면…….

"이야아!"

연기 속에서 소령을 발견한 습격대가 기합을 넣으며 총구를 돌린다. 소령도 다급하게 몸을 틀며 놈을 발로 찼다.

드르르륵—

하늘로 치솟은 총구에서 불이 뿜어져 나온다. 하지만 상대도 만만치 않다. 놈은 소령의 K—2를 꽉 잡고 누른 채 버틴다.

끄으으~ 잠시 힘 싸움을 벌이던 소령은 K—2를 뒤로 빼서 상대의 균형을 무너뜨리고, 오른팔로 놈의 목젖을 노려 쳤다.

턱! 상대는 균형을 잃어 넘어지면서도 어깨로 소령의 공격을 막고 오히려 다리를 걸어온다.

이놈이!

한 덩어리가 되어 중앙의 대리석 계단 아래로 굴러 떨어지는 소령의 눈에는 놀라움이 가득했다.

쿵!

대리석 계단의 중간, 무너져 버린 난간에 걸친 두 사람은 서로 우위를 점하기 위해 애를 썼다. 하지만 소령은 계속 최루탄의 연기를 들이마시고 있고, 놈은 방독면을 쓴 채다.

결국 소령은 아래에 깔렸다. 하지만 그렇게 되는 동안 소령은 놈의 방독면을 벗기는 데 성공했다.

"하하하하! 조철웅 소령님! 내 밑에 깔리니까 기분이 어떠십니까? 격투 훈련에서 그렇게 사람 괴롭히시더니!"

환하게 웃는 적의 얼굴.

이놈일 줄 알았다. 해군 특수전 전단 소령, 씰의 젊은 에이스라 할 녀석이다. 예전에 함께 훈련할 때부터 싹수가 보였던 놈이다.

"707도··· 끄응~ 공중 지원이 없으니까·· 별거··· 아닙니다?"

놈이 어떻게든 팔을 빼내려고 안간힘을 쓰면서 도발을 한다. 사실이다. 헬기 한 대만 떠 있었어도, 무전으로 다른 팀들과 연락만 주고받을 수 있었어도 이렇게 허접한 매복에 당하지는 않았을 거다.

소령은 놈의 오른손을 꽉 낀 채 놔주지 않았다. 그러고는 녀석의 허벅지에 끼워진 권총집을 무릎으로 눌렀다.

"애들 그만 죽이고 빼! 우리의 승리다!"

"전원 몰살을 승리라고는 안 하죠!"

소령은 오른손으로 놈의 오른팔을 꺾어 잡아당기며 다시 한 번 설득했다.

"지금쯤 우리 B팀이 작전 통제실 장악했을 거다. 다 끝났어."

"후후후, 끄으응··· 다급해지니까 뻥까 치십니까? 거기를 무슨 수로?"

"비상 탈출용 엘리베이터… 거기로 기어 올라가는 게 계획이었어. 내부에 전투 병력이 얼마나 있나? 공정 통제사들? 그렇게 소수로 버틸 수 있다고 생각해?"

놈은 대답하지 않는다. 소령은 다시 한 번 설득했다.

"더 죽고 죽이는 거 무의미하다. 그만 애들 빼자. 전부 군에 꼭 필요한 애들이야… 끄으응."

"익!"

결국 놈은 왼손으로 대검을 빼는 걸 택했다.

스트라이더 나이프. 길이도 짧고 날이 바짝 선다고도 할 수 없지만, 자동차 강판을 뚫을 수 있을 만큼 터무니없이 단단한 놈이다.

씰의 에이스가 왼손으로 칼을 눌러온다.

끄으으~!

소령은 고개를 돌려 피하려고 했다. 하지만 자세가 너무 불리하다. 소령의 이마부터 사선으로 칼이 내리그어진다.

깊지는 않지만 아주 천천히… 그리고 눈썹을 지난 칼날은 소령의 왼쪽 눈꺼풀을 잘라내고 눈알을 터뜨렸다.

"으으윽!"

비명을 듣고 흥분한 놈이 체중을 왼손에 더 실으며 웃는다.

"그런 소리도 낼 줄 아는지는 몰랐습니다. 후후후, 어색하네요."

놈의 관심이 온통 왼손과 터져 나온 눈알에 쏠려 있을 때, 소령은 고통 속에서 자신의 허벅지를 당겨 올리고 있었다.

마침내 충분히 권총집이 가까워진 순간, 소령은 놈의 오른팔을 놓아주고 권총 손잡이를 잡았다. 그러고는 재빨리 권총을 꺼내 놈의 옆구리, 조끼 안쪽으로 밀어 넣었다.

그러는 동안에도 놈은 집요하게 스트라이더 나이프를 안구 안에 쑤셔 넣으려 하고 있다.

지독한 고통.

소령은 이를 악물고 글록 19의 방아쇠를 당겼다.

탕— 탕, 탕, 탕, 탕, 탕!

여섯 발이 순식간에 놈의 옆구리를 사선으로 뚫고 들어가 내장과 폐를 헤집는다.

"크어어억!"

놈은 조금 전까지 웃고 있던 입으로 피를 왈칵 쏟으며 경련했다. 소령의 눈을 후벼 파고 있던 칼이 놈의 손에서 떨어져 바닥에 뒹군다. 놈의 놀란 얼굴을 마주 보면서 소령은 차갑게 말했다.

"나도 네가 저런 새끼들에게 붙을 줄은 몰랐다."

그러고는 다시 한 번 방아쇠를 당겼다.

탕— 탕— 탕—

세 발을 더 퍼부은 소령은 맥없이 무너져 내린 놈의 시체를 밀어내고 일어났다. 눈에서 붉은 피를 줄줄 흘리며 소령은 계단 위로 뛰어 올라갔다.

드르르륵— 탕탕탕— 투투투투—

아직도 F층 전체에서는 다양한 종류의 총성이 쉼 없이 울려대고 있다.

"3시 43분……."

소령이 시계를 확인하고 중얼거렸다. 지금쯤이면 B팀이 C4로 벽을 뚫고 엘리베이터 통로를 기어오르기에 충분한 시간이다.

내부에 호위 병력이 있다고 해봐야 어차피 제한된 공간에서 응전하는 입장에서는 기습을 막기 어렵다. 그리고 수적으로도 이쪽에 우위가 있다.

씰의 리더가 사망한 지금, 최고 엘리트 병력들끼리 죽고 죽이는, 이 소모적인 싸움을 중지시키는 유일한 방법은 한 교수와 해군 장성들이 항복을 선언하는 것뿐이다.

저 멀리 4.5층의 작전 통제실에서 외부 스피커를 통해 명령이 전달되기만 하면 된다.

삐익—

소령의 바람이 통하기라도 한 것처럼 그 순간 스피커에서 우웅— 하고 울리는 소리가 들려왔다. 작전 통제실 내부에서 모종의 결판이 났다는 의미다.

방송이 나오기 전까지 1초도 안 되는 그 짧은 딜레이 동안 소령은 피가 마르는 것 같았다. 총알이 머리 옆을 스치는 것보다 더 두렵고 무서운 순간이었다.

누구의 목소리가 울릴 것인가. 채 장군인가, 한 교수인가……. 그리고 그 목소리로 무슨 말을 할 것인가.

소령은 얼굴에 흐르는 피도 닦지 않은 채 오직 청각에만 온 신경을 집중했다.

삐이익—

한차례 더 마이크가 울리고 굵은 목소리가 흘러나온다.

— 아, 아, 합참의장 채양균이다.

거기까지 듣고 소령은 남은 한쪽 눈을 지그시 감았다.

다 끝났다. 승리다. 한 교수와 그 역도들을 처단했다.

채 장군은 잠시 뜸을 들인 후, 명령을 내렸다.

— 다들 총 내려놔! 해군 특수전 전단! 해병대! 707특임대! 전부 잘 싸웠다! 이제 새로운 명령을 하달할 때까지 부대 전체 쉬어! 너희는 다 같은 한편이다! 야, 이거 어떻게 끄는 거야? 꺼! 아, 아니다. 누가 한 번 더 복창해라! 해군 참모총장, 당신이 말해. 당신 새끼들도 있잖아.

소령의 입에서 미소가 피어난다.

후후후, 저분은 참… '승남아, 네가 말해!' 라고 하시지 않은 게 다행인 건가…….

눈 하나를 잃었지만 아깝지가 않다. 오늘 작전 중에 목숨을 잃은 대원들도 편히 눈을 감을 수 있을 것이다. 군이 이제야 바로 섰으니까…….

치이익—

— 아, 아, 나 해군 참모총장 이승남이다…….

이승남이 같은 말을 하기 위해 마이크를 잡았다. 하지만 아직도 주변은 총성으로 시끄럽다. 대부분의 병사들은 눈앞의 적에 너무 몰입해 있는 상태여서 귓가에 울리는 늙은 장군들의 목소리 따위 신경 쓸 틈이 없다. 사건은 그때 일어났다.

씰이 창을 깨고 습격해 올 때, 가장 먼저 총을 맞았던 특임대원 중 하나가 의식을 되찾았다.

"크헉! 큭!"

기침을 하자 입안에서 피가 터져 나온다. 대원은 내장이 터지는 것 같은 고통을 느끼며 주위를 둘러보았다. 플래시를 들어봐도 잘 보이지 않는다.

좁아진 시야. 아마도 출혈 때문인 것 같다. 대원은 이를 악물고 고개를 돌렸다. 좌측, 눈을 홉뜨고 있는 동료. 죽었다. 차갑게 식어 있다. 방탄조끼 덕에 몸통은 버틸 수 있었지만, 목을 관통당한 것이다.

"젠장… 젠장!"

대원은 최루탄 때문에 따끔거리는 눈을 비벼가며 동료가 쏟아낸 피 위를 기었다. 다리는 아무 감각이 없다. 그래도 지독하게 아파서 움직일 수 없는 것보다는 낫다고 대원은 생각했다.

드르르륵— 탕— 탕— 탕—

아래쪽에서는 계속 총소리가 울려 대며 아직도 교전이 끝나지 않았음을 알린다.

"내가… 끄으으… 끝을 내주마."

아군이 이미 승리하였음을 전혀 모르는 대원은 이를 빠득, 갈며 중얼거렸다. 그는 자신의 임무를 기억하고 있다. C4를 폭파시켜 그가 올라타고 있는 이 단단한 작전 통제실의 귀퉁이를 날리는 것이다.

피격되기 직전까지 그는 동료와 C4의 양을 얼마나 쓸 것인가에 대해 논의하고 있었다.

하지만 이제는 그런 계산을 할 필요가 없다. 어차피 2차 폭발을 시도할 수 없는 상황이 된 터, 건물이 무너지는 한이 있어도 전부 다 쏟아부으면 된다.

가물거리는 눈처럼 기능이 저하된 그의 뇌는 엘리베이터 통로를 타고 접근할 B팀을 까맣게 잊고 있었다.

대원은 자신과 동료의 배낭에 든 모든 C4를 전부 동원해서 한데 모았다. 그러고는 떨리는 손으로 뇌관을 꽂아 넣었다.

드르르륵— 드르륵— 타타타—

고막을 찢을 듯 울려 대는 총소리마저도 아득하게 들린다. 대원은 마지막 숨을 몰아쉬며 격발장치를 꽉 잡았다. 그러곤 마지막 힘을 다 끌어모아 눌렀다.

콰아아앙—!

커다란 폭발은 대원의 몸과 동료의 시체를 가장 먼저 산산이 흩트렸고, 작전 통제실의 지붕과 건물 전체의 모든 유리를 박살 냈다.

끼우우우웅—

이미 관창이 폭발할 때 약화되어 있던 골조에서 휘는 소리가 난다.

"…안 돼."

폭발에 놀라 몸을 숙였던 소령의 입에서 힘없는 목소리가 흘러나온다.

치이이—

— *끄아아아아!*

— *뭐, 뭐야!*

스피커를 타고 작전 통제실 내부의 아비규환이 고스란히 들려온다. 마주 보며 총질을 하던 씰과 특임대원들조차 멍해져서 돌가루와 연기가 날리는 작전 통제실을 바라보고 있다.

'지금이라도!'

소령은 작전 통제실을 향해 달려갔다. 무슨 계산 끝에 수를 떠올렸기 때문에 한 행동이 아니다. 그저 저 벙커 같은 구조물 내에 갇힌 채 장군을 구해내겠다는 일념에 본능처럼 내달린 것뿐이다.

콰장창! 우우웅!

호화로운 거대 샹들리에가 대리석 계단 위로 떨어져 박살 났다. 그러는 동안에도 무게중심이 뒤로 기운 작전 통제실은 점점 더 건물 외부 쪽으로 가라앉는다.

애초에 설계를 바꾼 게 문제였다. 지지하는 기둥과 벽도 없이 두 층 가까운 건축물을, 그것도 두꺼운 철판으로 벽을 보강한 무겁고 커다란 방을 달랑 바닥만 믿고 얹어놓은 대가가 지금 지불되는 중이다.

"문을 여십쇼! 장군님!"

들리지 않을 것이라는 걸 알면서도 소리를 지른다. 소령은 숨을 헐떡이며 달려가다가 시체에 걸려 바닥을 나뒹굴었다.

그리고 그가 다시 고개를 들었을 때, 작전 통제실은 그 자리에 없었다.

와드드득—

창틀이 뜯겨 나간 틈으로 거대하고 단단한 구조물이 떨어져 내린다.

콰아앙—

믿을 수 없는 광경에 모두의 눈이 커졌다. 소령은 비틀거리며 바람이 휘몰아치는 건물의 잔해 속으로 걸어갔다. 소령은 잘린 철근을 밟고 아래를, 20여 미터 아래의 지상을 내려다보았다.

작전 통제실은 이제 콘크리트와 철근, 그리고 사람의 피와 살이 뒤섞인, 기묘한 덩어리로 변해 있었다. 저기에서 생존자가 나올 가능성은 없다.

"으으!"

갑자기 어찔함을 느낀 소령은 한동안 비틀거린 후에야 겨우 바로 설 수 있었다. 도대체 왜 일이 이렇게 되었는지… 아무리 입술을 깨물어봐도 비통함과 당혹스러움을 감출 수 없다. 최악의 결과다. 이건… 아군이 모두 죽느니만도 못하다.

소령은 손으로 얼굴을 감쌌다. 다가올 모든 비극들이 주마등처럼 머리를 스친다.

이제 군에는… 대가리가 없어졌다.

3장
텁!

1

짹— 째째잭— 째잭—

새들이 지저귀는 소리에 나무 향기를 맡으며 진우는 잠에서 깼다. 약초꾼들이 지어놓고 잠시 머물렀던 것 같은 허름한 움막의 비닐 장판 위가 어젯밤 그의 아늑한 보금자리였다.

뱀을 쫓기 위한 백반통과 물기를 머금고 곰팡이가 피어 있는 담요와 베개 등이 거슬렸지만, 그 정도는 봐줄 수 있다. 그러나 그런 곳에서 자고 일어났어도 진우는 전혀 슬프거나 괴롭지 않았다.

"잘 잤냐?"

아침에 눈을 뜨자마자 인사를 건네는, 소중한 검은 가방들 덕에 진우의 가슴은 아직도 뿌듯하게 뛴다. 꼭 끌어안고 잠이 들었던 새 K-2도 믿음직하다.

"아하암~"

진우는 기지개를 켜고 수통의 물을 마신 뒤, 배낭에서 전투식량을 한 봉지 꺼냈다.

우두둑, 우두둑, 딱딱한 빵에 땅콩버터를 발라 꾹꾹 씹으며 진우는 밤새 모기에 뜯긴 팔목을 긁었다.

"어디……."

입안 가득 빵을 채운 진우는 검은 가방에서 꺼낸 망원경으로 주변의 정세를 살폈다.

먼저 남쪽, 저 멀리 산 아래의 도로 위로 몇 대의 트럭이 이동 중이다. 다음은 동쪽, 망원경의 한계까지 배율을 확대하면 나무 사이로 참호를 쌓는 병사들의 모습이 보인다.

"어제저녁이랑 비슷한 건가……."

시간을 들여 꼼꼼하게 주변의 산들을 모두 돌아본 뒤, 진우는 한숨을 내쉬었다. 사방이 모두 다… 아주 골고루 군인들에게 막혀 있다. 병사들이 진을 치고 있는 곳과의 거리는 꽤나 멀지만, 어느 한쪽 안전하게 돌파할 수 있을 것이라 보이는 방향은 없다.

말하자면 그는 지금 태풍의 눈 한가운데에 있는 셈이다. 이 주변에 머물러 있는 것이 가장 안전하고 최선의 행동이다.

선불리 움직였다가는 또 며칠 전처럼 이동 중인 군 병력에 붙잡혀 끌려가서 인간 미끼 노릇을 하게 되거나, 아니면 저격 한 방으로 생을 마감하기 딱 좋다.

예전처럼 맨몸에 배낭 하나 메고 있었다면 빠르게 달려서 주파할 수도 있을 것이다. 그러나 지금은 검은 가방이 잔뜩 실린 들것을 끌고 가야 한다.

어디에서 리어카라도 하나 구해 도로를 따라가는 게 아니라면 한나절 내내 진땀을 쏟아내도 고개 두 개를 넘기가 벅차다.

"너희랑, 너희가 싸울 것 같은 모양새인데……."

진우는 다시 망원경으로 북쪽과 서쪽의 진영을 살폈다. 하룻밤 사이 더 불어난 양쪽의 군세는 전투가 임박해 온다는 걸 짐작하게 해주었다. 어제 대공 캐논을 쏘았던 서쪽의 산속에는 장갑차와 탱크까지 가세했다.

북쪽의 병력들도 나름 분주하게 움직여 대고는 있지만, 화력이 상대가 안 된다. 막상 충돌이 일어나면 단 몇 시간도 버티지 못하고 북쪽이 먼저 전멸하게 될 거다.

"아, 진짜 좀비도 안 보이는 이 깊은 산속에 대체 뭐 욕심날 게 있다고 그렇게 목숨을 걸어가며 총질을 해 대냐… 그건 그렇고, 이왕 싸우기로 했으면 좀 서둘러 주면 안 되나… 서쪽 애들이 북쪽으로 자리를 옮겨서 점령을 해주면 서울로 가기는 그게 더 나은데……."

그렇게 강 건너 불구경을 하고 있던 진우는 자신이 이렇게 주위를 살피고 있는 것처럼 사방의 군인들도 정찰을 하고 있으리라는 걸 문득 깨달았다.

그렇다면…….

진우는 얼른 자세를 낮췄다. 이렇게 당당하게 허리를 펴고 서서 쳐다볼 일이 아니다. 망원경이라는 신기한 물건이 생겨서 너무 흥분해 있었다.

"맞다!"

진우는 움막을 돌아보았다. 비록 색이 바라긴 했어도 붉은 플라스틱으로 만든 지붕과 은박 돗자리로 둘러쳐 둔 벽은, 온통 초록색인 이 산속에서 눈에 띄기 딱 좋다.

특이한 게 있으면 아무래도 한 번 더 눈길이 가는 게 사람의 마음이다. 진우의 머리가 복잡해진다.

여기는 은신하기에 좋은 자리는 아닌가 보다. 일단 전망이 너무 탁 트였다.

"옮기자."

결단을 내린 진우는 움막을 향해 고맙다는 표시로 고개를 한 번 꾸벅 숙여주고 짐을 챙기기 시작했다. 진우는 저격소총의 멜빵을 3점식으로 연결해 뒤로 비스듬히 걸고, 그 위에 배낭을 멨다. 그리고 새로 획득한 K—2 멜빵을 목에 건 뒤, 검은색 하이바를 들어 올렸다.

새 하이바 안에는 예전처럼 핑크 펀치의 사진을 넣어뒀다. 어제 비를 맞아 인쇄가 좀 벗겨진 부분이 있기는 하지만, 둘 다 여전히 아름답다.

훗, 제니와 테라를 한 번씩 보면서 진우는 가벼운 미소를 지은 뒤, 전투모를 쓰고 끈을 조였다. 927307은 개머리판을 접어서 검은색 가방 안에 고이 넣어놨다.

들것 손잡이를 두 손으로 잡은 진우는 출발하기 전에 혹시 놓치고 가는 게 없는지 움막 주변을 둘러보았다. 그런 후, 힘차게

걸음을 뗐다.

이 산속의 좀 더 깊숙한 곳으로 들어가 숨어야 한다. 군인 녀석들이 망원경으로 둘러보더라도 쉽게 눈에 띄지 않을 만한 곳으로.

"덜컹거리느라 힘들었지?"

그 후, 두 시간 동안 진땀을 흘리며 산길을 걷던 진우는 잠시 나무 그루터기에 기대앉아 숨을 돌리면서 들것과 가방을 향해 말을 걸었다.

검은 가방들은 대답하는 법이 없다. 어지간히 과묵한 놈들이다. 수통을 기울이던 진우가 손을 멈췄다.

쫄쫄쫄쫄―

물이 흐르는 소리다. 그것도 꽤 많이.

어디지?

진우는 사방으로 귀를 쫑긋거려 보며 물소리의 방향을 좇았다.

주변 군인들의 대치가 얼마나 더 길게 이어질지 모르는 상황이기 때문에 식수원을 확보하는 것은 곧 생존과 연결되는 문제다.

전투식량 안에 든 이온 음료 가루를 입에 물고 있어봐야 물이 없으면 갈증은 온전히 해결되지 않는다.

"…이쪽인가."

진우는 들것을 끌고 천천히 소리가 나는 쪽으로 걸음을 옮겼다. 조금씩 커지던 물소리는 잠시 후, 쭈르르르― 쭈르르르―

정도까지 커졌다.

바가지 가득 담은 물을 쏟을 때나 나는 소리다. 물소리가 커짐에 따라 진우의 기대도 커졌다.

"윽."

먼 곳만 보고 소리에 홀려 걷던 진우는 발바닥에 느껴지는 작은 통증 때문에 눈살을 찌푸렸다.

언제 들어갔는지는 모르겠지만, 왼쪽 전투화 바닥에 뭔가 날카로운 돌 조각 같은 게 돌아다니다가 이따금씩 밟힌다. 그렇다고 전투화를 벗을 만큼 거슬리는 것도 아니어서 진우는 며칠째 그저 참고 있는 중이다.

"우와… 좋구나."

물소리를 따라 걷기를 20여 분, 진우는 마침내 근원지를 찾아냈다.

3미터 정도 높이의 완만한 폭포.

둥글둥글하게 깎인 바위들 사이로 투명하게 맑은 물줄기가 쉼 없이 쏟아져 내린다.

물이 가득 찬 아래쪽 웅덩이는 웬만한 목욕탕보다도 넓고, 그 주변을 빙 둘러 나무들이 솟아 있다. 나무꾼이 선녀의 옷을 훔친, 전설 속의 바로 그 장소라고 해도 믿을 법한 절경이었다.

"세상에……."

감탄사를 내뱉은 진우는 들것을 내려놓고 웅덩이 앞에 무릎을 꿇고 앉았다. 아침부터 진땀으로 푹 젖어 끈적거리는 얼굴과 목에 시원한 물을 끼얹자 청량감이 가슴속까지 번진다. 맛도 기가 막히다.

“완전히 나를 위한 낙원이네. 밥 있겠다, 총이랑 총알 있겠다, 이제 물도 이렇게 넉넉하면 뭘 더 바라지? 선녀?”

혼잣말을 중얼거리던 진우는 얼른 고개를 저어서 자신이 한 말을 취소했다. 너무 많은 걸 바라면 안 될 것 같은 기분이 들어서였다.

안전을 확인한 진우는 바닥에 앉아 전투화를 벗고 양말을 확인했다. 피가 물든 양말 바닥에는 날카로운 가시가 박혀 있다.

“젠장, 이렇게 된 것도 모르고 며칠을 돌아다닌 거야?”

진우는 인상을 찌푸리며 가시를 빼서 던지고 양말을 벗었다. 다행히 상처가 심하지는 않다. 물을 끼얹어 발바닥의 피를 씻어내던 진우의 머릿속에 문득 이런 생각이 스쳤다.

‘너, 목욕하고 싶지 않냐?’

목요~옥?

꿀꺽!

군침을 삼킨 진우는 음흉한 짓이라도 꾸미는 사람처럼 주변을 둘러보았다. 여전히 숲은 고요하다.

‘근데… 그건 너무 사치스러운 거 아닌가? 너 좀 살 만해졌다고 너무 막 나가면…….’

삼가는 마음이 제동을 건다. 동시에 그보다 훨씬 더 큰 욕망이 가슴속에서 꿈틀댄다.

‘이 끈적거리고 땀에 찌들어 온통 소금이 핀 옷을 벗고, 저 차가운 물속에 전신을 풍덩’ 이라는 상상을 하는 것만으로도 정신이 멍해질 만큼 좋다. 목욕은 정말… 황홀할 것이다.

하지만 지금 그의 상황에서는 대단한 사치라는 것 역시 사실이다.

누가 망을 봐주는 것도 아니고, 무방비 상태로 물속에 들어갔다가 뭔가 위험한 게 불쑥 튀어나오기라도 하면 어쩌지?

그 질문에 진우는 선뜻 대답을 할 수 없었다. 그게 가장 두려운 일이었다. 여기까지 어떻게 왔는데, 대단한 것도 아닌, 고작 목욕을 하다가 허무하게 죽고 싶지는 않다.

그래서 진우는 일단 주변 정찰부터 마치기로 했다. 아무리 물이 좋아도 처음 와본 곳에서 아무 정보도 없이 함부로 무장해제를 할 수는 없는 노릇이니까.

발에서 물기를 털어내고 다시 전투화를 신은 진우는 들것과 배낭을 모두 물웅덩이 한쪽에 벗어놓은 채 달랑 K—2와 망원경만 가지고 작은 폭포와 물웅덩이 주변을 넓게 한 바퀴 빙 돌았다.

"하아, 목욕 한 번 하는 데 뭐가 이렇게 복잡해? 하아……."

나무 사이를 비집고 바위들을 오르고 내리느라 땀을 줄줄 흘리면서 진우는 끌탕을 했다. 주변 산세가 험해서 한 바퀴 돌아본다는 게 말처럼 쉽지만은 않았다.

정찰을 하는 동안에도 시선은 계속 웅덩이 옆에 놔둔 들것과 배낭이 잘 있나 돌아보게 된다.

물이 흘러오는 길은 양쪽으로 아주 급격하고 좁은 경사로여서 그 위로 사람이 접근해 올 가능성은 없어 보였다. 나머지 부분도 그저 산이다.

급격한 비탈과 나무와 바위, 그리고 우거진 잡초들뿐이다. 진지를 구축하는 군인들도 없고, 좀비 특유의 느낌도 없다.
이만하면 되는 거 아닌가?
나무 숲 사이에 서서 아래쪽을 바라보며 진우는 스스로에게 고개를 끄덕여 준 뒤, 다시 먼 길을 빙 둘러 폭포 아래로 돌아왔다.
목욕이라는 아주 사소한, 일상적 행위를 하기 위해 한 시간 가까이 산속을 헤매며 정찰을 해야 한다니… 좀 우습다.
"가만있어 보자. 이거는… 아무래도 손에 닿는 곳에 놓아둬야 할 것 같지?"
물에 들어가기 전, 진우는 배낭과 가방들을 어떻게 배치할 것인지에 대해 진지하게 고민을 했다.
그는 결국 웅덩이 가장자리의 넓적한 바위 주변을 가방으로 둘러 시야를 막고, 그 가방 위에 나뭇가지를 걸쳐서 위장을 하기로 했다. 벗은 옷과 총, 대검은 바위 위에 올려놓으면 된다. 여차할 때 당하지 않도록.
"거의 목욕탕을 만드는 기분인데?"
나뭇가지들을 꺾고 덤불을 뽑아 와서 쌓느라 또 땀을 한바탕 흘리면서 진우는 혼잣말로 투덜댔다. 위장 작업을 한다는 게 의외로 손이 많이 가는 일이었다.
아무리 나뭇가지를 가져다가 쌓아봐야 자꾸 더 수상하게만 보인다. 짜증스러워하던 진우가 손을 멈추고 중얼거렸다.
"아니, 이게 아니지……. 여기에서 며칠 잠도 자게 될지 모르는데, 이왕 만드는 거, 이것보다는 좀 잘 만들자."

마음을 고쳐먹자 일도 더 잘되는 것 같다. 진우는 무인도에 표류한 사람의 마음이 되어 덤불을 몇 아름이나 잘라 오고, 나뭇가지도 더 꺾어서 그럴듯한 구조로 쌓았다. 큼직한 돌도 몇 개 주워 와 군데군데 받쳐 놓으니, 이젠 제법 그럴듯하다.

정면으로 물러나서 바라보니 웅덩이 안쪽을 상당히 가려준다. 혹시 누군가 지나가더라도 이 각도에서 흘낏 보는 정도로는 목욕하고 있는 자신을 발견할 수 없을 것이다.

“좋아, 이제 좀 씻자.”

가방이 올려진 들것을 위장 은폐물 뒤에 가져다 놓은 진우는 마지막으로 한 번 더 주변을 살핀 후에, 전술 조끼를 시작으로 몸의 일부처럼 달라붙어 있던 군복을 하나씩, 하나씩 벗었다.

벗어놓은 옷과 전투화를 바위 위에 곱게 접어 깔고, 그 위에 K―2, MP5, 권총, 대검, 배낭을 나란히 늘어놓았다.

“실수한 것 없지?”

혹시라도 준비가 안 된 부분은 없는지 결벽증 환자처럼 몇 번이나 재확인을 하고 또 한 다음에야 진우는 속옷을 벗었다. 그러고는 땀으로 흥건히 젖은 몸을 천천히 웅덩이 안에 집어넣었다.

“으아아아~”

목욕탕에 온 노인처럼 입에서 저절로 앓는 소리가 난다.

시원하다. 청량하다. 이 차가운 물의 촉감… 이거, 이렇게 좋아도 되는 건지…….

진우는 물가의 바위를 꼭 잡은 채 자신도 모르게 진저리를 쳤다. 이렇게 물속에 몸을 담그는 것이 대체 몇 달 만인지 이제 기억도 까마득하다.

발가락을 까딱거리고, 겨드랑이와 다리를 움직이면 사이사이로 물이 휘감고 들어와 그동안 잊고 있던 감각을 깨운다.

진우는 몽롱한 표정으로 간만의 목욕을 만끽했다. 웅덩이는 넓이만큼이나 깊이도 넉넉해서 조금만 안쪽으로 들어가도 그의 가슴까지 차올랐다.

"세상에, 이렇게 좋은 걸……."

맑고 시원한 물을 손바닥으로 떠서 얼굴에 끼얹고 마신 뒤에 진우의 입에서 혼잣말이 새어 나온다. 삼척 발전소에서 샤워를 한 적은 있지만, 몸 전체를 담그는 시원한 목욕은 차원이 다른 쾌감을 주었다.

그리고 그 샤워라는 것도 대체 얼마나 오래된 일인가. 기름과 때, 땀, 피, 그리고 온갖 오물들로 범벅이 되어 있던 몸이 정화되는 기분이다.

처음 한동안은 바위에 손을 얹고 바짝 붙은 자세에서 덤불 사이로 숲 바깥을 노려보던 진우지만, 시간이 지나면서 조금씩 과감해져서 마침내는 두 손을 놓고 웅덩이 안에서 가볍게 헤엄까지 쳤다.

뒤로 누운 채 두 팔과 두 다리를 휘휘 젓고 있으려니, 그 순간만큼은 세상에 별 근심이 없었다.

몸은 시원하고 햇살을 받는 얼굴은 따뜻하다. 떨어진 물방울들이 만드는 작은 무지개들을 보면서 진우는 만족한 미소를 지었다.

"비누가 없다는 게 아쉽네."

배낭에서 전투식량을 꺼내 입에 넣고 씹으면서 진우는 웅덩이 전체를 마음대로 헤집고 다녔다.

주르르르르르—

떨어져 내리는 약한 폭포에 머리를 대봤다. 그것도 또 아주 좋다.

아푸, 아푸, 계속 입으로 물을 뱉어내면서도 진우는 천연이 만들어준 샤워기에 머리를, 어깨와 목덜미를 맡겼다. 그간 하루도 쉬지 않고 혹사당해 왔던 근육이 조금씩 풀어진다는 게 느껴진다.

“어~ 좋다.”

그렇게 진우가 눈을 지그시 감고 한여름 자연의 즐거움을 만끽하고 있을 때, 비릿한 냄새가 바람에 실려 코를 자극했다.

좀비 특유의 악취도 아니고, 사람의 체취도 아니었다. 이건… 이건 동물원에서 맡아봤던 냄새다. 진우는 다급하게 얼굴의 물을 훑어내고 눈을 떴다.

으르르르르르~

들개다. 열댓 마리나 되는 들개 떼들이 웅덩이 주변으로 모여들고 있었다. 약속이나 한 것처럼 다들 한 덩치 하는 놈들이 잇몸을 드러내며 으르렁거리고 있으니, 맹수가 아닌 개라고 해도 대형견들이라서 꽤나 위압적이다.

진우는 물을 첨벙거리며 얼른 옷을 놓아둔 바위 앞으로 걸어갔다. 무기가 필요해지면 언제라도 손에 집을 수 있도록 하기 위해서다.

으르르~

진우가 가까워지자 정면에 있는 놈들의 으르렁대는 소리가 더 커진다. 진우도 지지 않고 노려보며 권총과 대검을 집어 들었다.

2

"올무에 걸린 오 대위는 굶주린 들개들로부터 공격을 받았어. 비명 소리를 듣고 구하러 갔을 때는 이미 목숨을 잃은 뒤였지."

하 중위가 슬픈 표정으로 해주었던 이야기가 떠오르자 호흡이 가빠진다. 진우는 무기를 잡은 두 손을 위로 든 채 뒤로 물러나며 개들에게 말했다.

"나, 시체 아니야. 올무에 걸린 것도 아니고. 그러니까 제발 덤비지 말고 가라. 응?"

들개들이 웅덩이 주변을 빙 둘러싸는 바람에 진우의 고개도 덩달아 바빠졌다. 혹시라도 미친 척하고 물에 뛰어드는 놈이 있을까 봐 두려워서다.

권총의 탄창에는 열세 발이 들어 있다. 두 줄로 차곡차곡 들어 있던 열다섯 발 중에 어제 두 발을 쏘며 연습을 해봤다.

그러니까 정말로 개들과 일대 사투가 벌어진다고 해도 결과가 이쪽의 패배로 끝날 리는 없다.

만약 놈들이 물에 뛰어든다면 느릿느릿 개헤엄을 쳐서 가까이 오는 동안에 머리통을 날려주면 된다. 왼손에 든 칼을 사용해도 되고. 진우가 웅덩이 가운데에 있는 동안에는 전략적 우위가 있다.

하지만 진우는 개를 죽이고 싶은 마음이 정말 추호도, 단 1그램도 없었다. 사람을 몇 명이나 죽인 주제에 그런 생각을 하는 게 위선적이라 느껴질 수도 있겠지만, 멀쩡한 개나 고양이를 시체로 만드는 건 아주 다른 차원의 이야기랄까, 하여간 뭐 그랬다.

“근데… 너희들 왜 이리로 왔냐? 그냥 얌전히 가던 길 가지…….”

들개들이 그저 인상만 쓰고 있을 뿐, 뛰어들 기미는 없다는 걸 확인할 즈음, 진우가 주위를 한 바퀴 빙 둘러보며 설득을 했다.

들개들은 반응을 보이지 않는다.

개새끼들, 사람이 말을 하면 좀 듣는 척이라도 할 것이지…….

진우는 한숨을 내쉬었다.

이런 대치가 장기전이 되는 건 반가운 일이 아니다. 그러지 않아도 이제 슬슬 추워지는 것 같아서 물 밖으로 나가려던 참이었기 때문에 진우의 입술은 가볍게 떨리기 시작했다. 아주 천천히 물에 체온을 빼앗기고 있는 중이다.

“어쩌지? 더 오래 있으면 안 될 것 같은데…….”

진우는 걱정스러운 눈으로 개들을 돌아보다가 그중 한 마리가 물가로 한 걸음 다가와 머리를 내밀고 혀를 날름거리는 것을 보았다.

첩첩! 첩첩!

물을 마시고 있다.

아하, 그래서…….

진우는 자신이 이 개들에게 둘러싸이게 된 이유를 알 것 같았다.

어릴 때 TV에서 보았던 동물의 왕국이 기억난다. 사자와 영양이 서로 멀찍이 거리를 두고 강에서 물을 마시던 모습. 개들도 물에 끌려 여기에 온 것이리라.

"그래그래, 나 신경 쓰지 말고 얼른 물 마셔. 그래, 얼른 마시고 가. 오줌 안 쌌어."

진우는 개들에게 열심히 권유를 했다. 그래도 여전히 놈들의 저 큰 덩치는 신경이 쓰인다. 어쩌면 이놈들이 작은 놈들을 잡아먹으면서 생존해 왔을지도 모른다는 생각이 들자 소름이 더 바짝 돋았다.

쿵— 쿵— 쿵—

두어 마리가 덤불 속에 숨겨둔 가방들에 관심을 보이려 한다. 놈들이 코와 앞발로 나뭇잎을 헤치자 진우는 화들짝 놀라서 목소리를 높였다.

"야! 야! 이 새끼야! 그건 안 돼! 이 개새끼들아! 너희 거 아냐!"

진우가 물을 첨벙거리며 뛰어오자 개들은 주춤 물러났다. 하지만 기분이 상한 것 같다. 개새끼들의 주둥이가 다시 열리며 날카로운 송곳니가 드러난다.

으르르르—

나직하게 으르렁대는 대형견들. 위협적이다. 기분 탓인지 모르겠지만, 이빨 하나의 길이가 3센티는 넘어 보인다. 그리고 이번의 으르렁 소리는 또 다른 의미에서 두려워지는 일이었다.

"어어어, 짖지 마. 너희 위협한 거 아니야. 큰 소리 내지 말자, 우리."

진우의 만류에도 불구하고 개새끼들은 일제히 짖어 대기 시작했다.

으르렁! 멍! 멍!

월! 월! 웡! 웡!

조용하고 평화롭던 숲속 작은 물가는 순식간에 개들의 짖는 소리로 가득 차버렸다. 덩치에 비례해 목청도 좋아서 아주 귀청이 떨어져 나가는 것 같다.

아…….

진우는 난감함에 어쩔 줄을 몰라 했다. 짖는 개는 물지 않는다는 말도 있고 하니까, 개 짖는 소리가 무섭다거나 하는 건 아니었다.

그저 이 시끄러운 소리 때문에 이 산과 이 계곡이 다른 군인들의 주의를 끌게 될까 봐 그게 걱정이 된다.

"야! 이 개새끼들아! 시끄럽잖아!"

진우는 물속에서 발가락으로 집어 올린 조그만 자갈을 개들 사이로 집어 던졌다. 어린 시절, 동네에 돌아다니던 개들은 이 정도 하면 다들 깨갱대며 도망가곤 했다. 하지만 이놈들한테는 그 방법이 먹히지 않았다.

멍! 멍! 웡! 웡!

으르르르~!

자갈 투척 위협을 받은 들개들은 더 바짝 약이 올라 짖어 댔다. 계속 이러다가는 물에 뛰어드는 놈도 나올 것 같은 기세여서 진우의 긴장도도 올라간다.

어쩌지? 어쩌지?

고민하는 동안에도 점점 더 개새끼들의 짖는 소리는 커지고, 다른 놈들에게 옮아가기까지 한다. 여러 마리가 빙 둘러싸고 짖어 대는 걸 듣고 있자니 머리가 어떻게 되는 것 같다.

얼!

갑자기 울려온, 굵고 커다란 소리.

다른 개들이 짖는 것보다 두 배는 우렁차다. 그 소리가 들리자마자 개새끼들은 입을 다물고 낑낑대거나 조용해졌다.

우렁찬 그 '얼!' 소리의 메아리만 남아서 몇 번이나 꼬리를 만들고 울린다. 진우는 소리가 난 방향으로 고개를 돌렸다. 가슴팍과 눈 위의 점이 황토색인, 시꺼먼 개 한 마리가 진우를 정면으로 마주 보고 있다.

"…네가 대장이구나."

터벅, 한 발 다가오는 검은 개를 보며 진우가 중얼거렸다.

정말 크다. 넓적하고 둥근 얼굴에 커다란 입, 떡 벌어진 황토색 무늬 가슴팍. 근육이 똘똘 뭉친 것 같은 다리와 몸통.

한마디로 위압적인 투견의 모습이다.

대장 개의 개입 이후 조용해진 나머지 들개들은 꼬리를 축 늘어뜨린 채 웅덩이 구석으로 가서 물을 마시는 데에만 몰두했다.

휴우~

놈들이 조용해졌다는 것과 더 이상 이빨을 드러내지 않는다는 것, 그 두 가지 변화가 진우에게 안도의 한숨을 짓게 만든다.

그런데 아직 남은 문제가 하나 더 있다. 이 대장 놈이다. 시꺼먼 대장 개는 터벅터벅 몇 걸음을 더 다가와서 진우의 덤불 위장 부근에 아예 자리를 턱 잡고 앉아버렸다.

놈의 표정은 아주 평화롭지만, 시간이 길어질수록 진우는 상당히 곤란해졌다. 이제 정말 추워지고 있는데, 저 새끼는 도무지 움직일 기미가 보이지 않는다.

놈이 배낭과 바짝 붙어 앉아 있기 때문에 옷을 집기 위해 팔을 뻗는 것조차 부담스럽다. 주둥이 크기를 볼 때, 물리면 그 순간 끝이다.

살점이 뚝 떨어져 나가는 건 기본이고, 뼈가 부러진대도 그리 이상할 게 없다.

그나마 다행인 점은 놈들이 배낭과 가방에 오줌을 갈기지 않는다는 정도뿐이었다. 이 귀찮은 녀석들을 한 방에 쫓아낼 방법은 잘 알고 있다. 다만, 그게 여건상 허락되지 않을 뿐이다.

총소리를 들려주면 놈들은 기겁을 하고 곧바로 줄행랑을 놓을 테지만, 근처 다른 군인들 때문에 진우는 꾹 참고 있다. 여기에 무장한 사람이 있다는 걸 알리면 안 된다.

"이제 물 다 마시지 않았니?"

상냥하게 말을 걸어봐도 대장 개는 뻔뻔한 표정으로 하품만 크게 할 뿐이다. 또 지루한 대치가 이어진다.

그사이 더 체온을 빼앗긴 진우의 입술은 파랗게 질렸다. 얼마나 더 참을 수 있는 것일까에 대해 고민하고 있는 차에, 저 멀리 앞산에서 요란한 총소리가 들려온다.

투투투투— 투투투투투— 타앙— 타앙— 투투투—

누군가에게는 목숨을 건 싸움이겠지만, 진우에게는 개들을 쫓을 찬스다. 진우는 얼른 총구를 위로 하고 방아쇠를 당겼다.

타앙—

나무와 폭포로 막힌 공간 내에 커다란 총소리가 울린다.

깨갱— 깽— 깽—

제멋대로 주인 행세를 하고 있던 개새끼들이 먼지를 일으키며 후다닥 뛰어 도망간다. 그런데…….

정작 가장 가까이에 앉아 있는 이 시꺼먼 놈은 고개만 한 번 꿈쩍하고 만다. 엉덩이를 땅에서 떼지도 않았다.

뭐, 이런 게 다 있지?

황당해진 진우는 다시 한 번 더 하늘을 향해 권총을 쏘았다.

타아아아앙—

사람이 듣기에도 어지간히 크고 무서운 소리. 개들에게는 더욱 그럴 것이다. 하지만 이번에도 대장 개는 도망치지 않았다.

진우를 힐끔 돌아보더니 침이 주렁주렁 매달린 입술 사이로 혀를 내밀고 헥헥거린다.

"너… 귀가 먹었냐?"

진우가 놈의 뻔뻔한 얼굴을 보며 맥없이 중얼거렸다. 어쨌든 소리로는 이놈을 쫓아낼 수 없다는 게 분명해졌다.

하아~

한숨을 내쉰 진우는 웅덩이의 반대편으로 성큼성큼 걸어갔다. 더는 물속에 못 있을 것 같다. 일단 놈과 거리를 두고 물 밖으로 나가서 다른 방법을 강구해야 한다.

얼!

대장 개는 짧게 한 번 짖고 나서 천천히 엉덩이를 뗐다. 그러고는 진우가 움직이는 방향을 따라 웅덩이 밖을 돈다.

진우가 오른쪽으로 가면 놈도 오른쪽으로 가고, 진우가 왼쪽으로 돌면 놈도 왼쪽으로 돈다. 그리고 이따금씩 경고처럼 얼— 하고 짖기도 한다.

이래서야… 무슨 숨바꼭질 놀이를 하는 것도 아니고…….

"후우~ 너 왜 그래?"

진우는 한숨을 내쉬면서도 물속에 그대로 있을 수밖에 없었다. 일단 뭍으로 나가면 놈의 세계다. 달려와서 확 뛰어들면 목을 물리기까지 단 몇 초도 안 걸린다.

그러니까 각오를 단단히 하기 전에는 웅덩이 밖으로 나가면 안 된다. 여차하면 놈의 머리통을 향해 이 권총의 방아쇠를 당기겠다는 각오가 필요했다.

"먹을 걸로 꾀어볼 수 있을까?"

녀석의 배가 홀쭉한 것 같아서 진우는 식량으로 로비를 해보기로 했다.

이것도 안 되면 그때는 정말… 어휴, 그건 나중에 생각하자…….

고개를 설레설레 저은 진우는 대검을 옷 위에 내려놓고 왼손을 살살 배낭 쪽으로 뻗었다. 대장 개는 호기심 가득한 눈으로 그의 행동을 바라보고 있다.

"자, 이거 먹고 얌전히 있는 거야. 알았지? 던진다~"

진우는 전투식량의 초콜릿 바를 꺼내 놈의 눈앞에 대고 흔들었다. 이렇게 주의를 끌다가 멀리 휙 던지고, 놈이 그걸 쫓아가면 그 틈에 땅 위로 올라선다는 계획이었다.

그런데 이놈은 진우의 생각과 좀 다르게 반응했다.

초콜릿 바를 흔들자마자 녀석은 빠르게 몸을 쭉 뻗으며 진우의 손에 들린 초콜릿을 한입에 집어삼켰다.

텁!

3

놀랄 만한 스피드.

너무 순식간에 일어난 일이라 진우는 손을 뺄 틈도 없었다. 그저 헉, 하고 짧게 숨넘어가는 소리만 냈다.

'손가락이 잘리는 건가?'

놈의 벌어진 주둥이가 확 뻗어올 때, 진우는 그런 생각을 했다. 하지만 녀석은 정확하게 초콜릿 바만을 부스러기 하나 남기지 않고 통째로 받아먹었다.

진우의 손끝, 바로 몇 밀리 앞쪽을 녀석의 커다랗고 날카로운 이빨이 지나쳤고, 진우의 손가락에는 끈적한 침이 잔뜩 묻었다. 컴퓨터처럼 대단한 정확도다.

"하아~ 하아~"

진우는 놈의 침이 묻은 손가락을 보며 가쁜 숨을 몰아쉬었다. 태평하게 초콜릿 바를 씹어 먹고 있는 놈을 보고 있으니 화가 치밀어 올랐다.

"놀랐잖아, 이 새끼야! 쏠 뻔했다고!"

야단을 쳐봐야 어차피 놈은 듣는 척도 않는다.

아그작, 아그작!

오로지 초콜릿을 씹는 데만 집중하고 있다.

하긴 총소리도 못 듣는 놈인데…….

진우는 고개를 저으며 반대편 물가로 걸어갔다.

저놈이 처먹을 것에 정신이 팔려 있는 동안 빨리 옷을… 이라고 생각했는데, 어느새 대장 개는 또 자신을 따라 움직인다.

초콜릿으로 새까맣게 물이 든 채 축 늘어진 혀는 입안에 음식이 남아 있지 않다는 걸 보여주고 있다.

"벌써 다 먹었다고? 그 딱딱한 걸?"

'너 암만 대형견이라도 너무하는 거 아니냐' 라고 중얼거리던 진우는 얼른 고개를 저었다. 그런 소리를 늘어놔 봐야 자신만 추워질 뿐이다. 진우는 얼른 두 번째 음식을, 초콜릿 바보다 더 큰 빵을 꺼내 이로 물고 비닐봉지를 찢었다.

헥헥헥, 녀석의 숨소리가 거칠어진다. 이미 한 번 놀라본 진우였기에 이번에는 음식을 흔들지 않고 곧바로 멀리 집어 던졌다.

"자! 얼른 가서 먹어! 빵이야!"

하지만 놈은 움직이지 않는다. 빵이 날아간 쪽으로 고개를 돌려 위치만 파악해 둔 대장 개는 다시 진우를 한 번 보고, 바위 위에 놓인 전투식량 봉지를 본 다음, 헥헥댔다. 그 '헥헥'은 '이거 내놔!' 로밖에는 해석할 수 없다.

"왜 안 쫓아가?"

놈의 행동을 이해할 수 없어서 묻던 진우가 스스로 답을 냈다.

"…던지지 말라 이거야?"

놈은 여전히 헥헥대며 기다리고 있다. 혀가 삐져나온 입술 사이로는 침이 길게 늘어지다가 뚝 떨어지며 바닥을 적셨다. 배가 고픈 것만은 확실해 보인다. 진우는 고개를 끄덕였다.

"그래, 알았어. 그럼 바닥에 놓을게."

이번에는 햄과 강정을 집었다. 두 개니까 시간도 조금은 늘어날 거라고 생각해서였다. 봉지를 뜯어낸 햄과 강정을 겹쳐 바닥에 놓으려는 순간…….

텁!

놈은 또 벼락같이 달려들어서 음식물을 받아먹는다. 이번에도 아주 아슬아슬한 데까지 잘도 깨물고 지나갔다. 놈의 입술이 스친 손가락을 보며 진우는 인상을 찌푸렸다. 침도 어지간히 많이 나오는 놈이다.

와작! 와작! 와작!

빠르다. 진우는 놈의 속도에 감탄하면서 재빨리 바위 위로 몸을 끌어 올렸다. 햇살 속으로 나오는 것만 해도 한결 살 만했다. 진우는 몸을 부르르 떨면서 얼른 팬티와 K—2를 집었다. 그러고는 두어 발짝 뒤로 뛰어 물러났다.

여기라면 놈이 달려들더라도 총을 들어 어찌어찌 막을 수 있을 것 같은 기분이다. 그렇게 두 가지 행동을 정말 눈 깜짝할 사이에 해치워야 했다. 언제 놈이 확 덮쳐올지 몰라서 무서웠다.

그런데 정작 녀석은 음식물을 꿀꺽 집어삼키고도 달려들지 않았다. 오히려 엉덩이를 바닥에 붙이고 앉아버렸다. 서둘러 팬티를 입느라 비틀거렸던 진우는 개에게 바보 취급을 당한 기분이 들었다.

자신은 혼자서 두려워하고 온갖 생 쇼를 다 했는데, 저 개새끼는 그저 세월 좋게 태평하기만 하다.

얼!

놈은 진우를 향해 낮고 짧게 짖은 뒤, 전투식량 봉지를 힐끔 쳐다본다. 봉을 만났다고 생각하는 모양이다.

후우~

진우는 짧게 한숨을 내쉬고 놈을 노려보다가 새 전투 식량을 한 봉지 뜯었다. 아까 다른 들개들이 미친 듯이 짖어 댈 때 이 녀석이 조용히 시켰던 걸 생각해 보면, 그 정도 밥값은 이미 한 셈이다.

"일어서지 마. 덤벼들지도 말고."

녀석이 듣지 못한다는 걸 알면서도 진우는 구구절절 설명을 했다. 비닐을 뜯은 고형 어포를 천천히 내밀자 놈도 천천히 주둥이를 벌리고 다가온다. 서로에게 아주 조금, 신뢰가 생겼다는 의미일 것이다.

텁!

고형 어포의 끝부분을 문 놈은 진우가 손을 떼기를 기다렸다가 천천히 그걸 입안으로 당겨 넣고 씹었다.

어제 진우가 먹었을 때는 한동안 입안에 물고 있어야 겨우 좀 씹히던 음식인데, 이놈은 다짜고짜 씹기 시작한다. 게다가 순식간에 다 발기발기 찢어서 잘도 먹고 있다.

"…천천히 먹어."

아무 상관도 없는 사이지만, 놈이 하도 급하게 씹고 삼켜 대니까 조금은 걱정이 되었다. 진우는 놈이 어포를 다 씹을 때까지 기다렸다가 단팥 블록을, 강정을, 그리고 마지막으로 고형 밥인지 떡인지 알 수 없는 어떤 것을 내밀었다. 이것 역시 딱딱하기로는 둘째가라면 서러울 음식이었다.

와그작, 와그작!

그러나 그 떡조차 놈의 강철 같은 이빨 앞에서는 새우깡처럼 맥없이 부서져 나간다. 그 가공할 씹는 힘을 보고 있자니 괜히 기분이 으스스해진 진우는 뒤로 물러나며 바지를 집어 올렸다.

헥헥헥—

바지에 다리를 꿰고 있을 때 녀석은 또 혀를 내보였다. 개들끼리 빨리 먹기를 겨루는 대회가 있다면 출전시켜 보고 싶은 놈이다. 진우는 지퍼를 올린 뒤, 왼 손바닥을 펼쳐 보였다.

"이제 없어. 봐. 다 먹었지?"

놈이 고개를 갸웃갸웃거린다. 진우는 오른손으로 여전히 총을 꽉 쥔 채 왼 손바닥을 흔들었다.

"없다고, 인마."

납득을 했는지 녀석은 엉덩이를 떼고 일어났다.

그래, 잘한다. 이제 가라.

진우는 꼬리가 뭉뚝한 녀석의 뒷모습을 보면서 마음속으로 주문을 외웠다.

그러나…… 주문은 듣지 않았다. 녀석은 아까 진우가 던진 빵을 물고 다시 웅덩이 앞으로 돌아왔다. 그러고는 아예 엎드려서 우둑! 우둑! 요란한 소리를 내며 딱딱한 빵을 씹어 먹는다.

이상한 놈일세… 아까 던졌을 때는 거들떠도 안 보더니. 저 빵은 저금해 놓은 셈 쳤던 건가? 뭐, 더 얻어먹을 거 없으면 가겠지…….

진우는 놈에게서 눈을 떼지 않으며 얼른 웃옷을 걸쳤다.

퀴퀴한 냄새가 나고 땀에 찌들어 뻣뻣해진 옷이지만, 그래도 반갑다. 어찌나 물속에서 떨었던지, 이 뙤약볕 아래에서 난리를 치는 동안에도 땀 한 방울이 안 난다.

헥헥헥.

또 '헥헥헥' 이다. 그새 빵을 다 해치운 대장 개가 해맑은 눈빛으로 진우를 돌아본다. 진우는 고개를 저었다.

"없어. 이제 진짜 없으니까 가. 네 부하들 따라가야 할 것 아냐."

놈이 배낭에 코를 대고 킁킁거리다가 진우 쪽으로 머리를 돌렸다. '없다고? 그럼 이건 뭔데?' 라고 묻는 것 같다. 왠지 거짓

말을 들킨 것 같아 부끄러워진 진우가 변명을 했다.

"나도 그거 먹고 살아야 돼. 너 배불리 먹이려면 끝도 없어. 거기까지야. 에이 참, 나 지금 뭐하냐? 개랑 말싸움을 하고 있네."

녀석을 설득하려던 자신이 바보 같아서 진우가 입을 다물자 개는 천천히 진우를 향해 걸어왔다.

왜 또…….

진우는 도망치고 싶었다.

덩치라도 좀 웬만해야지, 이건 무슨 송아지만 한 게 성큼성큼 다가오니 경계를 안 할 수가 없다. 진우는 총구를 녀석에게 겨누며 가능한 한 위엄 있게 말했다.

"더 오지 마. 거기 서."

물론 상대는 애초부터 말을 듣는 놈이 아니었다. 놈은 보란 듯이 당당하게 한 발짝 다가온다. 진우는 뒤로 한 발 물러났다.

놈이 침을 뚝뚝 떨어뜨리며 또 한 발짝 앞으로. 그러면 또 진우는 뒤로 한 걸음. 팽팽한 신경전이 이어진다. 마침내 놈이 먼저 패배를 인정했다.

끄으응~

덩치에 어울리지 않게 앓는 소리를 낸 녀석이 바닥에 납작 엎드리며 목을 쭉 뺐다. 굵고 빨간 가죽 목걸이가 걸려 있다. 목걸이의 질로 보아 누군가 꽤 신경을 써서 키우던 놈인 모양이다. 진우는 고개를 끄덕였다.

"그래, 네 주인도 아마 죽었겠구나. 그래도 너는 용케 살아남았네."

끄으응—

놈은 한 번 더 앓는 소리를 내며 쭉 뺀 목 사이로 발을 올려 목걸이를 긁었다. 그 주변만 가죽이 다 해져 있다. 괴로워 보인다.

"…목걸이를 빼달라고?"

얼!

총소리도 못 듣던 놈이 그 말에는 고개를 반짝 들고 대꾸를 한다.

아, 어쩌지?

진우는 잠시 망설였다. 지금 보니 놈의 굵은 목에 비해 목걸이가 꽉 조여 보이기는 했다.

저걸 빼주면 놈은 한결 살 만할 거다. 그런데 그러려면 놈의 곁에 바짝 붙어서 두 손을 다 써야 한다.

괜찮을까? 내가 저 새끼를 언제 봤다고…….

진우는 고민했다. 병원도 없고 약도 없는 이런 상황에서 크게 물리기라도 하면 영 골치가 아파질 것이기 때문이다.

끄으응~ 끙, 끙.

녀석은 진우가 갈등하고 있다는 걸 눈치채기라도 한 양 더욱 애절하게 낑낑대기 시작했다. 소리만 들어보면 아주 다 죽어가는 것 같다.

조금 전까지 뻔뻔한 얼굴로 음식을 잘도 처먹었다는 걸 모르는 사람이 보면 깜빡 속아 넘어갈 만큼 좋은 연기였다. 어찌나 애절한 연기였는지, 진우조차도 결국 놈을 돕기로 했다.

"그럼, 가만히 있어. 움직이면 안 빼줄 거야."

진우는 엎드려 있는 녀석을 향해 맨발로 살금살금 다가가며 말했다.

끄응, 끄응.

진우가 천천히 뒤로 돌자 녀석은 눈으로 진우를 쫓으면서 입으로만 건성건성 앓는 소리를 냈다. 이래서 이놈을 100퍼센트 신뢰할 수가 없는 거다.

"…만진다. 놀라서 지랄하지 마."

놈의 등 뒤로 가서 무릎앉아 자세를 취한 진우가 조용히 말했다. 개는 빤히 보고 있으면서도 이렇다 할 반응을 하지 않았다.

놈의 빽빽한 털을 살살 쓰다듬는 동안 진우는 여전히 오른손에 K―2를 꽉 쥐고 있었다. 사실은 쏠 용기도 없으면서 왜 이렇게 하는 건지, 그 자신도 설명하기 어렵다.

등을 쓸어주자 녀석은 만족했다는 듯 고개를 앞으로 돌리고 헥헥댔다. 진우는 조금씩 목덜미 쪽으로 손을 더 뻗었다. 그리고 잠시 후, 그의 손이 목걸이에 닿았다.

"어휴, 완전 빽빽해."

놈의 개목걸이는 보이는 것보다 더 꽉 조여져 있었다. 털 안으로 깊숙하게 파고든 모양을 보니, 대충 왼손만 써서 풀기는 글렀다. 초조하게 입맛을 다시던 진우는 바닥에 총을 내려놓은 뒤, 두 손으로 목걸이를 잡았다.

"이게… 뭐에 걸렸기에 이렇게……."

손가락 끝조차 들어가지 않는 목걸이.

자세히 보기 위해서 진우는 녀석에게 더 바짝 붙어야 했다.

놈의 목을 억지로 들어 올린 뒤, 아래쪽을 살펴보고서야 진우는 이유를 깨달았다.

목걸이가 한 번 꼬여 있는데다가 그 사이에 굵은 개 줄이 말려 들어가 목을 더 꽉 조이고 있는 상태였다. 제 딴에는 얼마나 풀어내려고 발버둥을 쳤는지, 개 줄이 매듭처럼 친친 감겨 있었다. 풀어내기도 어렵다.

“안 되겠어.”

진우는 풀어내는 걸 포기했다. 손가락을 매듭 사이에 넣을 때마다 개가 입을 벌리고 컥컥댔다.

“너 진짜 대단하다. 목이 이런데 그렇게 잘 먹었던 거야?”

진우는 한숨을 내쉰 뒤 팔을 뻗어 대검을 집어 들었다. 새로 획득한 대검은 국방부 보급품과는 비교가 안 되는 퀄리티여서 뭔가를 정말로 잘 자른다.

가방 안에 든 만능 툴을 꺼내 써도 되지만, 대검 쪽이 훨씬 빨리 일을 마칠 수 있을 거다.

“놀라지 마. 이걸로 목걸이 자르려고 하는 거야. 너 다치게 하려는 거 아니라고. 알았지?”

진우는 아주 진지한 얼굴로 개에게, 그것도 총소리조차 듣지 못하는 놈에게 자신이 왜 칼을 들고 있는지를 설명했다.

반면, 놈은 태평한 얼굴로 침을 뚝뚝 떨어뜨리면서 엎드린 채 먼 산을 보고 있다.

진우는 일단 꼬인 목걸이를 친친 감고 있는 굵은 개 줄에 날을 갖다 댔다. 그러고는 칼을 톱처럼 사용해 그 매듭을 잘랐다.

비록 목걸이 가죽 위라고는 해도 자기 목덜미에서 칼이 왔다 갔다 하는데 녀석은 태평하다. 간이 큰 건지, 바보인 건지…….

진우는 이따금 한 번씩 놈의 기색을 살피면서 열심히, 그러면서도 조심스럽게 칼질을 했다. 이제 슬슬 땀이 난다.

툭—

한참의 칼질 이후, 매듭들이 하나둘 끊어져 나가자 진우는 대검을 내려놓고 잘린 개 줄 조각들을 일일이 손으로 빼냈다. 꽉 조여져 있던 목에 그나마 여유가 생겨난다.

"이… 이게 대체 언제 묶어두고서 안 뺐기에 이렇게 딱 달라붙어 버렸냐… 어후~ 냄새."

꼬여 있는 개목걸이의 버클이 좀처럼 빠지지 않아서 진우는 안간힘을 썼다. 점점 가까이 다가가다 보니 결국에는 개의 목을 뒤에서 끌어안고 있는 형태가 되어버렸다. 거리가 좁혀지자 씻지 않은, 야생동물다운 냄새가 코를 확확 찌른다.

"됐다!"

마침내 목걸이를 빼내자 긴 세월 억눌려 있던 자국이 훤히 모습을 드러냈다. 아까 놈이 긁어 대던 자리에는 생채기가 꽤나 나 있었다.

얼!

목이 홀가분해지자마자 놈은 벌떡 몸을 일으키며 진우를 돌아본다. 그 모습이 제법 위압적이어서 진우는 얼른 뒤로 물러났다.

"괜찮아졌지? 이제 가. 치료해 주면 좋겠지만, 나도 약은 없어. 어떤 개새끼들이 내 배낭을 아주 통째로 빼앗아 버렸거든."

진우가 간청했다. 녀석은 머리를 한 번 부르르 털고 나서 입구의 나무 쪽으로 걸어가 뒷다리 한 짝을 턱, 걸쳤다.

놈이 오줌을 갈기는 동안 진우는 자신의 손 냄새를 맡아봤다.

으아~ 개 냄새 작렬!

기껏 목욕까지 했는데 상쾌 지수가 뚝 떨어진다.

아마 벼룩도 옮았을 것이다. 놈을 보내고 나면 목욕도 다시 하고, 빨래도 한 번 해야겠다고 진우는 생각했다. 그런데 오줌을 다 갈긴 놈은 몸을 돌려 다시 물웅덩이 쪽으로 터벅터벅 걸어온다.

"어이, 어이. 가라고."

슬슬 짜증스러워진 진우가 큰 소리를 내도 놈은 전혀 신경 쓰지 않았다. 잘난 척하며 고개를 빳빳이 쳐들고 걸어온 녀석이 진우의 바로 앞에 와서 섰다. 그러고는 진우의 발가락에 코를 대고 킁킁, 냄새를 맡는다.

킁킁킁, 발에서 시작된 녀석의 냄새 맡기는, 종아리로, 그리고 허벅지로 이어졌다. 수박보다도 커다란 머리통이 그렇게 가까이 달라붙어서 슬슬 움직이는 걸 보고 있으니 긴장이 된다. 이제 물릴 것 같은 불안함은 그리 크지 않지만, 그래도 마음이 편치 않았다.

"이, 이러지 마라……."

경고인지 사정인지 모를 맥없는 소리를 하며 진우는 몸을 움츠렸다. 진우가 불안해하거나 말거나 놈은 계속 코를 킁킁대면서 나선을 그리며 다리를 타고 올라와 마침내 코를 진우의 엉덩이에 딱 붙였다.

쿵쿵쿵— 헥헥헥—

녀석의 뭉뚝한 꼬리가 바쁘게 흔들렸다. 낯선 개가 자기 엉덩이 냄새를 맡으며 꼬리를 치고 있다는 게 그리 기분 좋은 상황은 아니었다. 진우는 놈의 몸을 밀며 자리를 피했다.

“이러지 마! 나 더러운 사람 아니야! 조금 전에 씻었어. 냄새 안 난다고. 바, 바지를 못 갈아입어서 그런 거야.”

진우가 싫다는 기색을 보였는데도 녀석은 계속 그의 꽁무니만 쫓아다닌다. 진우는 홱 돌아서서 엉덩이를 가리며 버럭 소리를 질렀다.

“하지 마, 이 새끼야! 신경 쓰인다고!”

끄응~

녀석은 또 앓는 소리를 내고 갸웃거리더니, 고개를 축 늘어뜨리고 뒤돌아 걷는다. 그렇다고 정말 가버리는 것도 아니다. 녀석은 검은 가방을 가리기 위해 쌓아둔 은폐용 덤불과 나뭇가지 옆에 털썩 자리를 잡고 엎드려 버렸다.

그러고는 눈동자를 위로 뜬 채 진우를 보았다. 그렇게 덩치가 큰 놈인데도 눈꺼풀 위에 박혀 있는 황토색 점 때문에 조금 애교스럽게 보이기도 했다.

이런 종류 개가 품종이 뭐더라?

진우는 기억을 더듬어봤다.

마스티프였나… 아니, 그건 좀 다른 종인데… 뭔가 독일 냄새가 좀 났는데… 로슈… 로드… 아, 로트와일러였나? 하긴 무슨 종류면 뭐해. 키울 것도 아닌데.

"저기… 너 뭔가 착각하나 본데, 나 네 주인 아니야. 젠장, 내가 평범하게 생겼다는 건 잘 알고 있었지만, 이젠 개새끼들까지 사람 구분을 못하네. 그… 개들은 자기 주인 냄새 평생 기억한다고 하던데, 널 보니까 그것도 아닌 모양이다."

진우는 그렇게 툴툴거리며 물을 떠 손을 씻고 전술 조끼를 착용했다. 이렇게 이놈이 지키고 앉아 있으니 오늘 목욕을 또 하기는 텄다. 장비를 갖춰 입는 진우가 신기했던지, 녀석의 뭉뚝한 꼬리가 또 바쁘게 팔락거린다.

"아부해 봐야 소용없어. 나는 네가 부담스러워. 많이 먹는 것도 그렇지만, 네가 갑자기 훽 눈이 돌아가서 달려들까 봐 무섭다고. 내가 강아지 때부터 키운 놈이 아닌데 너무 덩치가 커서 그래. 이해하지?"

발바닥에 모래를 털어내고 양말과 전투화를 신은 진우가 허리를 숙인 채 전투화 끈을 묶고 있을 때, 놈이 갑자기 벌렁 드러누웠다.

진우는 자신의 발밑에서 배를 까고 몸을 뒤틀어가며 아양을 떠는, 커다란 개새끼를 가만히 바라보며 생각했다.

'…어쩌라고?'

4

진우가 애써 못 본 체하고 있는데도 녀석은 여전히 배를 까고 누운 채로 몸과 머리를 홱홱 비틀어가며 진우를 바라본다.

저 눈빛… 부담스럽다. 진우가 묵묵히 전투화 끈만 조이자 놈은 좀 더 본격적으로 보채기 시작했다. 앞다리를 뻗어 진우의 손을 잡아끌더니 제 배 위에 얹어놓는다.

결국 진우는 놈의 배를 만져 줄 수밖에 없었다. 처음엔 살살 쓰다듬다가 북북, 손가락에 힘을 줘 두터운 털가죽을 긁어주니, 녀석은 천국이 보인다는 듯이 헥헥거렸다. 녀석이 하는 짓 때문에 진우의 입에서도 헛웃음이 터졌다.

"너, 진짜 엄청 붙임성이 좋구나."

놈을 쓸고 있다 보니 어릴 때 키웠던 개들 생각도 났다. 물론 그 개들의 무게를 모두 다 더해도 지금 이 녀석의 반 정도나 겨우 나갈까 말까 하겠지만.

"그러게. 좋구나, 이런 것도……."

진우가 가볍게 한숨을 쉬면서 중얼거렸다. 삼척 발전소에서 탈출한 이래 그는 늘 외롭고 혼자였다. 하 중위를 제외하면 살아 있는 뭔가와 평화로운 교감을 하는 것이 처음이다.

"그런데 이러면……."

좀 더 다정한 태도로 녀석의 털을 쓸어주던 진우의 손길이 어느 순간 갑자기 멈추었다. 어차피 헤어져야 하는 사이인데 이렇게 정이 들어봐야 곤란하다는 걸 깨달은 까닭이다.

서울에 도착할 때까지 그는 계속 숨어 다녀야 한다. 소리도 내지 않아야 하고, 모습을 드러내서도 안 된다. 그리고 먹을 것도 마음대로 구하지 못한다.

이 모든 제약을 수행하는 데 개는 방해되는 존재다. 아무 때나 짖고, 많이 먹는다. 당장은 물이라도 넉넉하지만, 일단 길을 나서면 언제 수통을 채울 수 있는지도 장담할 수 없었다.

그리고 지금이야 입에 먹을 걸 넣어줬으니까 이렇게 헥헥대고 있지만, 막상 식량이 바닥나 버렸을 때 녀석이 어떻게 돌변할지도 장담할 수 없다. 한마디로 지금 진우는 이렇게 큰 개를 거둘 입장이 못 되었다.

"그만하자. 정 들면 서로 힘들다."

냉정해지기로 마음먹은 진우는 녀석의 가슴팍을 톡톡 두드려 주고 손을 뗐다. 대신에 빨리 가라고 등을 떠미는 짓도 그만두기로 했다.

이 산이 자신의 소유물도 아니고, 물웅덩이도 혼자만 쓰라고 있는 게 아니니까 그냥 녀석이 하고 싶은 대로 하도록 내버려 두는 게 옳다는 생각이 들어서였다. 자신이 떠날 수 있을 때, 그냥 가버리면 그만이다.

"그런 의미에서 정찰을 좀 해야겠다. 혹시 길이 뚫린 곳이 있는지… 목욕하고 너랑 노느라고 주변이 어떻게 돌아가는지 까맣게 잊어버리고 있었네."

진우가 손을 떼고 배낭을 뒤져 망원경을 꺼내자 개도 벌떡 몸을 뒤집고 일어났다.

녀석의 얼굴을 빤히 보면서 진우는 권총집에 권총을 넣고, K—2 멜빵을 멨다. 그러고는 나무 사이로 걸어 나가 산 아래 쪽의 동향을 살폈다.

망원경에 눈을 붙인 채 고개를 돌리고 있는데, 옆에서 헥헥거리는 소리가 들린다.

이놈, 또 따라왔다.

녀석은 진우의 바로 곁에 아주 의젓한 자세로 우뚝 서 있었다. 마치 원래 자신의 임무가 정찰하는 사람의 곁을 지키는 경비견이라는 듯이. 그러는 녀석의 모습을 물끄러미 바라보던 진우는 고개를 끄덕였다.

"하긴, 네가 계속 짐 놔둔 데에 앉아 있었으면 나도 불안하기는 했겠다. 가방이고 뭐고 그 튼튼한 이빨로 다 찢은 다음에 전투식량 꺼내 먹을까 봐."

진우가 자리를 옮겨 다니며 동서남북을 두루 살펴보는 동안에도 녀석은 여전히 쫄래쫄래 뒤를 따라다녔다.

그렇다고 특별히 신경이 쓰일 만한 행동은 또 하지 않는다. 진우가 걸으면 따라 걷고, 진우가 멈춰 서서 망원경을 보면 녀석도 같은 방향을 보며 서 있다.

"붙을 거면 빨리빨리 붙고 끝내라. 애먼 사람 갈 길도 못 가게 붙잡아놓지 말고."

정찰을 마치면서 진우는 서쪽의 병사들을 향해 중얼거렸다. 주변의 동향은 그가 아침에 살펴봤을 때와 비교해 크게 달라지지 않았다.

지금의 화력으로도 이미 충분히 완전 제압이 가능할 것 같은데, 서쪽 놈들은 계속 뜸을 들이고 있었다.

물웅덩이로 돌아가는 길, 개는 앞장서서 걸어가며 헤딱헤딱 뒤를 돌아본다. '이 길로 가야 돼' 라고 말하는 것 같다.

"그래, 너 길 잘 알아서 좋겠다."

진우가 건성으로 대답하려는데, 갑자기 녀석이 날카로운 척을 하며 고개를 척 치켜든다. 그러더니 전속력으로 산길을 내달렸다.

어? 진우는 의외의 상황에 당황하며 영문도 모르는 채 녀석을 쫓아 뛰었다.

저 새끼, 저거 왜 저러지? 무슨 일이지?

진우가 아무리 열심히 뛰어봐야 대형견의 스피드를 따라잡을 수는 없다. 그와 녀석의 거리는 순식간에 쫙쫙 벌어졌고, 마침내 놈은 시야 밖으로 사라져 버렸다.

대체 무슨 말썽을 부리려고?

진우는 숨 가쁘게 달리며 마음속으로 사정했다.

너, 진짜 내 가방은 안 돼! 차라리 먹을 걸 꺼내 달라고 해! 줄게! 준다고!

얼! 얼!

녀석의 짖는 소리, 그리고 다른 개들의 짖는 소리도 함께 들려온다. 진우는 땀을 삐질삐질 흘리며 물웅덩이 부근에 도착했다. 거기엔 개들의 향연이 벌어지고 있었다.

대장 개가 진우의 짐을 등진 채 으르렁거리고 있고, 나머지 놈들은 한쪽으로 몰려서서 이를 드러냈다. 낯이 익은 놈들이다. 아까 진우가 물속에 있을 때, 그를 둘러싸고 있던 그놈들이 다시 돌아온 것이다.

멍!

개중 덩치가 커다란 놈이 한 발 앞으로 몸을 내밀려다가 대장 개의 기세에 눌려 뒤로 물러섰다. 전투력으로는 대장 개 쪽이 월등하겠지만, 상대는 수가 많다. 덕분에 양쪽 모두 선불리 달려들지 못하고 팽팽하게 맞서고만 있는 중이다.

철컥.

대치가 길어지는 걸 원치 않은 진우가 권총을 꺼내 슬라이드를 뒤로 당기며 쇳소리를 냈다. 들개 떼들의 시선이 진우 쪽으로 향했다.

진우가 햇빛에 총을 반사시키자 놈들이 슬금슬금 뒤로 물러난다. 녀석들도 총소리가 났던 것을 기억하고 있는 거다.

컹!

그래도 아쉬움이 남았는지 밍기적거리던 녀석들을 향해 대장개가 달려든다.

후다다닥, 들개들은 아까 총소리를 들었을 때와 똑같이 또 떼를 이루어 숲속으로 달아나 버렸다.

헥— 헥—

아직 흥분을 다 가라앉히지 못한 대장 개는 놈들이 달아난 방향을 노려보고 서서 가슴과 배를 들썩이고 있다.

휴우우~

진우는 안도의 한숨을 내쉬었다. 총으로 위협을 하기는 했지만, 막상 발사를 했다면 여기에 더 있기 어려웠을 것이다. 이렇게 피도 안 보고, 큰 소리도 안 낸 채 끝을 낼 수 있어서 다행이다.

"왜 또 왔지? 저 새끼들……."

하지만 그 질문의 답은 금방 찾을 수 있었다. 진우가 만들어 놓은 은폐물 덤불과 나뭇가지가 엉망으로 훼손되어 있었다. 그리고 검은 가방에는 개새끼들이 뜯으려 했던 이빨 자국과 침이 잔뜩 묻어 있었다.

다행히 질긴 재질이어서 단번에 뜯겨 나가지는 않았다. 아마도 부근에 숨어 있던 들개들이 진우와 대장 개가 자리를 비운 틈을 타 식량을 훔쳐가 보려고 내려왔던 모양이다. 음식 부스러기를 좀 남겨뒀던 게 실수였다.

"하아~ 저놈들이 온 줄 알고 뛰어온 거야? 이걸 지켜주려고?"

진우는 아직도 우뚝 버티고 서 있는 대장 개에게 다가가 놈의 머리를 쓸어주었다. 녀석은 금방 온순해져서 진우의 손바닥을 널름널름 핥는다. 진우의 왼손은 녀석의 침으로 흥건하게 젖었다.

대체 나한테 왜 이렇게 잘해주니…….

진우는 낑낑거리는 녀석의 얼굴을 보며 생각했다.

오늘 처음 본 사람인데, 겨우 딱딱한 과자 쪼가리 몇 개 얻어먹었다고 이렇게까지 잘해준다는 게 말이 안 되잖아…….

생각해 보니까 개들에게 포위를 당했을 때도 이 녀석이 구해줬다. 처음부터 놈은 자신을 주인이나 친구로 대했다.

"혹시 내가… 개들이 보기에는 엄청 멋있게 생긴 얼굴일까?"

진우는 말도 안 되는 소리를 중얼거리고는 녀석과 함께 짐을 놔둔 바위 앞으로 걸어와 배낭을 벗었다. 그러고는 전투식량을 꺼냈다.

헥헥헥헥.

녀석의 헐떡이는 속도가 빨라진다.

"그러고 보니 너는 저놈들처럼 이빨로 가방을 뜯지도 않았었네. 음식이 여기 있는지 빤히 알면서도 내가 꺼내 줄 때까지 기다렸고. 너 엄청 예절 바른 녀석이구나… 무슨… 개 학교 같은 곳에서 교육을 받았냐?"

진우는 답이 돌아올 리 없는 질문을 녀석에게 던지고, 비닐을 찢어 반으로 나뉜 초콜릿 바 한쪽을 내밀었다.

텁!

녀석은 맨 처음 그랬듯이 진우의 손에서 직접 음식을 받아먹으며 와구와구 씹어 댔다.

"개는 초콜릿은 많이 먹으면 안 된댔는데……. 아, 근데 이 침은 좀 어떻게 해야 할 것 같다."

개 침으로 범벅이 된 손을 옷자락에 닦아낸 뒤, 진우도 초콜릿 바를 입에 넣었다. 점점 이놈이 좋아지려고 한다. 매력적인 점이 많은 개였다.

헥헥.

진우가 아직 한입도 채 삼키지 못했을 때, 녀석은 벌써 자신의 몫을 다 먹어 치우고 햄에 코를 박고 있다.

"이것부터 뜯으라고? 햄?"

얼!

진우의 물음에 녀석은 짧게 대답한다. 뭐, 어차피 먹을 거니까 순서 정도야 녀석이 원하는 대로 따라줘도 괜찮다.

햄도 절반, 빵도 절반, 강정도 절반…을 먹어야 맞는 건데, 진우의 턱과 이빨은 녀석처럼 강하지가 못했다.

결국 진우는 전투식량의 3분의 2가량을 녀석에게 내줬다. 단지 먹는 속도가 느리다는 이유로.

캅! 캅!

녀석은 빵을 정말 맛나게 먹으며 아직도 햄을 씹고 있는 진우를 힐끔거렸다. 훗, 진우는 코웃음을 지으며 남은 햄 조각을 내밀었다. 녀석은 혀를 한 번 날름해서 햄 조각을 받아먹는다.

"그래, 그거는 네가 다 먹어라. 나는 인삼 먹어도 되니까."

진우는 들것의 나일론 그물 매듭을 풀고 가방에 넣어놨던 인삼 보따리를 꺼냈다. 사실 영양학적인 밸런스만 아니라면 인삼이 훨씬 더 고급 식량이다. 먹기도 편하고.

전투식량 따위 개나 주라지.

그런데 진우가 인삼 몇 뿌리를 꺼내자 녀석의 주둥이에는 또 침이 고인다.

"이것도 먹는다고? 이거 써. 무지하게 쓴데."

아니? 안 그럴 것 같은데?

녀석의 열정적인 얼굴은 그런 말을 아주 적극적으로 하고 있다. 진우는 시험 삼아 작은 뿌리 하나만 내밀었다.

아작, 아작.

녀석은 아주 맛나게 인삼을 씹었다.

"근데 이게 다야, 오늘은."

한 뿌리를 더 주고, 자신도 인삼을 씹으면서 진우가 말했다.

"언제 이 산에서 나가게 될지 모르니까 음식을 아껴야 하거든. 그러니까 배가 부르지는 않겠지만, 좀 참아야 돼."

오늘 하루만 생각한다면 몇 봉지 더 인심을 써도 되겠지만, 처음부터 한계를 분명히 정해두는 게 낫다.

진우가 이제는 음식이 없다는 표시로 손을 탁탁, 털자 녀석은 더 조르지 않고 웅덩이로 걸어가 물을 할짝거린다. 그러고는 진우의 곁으로 와서 다시 엎드렸다.

아무 생각 없이 녀석의 머리와 가슴팍을 쓸던 진우는 자신의 행동을 의식하고 손끝을 움츠렸다.

이래도 되는 걸까?

말로는 데려갈 수 없다고 하면서 정작 하는 짓은 정반대로 정을 쌓고 있었다.

하지만… 이렇게 애교를 부리고, 나를 위해서 위험을 무릅쓰는 녀석이니까 귀여워지는 게 당연하다. 이제는 어떻게 하는 게 현명한 선택인지도 솔직히 잘 모르겠다.

투투투투— 타타타타— 투투둑— 탕— 탕— 투투투투투—

그렇게 진우가 고민에 빠진 채 녀석을 쓸어주고 있을 때, 또 멀리서 총성이 들려온다. 이번에는 동쪽이다. 진우는 벌떡 몸을 일으켰다.

누군가에게는 죽느냐 사느냐의 전투지만, 이렇게 총성이 정신없이 울려 대는 동안이 진우에게는 사격 연습을 할 수 있는 기회였다.

갑작스런 진우의 행동에 멍해져 있는 개를 내버려 두고 저격소총과 탄창, 망원경을 챙긴 진우는 나무숲 밖으로 뛰어나갔다. 당연히 개도 쫓아온다.

"야, 너 이거 아까 그 권총이랑은 달라. 훨씬 더 큰 소리가 나는데……."

언덕 위 덤불 숲 사이에 양각대를 펼치고 자리를 잡은 진우가 자신의 발치에 앉아 있는 녀석을 돌아보며 물었다.

당연한 이야기지만 개는 아무 대답도 없다. 뭐, 달리 어떻게 설명을 할 방법이 없어서, 진우는 그냥 사격을 하기로 했다.

만일 녀석이 총소리에 놀라 도망간다면 그건 어쩔 수 없는 일이다. 앞으로도 자신은 계속 총성 속에 살게 될 테니까 그걸 버티지 못하는 놈과는 함께 다니지 못한다.

진우는 망원경으로 건너편 산에서 적당한 표적을 골랐다.

"820미터……."

진우는 망원경의 윗부분에 표시되는 거리를 보며 중얼거렸다. 그가 엎드린 곳에서 산 하나를 지나 다음 산의 중턱에 있는 고목이 표적이다. 물론 망원경에서 눈을 떼면 아무것도 안 보인다.

망원경을 내려놓은 진우는 저격소총의 개머리판에 어깨를 바짝 붙이고 볼을 가져다 댔다. 개머리판 측면에는 간단한 정비도구가 든, 솜 가방 같은 것이 부착되어 있었다.

발사 시 얼굴에 전해지는 마찰과 충격을 줄여주기 위한 장비 같은데, 이놈의 높이가 미묘하게 진우의 얼굴 크기와 맞지 않았다. 그래서 조준경을 보는 각도가 자꾸 틀어지게 만들었다.

조준경 위치를 조절하는 건 복잡해 보여서 어제 진우는 이 솜 가방 위에 나일론 로프를 두어 번 친친 감아 높이를 올렸었다. 그 조정 효과는 확실해서 조준경 내에 어른거리는 그림자가 사라졌다.

"오늘은 좀 맞춰보자."

높이를 가늠하는 수평선을 한 칸 아래로 돌린 진우는 숨을 고르며 기다렸다.

투투투투— 타타타타—

아직도 동쪽 산에서는 쉼 없이 총성이 울려오고 있다. 연습할 시간은 충분할 것 같다.

타앙—

첫 번째 발이 날아가고 반동 때문에 잠시 총 끝이 들렸다. 표적에 맞았는지 확인하기 전에 진우는 뒤의 개부터 돌아보았다.

진우의 걱정과 달리 녀석은 아주 평온한 표정으로 기다리고 있다. 이 정도면 정말로 귀가 먹은 건지도 모르겠다.

"아… 꽤 많이 어긋났네. 이거, 뭔가 거리 별로 맞추는 요령이 있을 것 같은데……."

망원경으로 목표물을 확인한 진우는 아쉬움에 혀를 찼다. 그가 쏜 총알은 표적으로부터 2미터 이상 아래 쪽을 때렸다.

800미터에 한 칸 아래 조정은 정답이 아닌 것 같다. 이전에는 한 번도 쏴본 적이 없는 먼 거리여서 궤적을 머릿속으로 그린다는 게 영 쉽지 않았다.

"그럼 원래대로 놓고 때려볼까?"

진우는 다시 눈을 조준경에 붙이고 숨을 멈췄다. 아주 조금만 떨려도 표적에 이르러서는 확 궤도가 틀어져 버린다.

타아앙—

또다시 요란한 소리와 함께 날아간 총알은 이번엔 그가 정했던 목표의 좌측을 맞췄다. 총구가 흔들리거나 한 건 아니었다.

"바람 문제인가 보네."

탄피를 주워 주머니에 넣으면서 진우는 목표에서 벗어난 이유를 알아내기 위해 노력했다.

지금 그가 엎드려 있는 곳에는 바람이 불지 않지만, 표적 주변의 나뭇잎은 가볍게 흔들리고 있다. 중간 지점의 바람 사정은 또 모른다.

말이 820미터지, 축구장 여덟 개가 일렬로 죽 늘어서 있는 것과 마찬가지였다. 엄청나게 멀다. 날아가는 동안 바람의 영향을 받을 게 분명하다.

그런 변수들을 다 이해하고 통제할 수 있어야 이 저격소총을 제대로 다룰 수 있게 된다.

"갈 길이 멀구나."

진우는 다시 조준을 바꾸고 방아쇠를 당겼다.

타아앙—

요란한 총성과 함께 날아간 총알은 표적에서 50센티 정도 떨어진 곳을 박살 냈다.

무슨 차이지?

진우는 고개를 갸웃거렸다.

아직 안개 속을 걷는 것처럼 뭔가 명확하지가 않다. 역시 이 거리에 익숙해지는 것이 중요할 것 같다.

"너 진짜 괜찮냐?"

아직도 얌전히 앉아 있는 개에게 진우가 물었다. 녀석이 좋아하는 엉덩이가 고스란히 드러나 있는데도 킁킁거리지조차 않고 얌전히 잘도 기다린다.

마치 진우가 지금 하는 게 사격이고, 사격을 할 때에는 사수의 신경을 건드리지 말아야 한다는 사실을 아는 개처럼 행동하고 있었다.

"두 발만 더 쏠게."

진우는 녀석에게 미리 일러주고 신중하게 조준을 했다. 좀처럼 가져보기 어려운 총을 겨우 손에 넣었는데, 이걸 제대로 써먹을 수 없다면 너무 아쉬울 것이다.

후우, 후우, 후우우~

진우는 아주 신중하게 방아쇠를 당겼다.

저녁 다섯 시가 넘어가자 슬슬 서산에 해가 기울었다. 진우는 아직 주변이 보일 때 개와 함께 오늘의 저녁 식사를 나눠 먹었다.

그러고는 나무 은폐물 뒤 바위에 기댄 채 어둠이 산을 덮어가는 것을 가만히 지켜보았다.

헥헥헥.

그의 곁에 엎드려 있는 녀석이 헐떡이는 소리가 낮과는 또 다른 느낌으로 다가온다. 뭐랄까, 뭘 하고 있는지 보이지 않으니까 좀 무섭다.

"거기에서 자. 더 가까이 오지 말고. 잠은 각자 편안하게 자자, 우리."

자꾸 다리 쪽으로 달라붙고 싶어 하는 개를 밀어내면서 진우는 거리를 강조했다. 그렇게 하는데도 여전히 불안감이 마음 한 구석에서 자꾸 고개를 치켜들고 있다.

이윽고 사방이 완전하게 암흑처럼 변했을 때, 진우는 K-2에 붙은 적외선 사이트를 통해 개를 한번 살펴봤다.

낮의 모습과 거의 다르지 않다. 그저 자신을 바라보고 있을 뿐이다. 억지로 헤어졌다가 몇 년 만에 다시 만난 연인을 보듯이.

'잠들어도 되는 걸까?' 를 고민하던 진우의 눈꺼풀이 감기고, 고개가 아래로 뚝뚝 떨어진다. 꾸벅꾸벅 조는 그를 보면서 개도 크게 하품을 한다.

그렇게 둘은 잠에 빠져 들었다. 밤이 깊어지고, 기온은 내려간다.

"으으으~"

차가워진 공기 때문에 잠에서 반쯤 깬 진우는 필사적으로 다시 눈을 감았다. 팔짱을 끼고 다리를 움츠려 봐도 추위는 좀처럼 떨쳐지지 않는다.

그때, 녀석이 조금 더 가까이 다가와 진우의 옆구리에 머리를 붙인다. 따뜻한 기운이 훅, 전해진다.

자연스럽게 그 온기에 끌린 진우는 녀석의 목을 쓰다듬다가 결국 꼭 끌어안았다. 따뜻하다. 그리고… 냄새도 정말 무지하게 난다. 잠에 취해 잘 돌아가지 않는 혀로 진우가 잠꼬대하듯 중얼거렸다.

"너… 내일은 목욕 좀 해야겠다."

4장

몰락의 유산

1

"고생하셨습니다. 나오셔도 됩니다."

경비병이 밤톨 일행과 민구를 풀어준 것은 48시간이 경과된 후에도 여섯 시간은 족히 지나서였다.

밤이 깊어버렸는데 저녁도 먹지 못했다. 하지만 아무도 불평하지는 않았다. 모든 병사들이 얼마나 바쁘고 힘들었는지 바로 지근거리에서 보았기 때문이다.

오늘도 여느 때처럼 방어용 진지를 구축하다가 크고 작은 사고가 있었고, 좀비들의 웨이브가 근접해 올 때 30분 이상 초비상이 걸려 총성과 고함, 비명이 난무했었다.

군용 외부 격리 시설을 경비하는 병력들조차 차출되었어야 할 만큼 바빴다. 갇혀 있는 병사는 오히려 호강을 하는 편이었다.

"형님, 저랑 같이 가세요. 입원 수속 도와드리겠습니다."

복귀 신고를 마치고 돌아온 밤톨은 민구와 함께 의무대로 향했다. 계단을 오르내리고 야구장 내부의 긴 복도를 가로질러 의무대까지 가는 동안 민구는 비틀거리지 않기 위해 몇 번이나 이를 악물어야 했다.

아픈 내색을 해서 더 이상 밤톨에게 걱정이나 부담을 남기고 싶지도, 나약해졌음을 드러내 보이고 싶지도 않다. 하루 반나절 동안 내리다 그친 비로 인해 무거워진 공기 때문에 숨쉬기는 더욱 힘들었다.

"으으으~! 끄으웅~!"

1층 내부에 위치한 의무대 부근에 다가가자 벽 너머로 신음소리가 새어 나온다. 딱 듣기에도 한두 사람이 내는 게 아니다. 꽤 여러 명이다.

그 앓는 소리에 놀란 밤톨과 민구는 서로 얼굴을 마주 보았다. 의무대 문을 노크하려던 밤톨은 문에 커다랗게 적힌 안내 문구를 보고 손을 멈췄다.

노크 절대 금지!
조용히 들어올 것.
민군 구분 없음.

안내문의 글씨 크기나 말투에서 신경질이 느껴진다. 시키는 대로 밤톨은 문손잡이를 살짝 돌리며 밀었다.

그 너머에서는 차갑고 불편한 현실이 알코올 냄새와 함께 그들을 기다리고 있다.

"끄ㅇㅇㅇ! ㅇㅇㅇ~"

방 전체에 빼곡하게 들여놓은 침대마다 신음하는 병사들이 누워 있다. 빈자리라고는 하나도 없고, 심지어 바닥에 돗자리를 깔고 누운 병사들도 보인다.

다들 기본적으로 두 군데 정도는 붕대를 친친 감은 채고, 피도 어지간히 흘렸다. 구석에 놓인 카트에는 피로 흠뻑 젖은 붕대와 거즈가 가득 쌓여 있다.

"어떻게 왔어요?"

주황색 트레이닝복 위에 흰색 야구 저지를 입은 중년 남자가 피 묻은 장갑을 벗으며 묻는다. 한눈에도 군인이 아닌 걸 알 수 있는 남자의 얼굴에는 제멋대로 자라난 수염과 피곤이 덕지덕지 매달려 있었다.

밤톨이 엉거주춤한 자세로 답했다.

"입원 수속하려고 왔습니다. 저… 근데, 군의관님이십니까?"

"아니, 군의관은 지금 저기서 치료하고 있어요."

"그, 그럼 선생님은……."

"참내, 그게 뭐가 궁금해? 나… 저기, 강남 최 병원 내과과장이에요."

귀찮다는 듯 대꾸한 남자는 아직도 밤톨이 상황 파악을 제대로 못한 걸 눈치채고 보충 설명을 해주었다.

"군의관만으로는 도저히 안 되니까 수용자들 중에서 내과든 성형외과든 수의사든 가리지 않고 의사들을 다 동원해서 일하고 있는 거라고요. 그런 것보다 입원 수속이라고 했지? 누구?"

"아, 예. 이분, 총에 맞으셔서……."

밤톨이 민구를 가리키자 의사는 위아래로 훑더니 일단 보자고 했다. 민구는 아무 말 않고 트레이닝복 지퍼를 내렸다.

고 하사가 싸둔 붕대를 풀고 상처를 살피던 의사가 다시 새 장갑을 꺼내 낀다. 그러고는 옆구리의 총상을 손으로 더듬으며 물었다.

"총상인데, 왜 이래요? 화상을 심하게 입었네?"

"네… 그거 당시에 지혈시킬 방법이 없어서 불에 달군 칼로… 지졌습니다."

밤톨이 대신 나서서 설명을 해준다. 미쳤네, 의사는 고개를 젓더니 다시 상처를 유심히 살폈다.

"그렇게 심하게 다뤘는데도 신기하게 곪지는 않았네? 지방층이 얇아서 그런가……."

민구는 그 이유를 안다. 건대의 그 군인 의사가 지극정성으로 소독하고 돌봐준 덕이다. 민구의 반대쪽 옆구리로 고개를 돌린 의사는 기동이가 찌른 상처를 보며 물었다.

"이쪽은 뭡니까? 왜 찢어졌어요?"

그 상처에 대해서 밤톨은 모른다. 민구가 대답했다.

"날카로운 거에 좀 걸린 겁니다."

“그럼 이 위쪽은 왜 이런 건데요?”

“그냥… 도끼를 들고 있다가 그게 총알에 맞고 튀었습니다. 거기에 찍혀서 갈비뼈가 나갔고.”

으음, 의사는 민구의 갈비뼈를 지그시 누른다. 민구는 눈을 찌푸렸다. 민구의 반응을 살피던 의사가 말했다.

“도끼면 쇠일 테니까, 파상풍 주사부터 맞아야겠네요. 뼈가 골절된 건 아닌 모양입니다. 그랬으면 이렇게 건드리기만 해도 아파서 죽거든요. 그런데 그런 것치고는 많이 부었는데…….”

민구는 의사의 얼굴을 빤히 쳐다보며 생각했다.

내 얼굴의 땀을 보면 모르나? 나도 당신이 건드릴 때마다 아파 죽을 것 같아. 그냥 가오 때문에 티를 안 내는 것뿐이지…….

후우~

민구는 숨을 크게 쉬어 통증을 숨기고 말했다.

“파상풍 예방 주사는 2년 전에 맞았습니다.”

“확실합니까? 다른 주사랑 착각한 거 아니고요?”

의사가 재차 확인을 해서 민구는 고개를 끄덕였다. 늘 날붙이를 다뤄야 하고 언제 연장질을 당할지 모르는 그의 직업에서는 당연한 일이다. 이야기가 길어지자 밤톨은 마음이 급해졌다.

“선생님, 자세한 건 일단 입원 수속부터 진행한 다음 두 분이서 말씀하시면 안 되겠습니까? 제가 외곽 근무로 복귀해야 해서 말입니다.”

밤톨의 부탁에 의사는 고개를 저었다.

“안 돼요. 자리가 없어. 이분은 걸을 수 있잖아. 걸을 수 있는 분은 방문 치료가 원칙이라고요. 입원은 그보다 더 중증인 사람들만."

에?

너무 의외의 반응이라 얼빠진 소리를 낸 밤톨은 그 말이 사실인지 확인하기 위해 다시 의무대 내부를 둘러봤다.

정말이다. 침대마다 누워서 신음하는 환자들 중에 멀쩡히 일어날 수 있을 것 같아 보이는 사람은 하나도 없다. 그리고 그들 거의 대부분이 병사들이다.

"대체 왜 이렇게 다친 사람이……."

밤톨이 말끝을 흐리자 서랍을 뒤지던 의사가 돌아보지도 않고 대꾸했다.

"아픈 사람이 왜 이렇게 많으냐고? 아니, 생각해 보면 당연하지. 그분 왜 다쳤어요?"

"좀비들이랑 교전 중에 오발 사고가 났습니다."

"여기에서도 매일 교전이 있잖아요. 세 시간이 멀다 하고 총소리가 나고. 그게 벌써 며칠째야? 보름… 아니다, 보름이 다 뭐야? 20일이네. 여기 병력이 3,000. 그중에 오발이나 도탄 사고가 하루에도 몇 건씩 꼭 일어나잖아요. 외곽 근무라니까 잘 알잖아. 크레모아 같은 거 설치할 때 한 번씩 아주 떼로 난리가 나고, 그리고 또 강에서 보급품 하적하면서도 무거운 거에 깔리고, 찢기고… 이유는 다양해. 제대로 쉬지도 못하고 계속 위험한 일을 하는데 사고가 안 터지면 그게 더 이상한 거지. 어쨌든 이나마도 태양 그룹에서 의료 지원을 해줘서 가끔 한 번씩 그쪽으로 환자들을 후송하니까 유지된다고 보면 돼요. 안 그랬으면 이 조그만 방 벌써 예전에 미어터졌지. 자, 이거 받으세요. 삼 일 동안 드실 약이에요. 혹시 항생제나 소염진통제에 알러지 반응 보인 적 있어요?"

의사는 서랍에서 꺼낸 약들을 작은 플라스틱 병에 담고 유성펜으로 약 이름과 날짜를 적은 뒤, 사인을 해서 민구에게 건네주었다.

민구가 그런 적 없다고 하자, 의사는 고개를 끄덕이며 설명을 해주었다.

"하얀 거는 소염진통제, 파란 거는 항생제. 둘 다 하루 세 번씩 드세요. 통증이 상당해 보이는데, 너무 힘들다 싶으면 하얀 약은 그냥 하나쯤 더 드셔도 되고. 그러라고 두 알 더 넣었어요. 그리고 다음에 약 받으러 올 때에는 그 통을 가져와요. 여기는 뭐, 전산도 없고, 따로 명부도 없어서 안 그러면 매번 또 똑같은 이야기를 해야 됩니다. 자, 팔 들어보세요. 소독 다시하고 붕대 감아드릴 테니까."

"저기… 선생님, 이왕 주시는 건데 약을 좀 더 넉넉하게 주시면 안 되겠습니까? 이분 지금 걸을 수 있기는 하지만, 꽤 힘들어하시는데 말입니다. 한 열흘 치 정도는 더 필요하지 않겠습니까?"

약이 너무 적다고 느낀 밤톨이 부탁했다. 사흘이라야 금방인데, 그다음에 여기까지 또 찾아와서 기다렸다가 약을 타 간다는 게 너무 번거롭고 힘들게 느껴진다.

의사는 민구의 상처를 소독하면서 무감정하게, 그러나 단호하게 대꾸했다.

"정확히 언제 보급이 올지 모르게 때문에 여유 있게 팍팍 줄 수가 없어요. 그러다가 약이 똑 떨어지면 저 사람들 다 큰일 난다고. 서로 조금씩 양보합시다. 자, 이건 붕대 여유분하고, 소독약입니다. 번거로우시더라도 이걸로 하루에 두 번 정도는 소독을 하세요. 날씨가 덥고 습해서 곪기 딱 좋거든요. 해드리면 좋은데, 우리가 그럴 여력이 없어요. 이해하세요. 아, 소독약도 마찬가지. 그 병을 가져와요. 날짜 써놨으니까."

친절하다고는 할 수 없지만, 의사의 말은 100퍼센트 이해할 수 있었다. 잠시 치료를 받고, 설명을 듣는 동안에도 넓은 방 여기저기서 신음 소리와 울부짖는 소리가 끊임없이 울려왔다.

그리고 그들 중 절반가량은 길게 못 버틸 것 같은 상태다. 저렇게 중상을 입고 사경을 해매는 병사들에게 내가 좀 누워야겠으니 침대를 비워 달라고 할 수는 없는 노릇이니까.

의사의 모습도 지친 기색이 역력하다. 핏발 선 눈만 봐도 그가 얼마나 고단할지 알 수 있다. 어쩌면 이 사람이 환자들보다 더 먼저 뻗을지도 모르겠다.

돌봐야 할 환자가 이렇게 많은데, 칼에 찔린 부위를 꿰매준 것만도 고맙다고 해야 할 판이다.

결론적으로 말하면, 민구는 건대 쉘터에서보다 훨씬 질이 떨어지는 치료와 처우를 받게 되었다. 의사는 마지막으로 이행하기 어려운 조언을 해준다.

“내장이나 이런 기관들이 원래 자리에서 조금씩 움직인 상태일 거예요. 그… 총알이 내장을 직접 가격한 건 아니더라도 바로 가까운 데를 콱, 때렸기 때문에 그렇게 될 수가 있어요. 사실 이런 총상은 저도 잘 몰라요. 대한민국에서 총이 옆구리 근육을 찢고 나갔을 때 내장 기관이 얼마나 손상을 입는지 잘 아는 의사가 몇이나 되겠어요. 아예 그런 케이스를 볼 일이 아예 없는데… 하여튼 장끼리 꼬일 위험성도 있으니까 빨리 다시 제 위치를 잡게 하려면 고통스러우시더라도 걷기라든지 이런 가벼운 운동을 꾸준히 하셔야 해요. 잘 드시고. 지금 취할 수 있는 방법은 그게 답니다.”

잘 먹어야 한다는 말을 들은 밤톨이 그거라도 건져 보자 하는 마음으로 물었다.

“선생님, 그럼 영양제라도 좀 주시면 안 되겠습니까?”

“그 사람 참, 그런 거 있을 것 같아 보여? 환자분, 약병 버리지 말고 가져와요.”

의사는 어처구니없다는 듯 한숨을 쉬고는 다시 중상자들이 누워 있는 침대 쪽으로 돌아갔다. 민구의 이름도 묻지 않은 채 끝난 진료였다. 그만큼 바쁘고 정신이 없었다.

“죄송해요, 형님. 진짜… 이럴 줄 알았으면 여기로 옮겨 오자고 하는 게 아니었는데…….”

교섭에 실패하고 의무대 문을 나서면서 밤톨은 정말 면목이 없다는 표정을 지었다. 민구는 이제 다 나았으니 괜찮다는 말만 되풀이했다.

어차피 그가 밤톨을 따라나섰던 이유는 이곳에서 더 나은 대접을 받을 수 있을 거란 기대를 했기 때문이 아니다. 거기를 떠나야 기동이와 그 조무래기들로부터 자신과 그 고마운 군인 의사의 목숨을 지킬 수 있어서였다.

"좀 앉아 계세요. 제가 사물함 열쇠랑 보급품 받아다 드릴게요."

"아니, 바쁜 것 같은데 그렇게까지 신경을 쓰지 않아도……."

밤톨에게 너무 폐를 끼치는 것 같아 만류하려던 민구는 말을 삼켰다. 보급품을 받으려면 예전에 시비가 붙었던 그 낙타를 또 만나야 한다는 데 생각이 미쳤기 때문이다. 그런 놈과 얽히지 않아도 이미 충분히 신경 쓰이는 일들이 많다.

"무리하지 마십쇼, 의사도 그러잖습니까, 어지간히 고통스러울 거라고."

밤톨은 씽긋 웃어 보이며 대민 지원 센터 쪽으로 뛰어갔다.

"으음~!"

밤톨이 시야에서 사라진 후, 민구는 벽에 기대앉으며 계속 참아왔던 신음을 내뱉었다. 총알이 날려 버린 옆구리는 달군 쇠로 쑤시는 것 같은 통증을 준다.

기동이와 몸싸움을 벌였던 이후, 갈비뼈도 더 심하게 결린다. 근처에 누워 있던 수용자들이 숨을 헐떡이는 그의 모습을 구경거리 보듯 쳐다본다.

"만신창이군……."

뚝뚝 떨어지는 식은땀을 닦아내며 민구는 자조적인 웃음을 지었다. 얼굴과 팔에서 떨어진 땀방울이 바닥을 적신다.

그저 가까운 거리를 좀 걸어 다녔을 뿐인데, 그 대가가 너무 독하게 돌아온다. 누군가가 내장 안에 손을 넣고 사정없이 휘젓는 것 같아 숨을 크게 쉬기도 어렵다.

새벽에 기동이와 사투까지 치른 상태에서 장갑 트레일러를 타고 다시 잠실로 돌아오는 여정이 부담스럽기는 했다. 그래도 이 정도까지 괴로워질 줄은 몰랐다.

“하아, 하아, 여기요. 열쇠 받으십쇼. 이거는 보급품이고요. 배고프실 텐데, 건빵이라도 좀 드세요.”

어느새 돌아온 밤톨은 숨을 헐떡이며 사물함 열쇠와 물건들이 든 상자를 내밀었다.

아… 민구는 벽을 짚으며 일어났다. 주저앉은 상태에서 남이 주는 뭔가를 받고 있자니, 미안함과 동시에 비참함이 밀려온다. 도저히 그렇게는 못하겠다.

“…고맙다.”

민구는 밤톨의 눈을 보며 말했다. 뭔가 더 그럴듯한 말을 하고 싶었지만, 그래봐야 어차피 다 공허한 소리들일 뿐이다. 신세를 갚겠다는 말조차 할 수 없다. 밤톨이 쓸쓸한 미소를 지었다.

“이거 담배입니다. 애들이랑 저랑 있는 거 모았는데, 몇 갑 안 돼요. 저는 외곽 근무 중대여서 이제 자주 얼굴 뵙기도 어려울 텐데… 일이 이렇게 돼버려서 영 마음이 편치 않습니다. 형님, 힘들어도 운동 꼭 하세요. 갈게요."

건빵 주머니에서 담배 몇 갑과 라이터를 꺼내 준 뒤, 돌아갈 때 밤톨은 걱정스러운 얼굴로 몇 번이나 뒤를 돌아보았다.

사실 자기 실수도 아니고, 그렇게 책임감을 느낄 필요도 없는데… 참 모질지가 못한 녀석이다.

"후우~"

민구는 한숨을 내쉬었다. 도와주던 밤톨은 돌아갔고, 이제 나머지 일들은 다 그의 몫이 되었다. 심란하다. 담배가 피우고 싶지만, 외야의 흡연석까지 갔다가 다시 돌아온다는 걸 상상만 해도 머리가 다 어질어질해지는 것 같다.

격리 수용되어 있던 이틀 동안이 차라리 더 편했다. 그 자리에 가만히 앉아 있으면 밥도 주고, 약도 주고, 보는 눈이 없을 때엔 밤톨이 담배도 줬으니까.

"엇!"

박스를 뜯어 돗자리를 깔려던 민구는 땅이 일렁이는 것 같은 어지러움을 느끼며 벽을 짚었다.

"젠장……."

약해 빠진 스스로에게 화가 난다. 기동이와 싸울 때에는 이 정도가 아니었으니, 어제오늘 격리되어 있던 동안 맞았던 주사 중에 뭔가 머리를 핑— 돌도록 만드는 성분이 들어 있는 모양이다.

진통제… 아마 진통제일 테지.

한동안 기대 있다가 겨우 돗자리를 펴고 앉은 민구는 조금 전에 의사에게서 받은 진통제 병을 박스 안에 넣었다. 이렇게 어지러워서야 운동이고 뭐고 못한다. 아프더라도 한동안 약을 끊어봐야겠다.

"구두 꼴 봐라……."

바닥에 쓸리고 먼지를 뒤집어써서 엉망이 된 자신의 구두를 보며 민구는 쓴웃음을 지었다.

허술하기 짝이 없는 싸구려 트레이닝복과 엉망이 된 구두의 조합은 이미 초췌한 그의 모습을 더 초라해 보이도록 만들었다.

어린 시절을 제외하고 이렇게 형편없는 꼴이었던 적이 있었던가…….

"아저씨, 그거… 콘돔 쓸 거예요?"

망연자실해서 담장 너머의 밤하늘을 보고 있는 민구에게 누군가 말을 건다. 돌아보니 서른쯤 된 여자다. 이해를 못한 민구가 되물었다.

"콘돔?"

"그래요, 콘돔. 보급품 박스에 든 거."

보급품 박스에 그런 게 있었나…….

민구는 기억을 되짚어봤다. 처음 이곳에 와서 받은 상자는 뜯지도 않은 상태에서 초희에게 줘버리고, 자신은 만배파 애들이 남기고 간 돗자리를 사용했었다.

"안 쓸 거면 나한테 팔아요. 건빵 한 봉지 줄게요."

여자가 거래를 제안한다. 민구는 그러자고 했다. 어차피 쓸 데도 없는 콘돔. 먹을 수 있는 건빵이 훨씬 낫다.

박스를 뒤져 콘돔을 꺼내 주자 여자는 건빵을 돗자리 위에 올려두며 물었다.

"담배는요? 아까 보니까 잔뜩 주고 가던데, 그것도 좀 파세요."

민구는 고개를 저었다. 그건 안 된다. 그러고는 다시 벽에 머리를 기댔다. 세상 돌아가는 이치, 다 아는 양 마음껏 까불고 살았었는데… 총 한 방 맞고 나니 그동안 전혀 모르고 살아온 일들이 비로소 보이는 것 같다.

박스 안에 든 콘돔처럼, 세상에는 그가 알지 못하고 지나쳤던 것들이 가득했다.

민구는 힘없이 누워 눈을 감았다. 감은 눈꺼풀의 안쪽에 오늘 의무대에서 보았던 피투성이 중상자들의 모습이 자꾸 어른거린다. 그동안 자신은 모든 것을 혼자만의 힘으로 이뤘다고 생각했었다. 그것이 그의 자부심이었다.

그런데 오늘 민구는 자신의 편안한 하루가 누군가 흘린 피와 땀을 양분으로 하여 겨우 연장된 것임을 깨달았다.

으음~

그의 입에서 또 신음이 흘러나온다.

ㄹ

진통제를 끊으니 밤이 길어졌다. 숨을 쉴 때마다 결려오는 갈비뼈의 통증에 민구는 밤새 뒤척였다. 참는 것에 익숙한 그라

해도 진통제 없이 밤을 보낸다는 건 정말 쉽지 않은 일이었다.

당장에라도 다시 박스 안에서 약을 꺼내고 싶은 충동을 꾹 누르기 위해 민구는 몇 번이나 이를 악물어야 했다. 그 어지러운 약을 먹지 않아야 혼자서 좀 걸을 수 있다.

밤새 주변을 걸어 다니는 발자국 소리와 은근히 풍겨오는 지린내도 그가 좀 더 깊이 잠드는 것을 방해한다. 자리를 잡을 때는 아무 생각 없었는데, 부근에 화장실이 있는 모양이다.

저벅, 저벅, 저벅.

수없이 많은 사람들이 민구의 바로 곁을 걸어가 볼일을 보고 물을 내린다. 그 소리가 새벽 내내 아주 크고 짜증스럽게 울린다.

저벅저벅.

쪼르르르르— 쏴아아아—

저벅저벅…….

다음 날 새벽 일찍 눈을 떴을 때, 그의 돗자리는 땀으로 흥건하게 젖어 있었다. 괴롭다. 땀을 그렇게 흘렸는데도 요의가 느껴진다.

민구는 숨을 몰아쉬면서 억지로 몸을 일으켰다. 오줌이든, 식사든 잠시 미뤄둘 수는 있어도 영원히 피할 수는 없다. 고통스러워도 일단 욕구가 생기면 해결하고 오는 게 깔끔하다.

문제는 겨우 20여 미터 거리에 있는 화장실이 너무도 멀어 보인다는 점이다.

"후우~"

두 걸음을 떼던 민구는 옆자리 중년 남자의 시선이 자신의 보급품 박스에 꽂혀 있다는 걸 깨달았다.

놈의 얼굴에서 욕심이 뚝뚝 떨어진다. 자신이 시야 밖으로 사라지는 것과 동시에 박스를 들고 튀겠다는 의지가 고스란히 드러나 있다.

옆자리 사람이라고 해봐야 그저 우연히 부근에 앉아 있는 것뿐이지, 한 번도 본 적 없는 낯선 인간이고, 그가 가진 짐이라야 돗자리 하나뿐이다. 언제라도 다른 곳으로 도망쳐 버리면 그만이다.

민구는 우뚝 멈춰 서서 주변을 둘러보았다. 그 옆의 여자도, 또 그 옆의 사람도 다른 사람들의 눈치를 보면서 동시에 민구의 박스를 곁눈질하고 있다.

'하긴 그 안에 담배도 몇 갑이나 들어 있으니 욕심도 나겠지…….'

민구는 말없이 자신의 자리로 다시 돌아와서 박스와 돗자리를 챙겨 들었다. 사물함 부근으로 자리를 옮기는 것이 더 편할 것 같다.

옆구리에 박스를 끼고 걸어가는 민구의 모습을 다들 아쉬운 눈빛으로 돌아본다.

"젠장, 나만 그 생각을 한 게 아니었군."

화장실에 들렀다가 사물함 부근으로 향한 민구는 양옆으로 빽빽하게 누워 있는 사람들을 보면서 혀를 찼다. 발 디딜 틈조차 없을 만큼 많은 사람들이 서로 무리를 이루어 사물함 주변을 차지하고 있다.

민구는 깨끗이 포기했다. 자신의 돗자리를 깔 만한 공간도 없거니와, 용케 비집고 들어가 한 자리를 차지한다고 해도 사방에서 지나다니는 사람들에게 채이게 될 것이다. 상상만 해도 갈비뼈가 시려온다.

담배 한 갑과 라이터를 주머니에 넣은 뒤, 민구는 박스를 사물함에 넣고 돗자리만 둘둘 말아 들었다. 걷다가 호흡이 가빠져 오면 아무 사람 옆에나 돗자리를 펴고 앉아서 잠시 숨을 고르고 쉬었다.

워낙에 난민의 삶이 익숙한 사람들이라 낯선 그가 와서 자리를 잡아도 별다른 반응을 보이는 이는 없었다. 그저 이놈이 내게 해를 끼치는 건 아닐까… 하는 시선으로 잠시 관찰하는 게 전부다.

막상 자리를 잡으려고 해보니 조금이라도 지리적 이점이 있는 명당들은 이미 모두 누군가에 의해 선점되어 있는 상황이었다.

급식소 주변, 출구 주변, 볕이 드는 곳… 만만한 데라고는 아까 그가 자리를 잡았던 곳처럼 화장실 주변밖에 없다.

거긴 별로다. 냄새는 둘째 치더라도 사람들이 계속 발소리를 내며 들락거리는 통에 도무지 잠을 이루기가 어렵다.

꾸르르륵—

비어 있는 배에서 밥을 달라는 신호를 보내온다. 갇혀 있느라 어젯밤 저녁을 걸렀으니, 이제는 뭘 좀 먹기도 먹어야 한다. 그런데 지금 당장은 아니다.

저렇게 사람들이 바삐 급식소를 향해 걸음을 옮기고 있을 때, 그 행렬과 속도를 맞춰 이동할 자신은 없다. 툭, 가볍게 몸이 부딪치기만 해도 그로서는 숨이 턱턱 막히는 지옥을 경험해야 한다.

가뜩이나 진통제를 끊어 온몸이 다 부서지는 것 같은데, 거기에 또 통증을 추가할 필요는 없다.

민구는 일단 그나마 한가한 자리로 피해 벽에 기대앉았다. 화장실 앞에도 긴 줄이 생기고, 급식소 쪽에는 그보다도 몇 배나 더 긴 줄이 생겨난다.

우습게도 민구처럼 외톨이인 사람은 거의 없다. 다들 누군가와 앞뒤로 서서 이야기를 나누고 있거나 눈빛을 교환한다. 여기에서 지내는 보름 정도 만에 만들어진 인연들이다.

동료… 식구…….

민구의 머릿속에 식구라는 단어가 떠오른다. 그에게도 한때 일행이 있었다. 한 식구, 동생들, 새끼들, 형님, 아우님, 의리, 그리고 큰형님…….

되도 않는 개소리라는 걸 애초부터 알고 있었는데, 한동안은 그게 마치 진짜 중요한 삶의 원칙이라도 되는 양 믿는 척했었다.

그런 말로라도 포장을 해야 자신의 말에 더 권위가 서고, 꼴이 조금은 나아 보인다는 걸 알고 있었기 때문이다.

그리고 너무 열심히 믿는 척을 하다 보니 어느 시점부터는 정말 믿는 것과 크게 다르지 않을 만큼 자신에게도 중요하게 여겨

졌었다. 거짓말도 백 번을 하면 진실이 된다고 했던가…….

육만배를 찾기 위해 위험을 무릅쓰고 만배 빌딩으로 갔을 때에도, 또 거기에서 기동이 놈의 아주 치졸한 쪽지를 확인하고 여기까지 먼 길을 찾아왔을 때도, 건대 쉘터로 이동할 때도, 그는 자신이 왜 그렇게 해야 하는지 의문을 가져 보지 않았다.

큰형님을 찾아가는 것이 맹세를 나눈 식구라면 당연히 해야만 할 일이라고 생각했었다. 지금 돌아보면 스스로 누군가의 소유물이 되어 목에 목줄을 채우려 했던 것인데, 그게 뭔가 굉장히 멋진 쾌남아의 모습이라는 착각에 빠져서 온갖 애를 썼다.

"큭큭큭……."

민구는 갈비뼈를 움켜쥐고 웃었다.

뭐야, 결국 똥개 새끼처럼 주인 뒤를 졸졸 따라다녔던 거잖아……. 십 년이 넘도록 그 많은 아수라장을 헤쳐 가며 자신이 얻고자 했던 게 고작 누군가의 개집 한 칸을 차지하는 똥개 새끼의 지위였다니… 다른 똥개들보다 좋은 개집에서 자고 좋은 개밥을 먹는다는 것에 우쭐해져 있었다니…….

허울 좋은 말들을 발가벗겨 놓고 보니 자신이 소망했던 것이 너무나 초라하고 한심해서 화조차 안 난다.

지금쯤 아마 육만배도 자신이 사라진 것을 알았을 것이고, 그 늙은 너구리라면 기동이의 상처를 보고 많은 것을 읽어낼 수 있을 거다. 강민구라는 개가 얼마나 이빨 빠진 약골이 되어버렸는지도…….

민구는 육만배가 자신을 찾지 않으리라는 걸 잘 알고 있다.

한 번 서열 싸움이 벌어진 식구들 간에 공생은 없다. 대충 화해하는 척 덮어보려 해도 둘 중 하나가 죽거나 사라지지 않으면 언젠가 다시 피를 봐야 끝이 난다.

다시 말해 먼저 칼을 꺼낸 사람이 누구든 간에 일단 피를 본 이상, 육만배는 민구와 기동이, 둘 중 하나를 골라야 한다.

'누구를 선택할 것인가' 라고 질문을 던졌을 때 돌아올 답은 너무도 간단하다. 육만배는 언제나 더 쓸모 있는 놈을 원한다.

둘 중 누구와 더 오래 일을 했는지 따위는 중요하지 않다. 힘을 써야 할 일이 더 많으면 힘이 센 놈을, 잔머리가 필요하면 잔머리가 잘 도는 놈을 고르는 인간이다. 그래야 더 큰 이득을 취할 수 있으니까.

기동이와 붙어 이기지 못한, 조금만 걸어도 숨을 헐떡이는, 약해 빠진 자신을 육만배가 욕심낼 리는 없다. 이제 강민구는 조직에서 불필요한 존재가 되어버렸다.

민구는 그 현실을 받아들이겠다는 듯 고개를 끄덕였다. 하지만 그 몸짓조차도 실은 허세일 뿐이었다. 정말로 마음속이 홀가분한가 하면… 그렇지는 않다.

스물여덟… 그중 거의 절반에 이르는 시간 동안 몸담았던 조직에서 떨려나기까지는 단 하루밖에 걸리지 않았다. 그는 지금 지탱해 줄 기둥이 빠져나간 채로 서 있다. 무엇을 위해 사는지를 일러주는 마음의 중심이 없어진 것이다.

"젠장… 한 대 피워야겠군."

민구는 비틀거리며 일어나 외야석까지 먼 길을 천천히 걸었다. 그리고 땀으로 온몸을 흠뻑 적신 끝에 겨우 흡연 구역에 도착했다.

"하아~"

비틀대며 계단 위에 걸터앉은 민구는 담배를 꺼내 물었다. 예전에 담배를 피울 때마다 비슷한 자리에 서 있었기 때문에 이 각도에서 보는 야구장이 어느새 익숙하다. 민구는 연기를 뿜어내며 주변을 천천히 둘러보았다.

야구장의 잔디가 좀 더 무성하게 자라나고 군데군데 잡초들도 보이지만, 떠나기 전과 달라진 것은 그리 많지 않았다. 여전히 우울한 사람들이 사방에 바글거린다.

그나마 차이라고 하면 대규모 징집 덕에 젊은 남자들의 비율이 확연히 줄어들어 있다는 것 정도다. 흡연 장소에도 아직 어려 군에 끌려가지 않은 십 대 중반의 애송이 몇 명이 바닥을 눈으로 훑고 다니고 있다.

"어? 이거, 군인이 버린 거다. 피울 만하다."

한 놈이 바닥에서 제법 긴 꽁초 하나를 주워 올리더니 곧바로 입에 물고 라이터를 켠다. 한 모금을 깊게 빨고 나서 녀석은 옆에서 대기하고 있는 친구들에게 불붙은 꽁초를 넘긴다.

다들 한 모금씩 돌려 빨고 나서 녀석들은 더 피울 수 없게 된 꽁초를 바닥에 버린다. 그리고는 또 새로운 꽁초를 찾아 고개를 숙인 채 의자 사이를 걷는다.

"후후후."

놈들의 모습을 보고 있자니 가벼운 웃음이 터졌다. 너무 일찍 담배 맛을 알아버린 통에 꽁초를 주우러 다니고 있는 십 대들의 모습을 민구는 호기심 가득한 눈으로 좇았다.

놈들의 옷 꼬라지며 하는 행동이 딱 거지다. 13년 전의 자신이 그랬던 것처럼.

열다섯 살 때의 민구는 저들보다 더 바짝 말라 있었고, 저들처럼 뭐 주워 먹을 게 없나 싶어 언제나 눈을 번들거렸다.

물론 당시의 그는 저렇게 담배를 나눠 피울 친구조차 가져 보지 못했다. 대신에 그는 더 독하고 거침이 없었다. 육만배가 아직 길에서 그를 줍기 전의 이야기다.

"열다섯 살이라……."

민구는 담배 연기를 내뿜으며 중얼거렸다. 이제 그는 그때와 똑같아졌다. 주머니에 든 것도 없고, 지위도, 값비싼 이탈리아제 양복도, 누구와 견주어도 뒤지지 않을 현란한 칼 솜씨도 없다.

하지만 모든 걸 다 잃기만 한 건 아니었다. 오늘 비로소 깨달았지만, 그는 장장 십수년간 목줄을 걸고 있었으면서도 그것이 오히려 훈장인 줄 알고 뿌듯해하며 살았었다. 그 질긴 개 줄을 벗어던지고 잃어버렸던 자유를 막 되찾은 참이다.

자유… 민구는 입안으로 소리를 내서 그 단어를 되뇌어봤다. 그는 줄곧 자신이 자유롭다고 생각했다. 하지만 사실은 그렇지 않았다.

아직 너무 어려 자신의 욕망이 뭔지도 잘 모르던 때부터 지금까지, 그는 철저하게 육만배의 욕망을 위한 도구로 살아왔다.

"…그랬군."

고개를 끄덕인 후, 담배 한 대를 다 피운 민구는 일단 열다섯 살로 돌아가 보기로 했다. 의리니 조직이니 하는 엉터리 굴레들을 머릿속에서 싹 지워 버리고 그때로 돌아가 진짜 자신이 원하는 대로 살아봐야겠다는 생각이 들자, 비로소 꽉 막혀 있던 가슴이 조금은 뚫리는 것 같다.

육만배에 대한 복잡한 감정들과 자신이 잃은 것에 대한 미련도 당연히 함께 지워 버려야 하는 것들이다.

민구는 아직도 열이 펄펄 끓는 옆구리를 가만히 쳐다보았다. 이만큼 근육이 떨어져 나갔으니, 어쩌면 그는 예전의 자신만큼 강해지지 못할는지도 모른다.

하지만 열다섯 살 때의 자신보다는, 그 땟국이 줄줄 흐르던 깡마른 소년보다는 얼마든지 강해질 수 있다.

그때보다 한 걸음만 더 나아갈 수 있다면 별로 손해를 보는 게 아니다. 그는 다시 열다섯 살이 되어 다시 시작하기기로 했으니까.

"그거 괜찮군."

목표가 생긴 민구는 엷은 미소를 띤 채 자리에서 일어났다. 여전히 몸은 고통스럽지만, 마음은 한결 가벼워졌다.

아직도 아래쪽을 뒤지고 다니며 꽁초를 찾고 있는 애송이들을 뒤로하고 야구장 건물 내부로 돌아온 민구는 일단 한가한 자리부터 찾기로 했다.

지금 급식소로 가서 줄을 서봐야 어차피 한참을 기다려야 하는데, 그걸 버텨낼 자신이 없다. 앞으로 한동안은 사람이 몰리는 시간을 피해 남들보다 일찍 먹거나 늦게 먹어야 한다.

"여긴 자리가 이거 하나뿐인가?"

한참을 빙 돌던 민구는 꽤 여유로운 장소를 발견하고 수염이 잔뜩 돋은 턱을 긁적였다.

기둥 뒤쪽, 햇살이 잘 들지 않는 곳이기는 해도 이렇게나 한산하다니…….

먼저 자리를 차지한 사람이 단 한 명뿐이다.

비록 명당은 아니지만 이만하면 편히 쉴 수도 있고, 다른 사람들 발에 채일 걱정도 하지 않아도 될 것 같다. 민구는 더 고민하지 않고 돗자리를 폈다. 그러고는 땀에 젖은 트레이닝복 윗옷을 벗어 머리에 베고 누웠다.

인정하기 괴롭지만, 담배 한 대를 피우고 돌아오는 정도의 운동만으로도 그는 완전히 녹초가 되어버렸다. 열다섯 살의 민구라도 이겨보려면 앞으로 고생깨나 해야 할 것 같다.

"킁, 킁… 이게 근데 아까부터……."

민구는 눈살을 찌푸렸다. 바닥에 누워 있자니 코끝을 찌르는 듯 독특한 악취가 주변에 가득하다. 워낙 씻지 못한 사람들이 잔뜩 모여 사는 곳이어서 악취에는 어지간히 둔감해졌다고 생각했는데, 이 냄새는 또 조금 다르다.

러시아 마피아 애들에게서 맡아봤던, 그런 냄새다. 놈들이 반갑다며 두 팔을 쫙 벌리고 웃을 때, 놈들의 축축하게 젖은 겨드랑이에서 나던 냄새.

혹시 노린재 같은 게 터져 죽어 있는 건가 싶어 주위를 다 살펴

봐도 그런 냄새를 피울 만한 물건은 찾지 못했다. 빈 과자 봉지가 잔뜩 버려져 있지만, 거기에서 이런 냄새가 날 것 같지는 않다.

민구는 의심해 볼 수 있는 단 한 가지 원인, 자신의 옆자리에 깔린 돗자리를 가만히 노려보았다.

"대체 어떤 놈이지?"

쭈글쭈글하게 주름이 잔뜩 간 돗자리는 은박이 다 벗겨져 나갈 만큼 낡았다.

어지간히 험하게 써서는 단 며칠 만에 저렇게까지 망가지기도 쉽지 않아 보인다. 돗자리 주변에는 과자 부스러기가 정신없이 떨어져 있다.

잠시 후, 민구의 궁금증이 풀렸다. 엄청나게 뚱뚱하고 커다란 백인 사내가 배를 씰룩씰룩거리면서 걸어온다.

저 무릎이 용케 부러지지 않고 버티는구나 싶을 만큼 대단한 거구다. 녀석은 걸어오면서도 아주 맛있게 손에 든 초코파이를 베어 물고 있다.

자신의 돗자리 옆에 새 이웃이 생겼다는 걸 발견한 백인 사내가 잠시 멈칫하더니, 민구를 빤히 쳐다본다. 그러는 동안에도 그는 초코파이를 다 먹어 치우고 손가락까지 쪽쪽 빨아댄다.

놈에게서 그 독특한 체취와 함께 된장국 냄새가 풍겨온다. 오늘 아침은 된장국인가 보다.

"후우우~"

한참 동안 관찰을 하고 나서야 백인 사내는 천천히 자신의 돗자리 쪽으로 걸어가 앉았다. 초췌하고 지쳐 있는, 게다가 몸 여기저기에 붕대를 친친 감은 동양 남자가 그리 큰 위협이 되지 않는다고 판단한 모양이다.

손으로 부채질을 하고 옷자락을 펄럭거려 땀을 식히던 사내는 주머니에서 또 뭔가를 꺼내 입으로 가져간다. 과자 봉지다.

'…밥을 먹고 온 게 아닌가?'

오독거리며 열심히 과자 한 봉지를 먹어 치우는 녀석을 보며 민구는 생각했다. 그만큼 백인 남자는 열심히 먹었다. 손은 쉼 없이 봉지와 입 사이를 왕복하고, 입은 계속 오물거린다.

과자 한 봉지는 금세 바닥을 보였다. 녀석은 아쉽다는 표정으로 빈 봉지를 바라보다가 대충 구겨서 뒤쪽으로 휙 던진다. 이 주변이 지저분한 건 다 이 녀석의 소행이었던 모양이다.

"헬로, 암념하쉐여."

과자를 다 먹고 나서야 비로소 민구를 돌아보며 꾸벅 인사를 건네는 녀석의 입가에는 과자 부스러기와 초콜릿이 잔뜩 묻어 있다. 살랑살랑 흔드는 손은 기름기로 번질거린다.

'헬로' 정도야 알아들었지만, 민구는 별다른 대꾸를 하지 않았다. 어차피 이놈과 친구가 되고 싶었던 것도 아니고, 특별히 안면을 트고 싶을 만큼 관심이 가는 상대가 아니었다.

민구의 반응이 영 냉담하자 백인 사내는 어깨를 으쓱하고서 고개를 돌렸다. 1미터 거리를 두고 나란히 자리한 두 남자 사이에 침묵이 흐른다.

민구는 누운 채 복도 쪽을 주시했다. 밥을 먹고 돌아오는 사람들이 조금 뜸해질 무렵, 그는 천천히 일어나 트레이닝복을 걸

치고 급식소 쪽으로 걸어갔다.

3

"테라 양, 이게 약속과 어긋난다는 건 잘 알지만, 사탕부터 하나 주면 좋겠어. 아주아주 좋지 않은 이웃이 생겨 버린 통에 나 오늘 아침부터 굉장히 스트레스를 받았거든. 녹초가 된 내 감성을 당분으로 좀 달래야 해."

'오전 산책'을 하기 위해 테라와 만났을 때, 젠킨스는 다짜고짜 사탕부터 요구했다.

테라는 빙긋 웃었다. 이제 겨우 조금은 걸을 수 있게 되었나 했는데, 이 사람은 참 집요하게 먹을 것에 매달린다.

"이웃이요? 누가 옆자리에 앉았어요?"

"으음, 기분 좋게 아침밥을 먹고 돌아가니까 떡, 자리를 잡고 있더군. 내가 친절하게 웃으면서 인사를 건네도 빤히 노려보고만 있는 거야. 고개도 까딱하지 않고. 어찌나 기분이 나쁘던지."

테라에게서 사탕을 얻을 수 없다는 걸 깨달은 젠킨스는 순순히 걷기 시작했다. 처음 이 짓을 시작했을 때와 비교하면 확실히 괴롭기는 덜하다.

숨도 그리 가빠지지 않고, 배가 출렁이는 불쾌한 기분도 한결 약해졌다. 무릎이 좀 아프기는 하지만, 이것도 금방 익숙해질 것이다.

"그냥 문화 차이라고 생각하세요. 한국인들은 낯선 사람들과 쉽게 인사를 나누지 않아요. 상대가 외국인이면 더 그렇고요."

뒤에서 걷는 테라가 그 못된 이웃을 두둔하자 젠킨스는 발끈해서 대꾸했다.

"아아니~! 절대 그런 느낌이 아니었어. 그 남자는 애초에 질이 별로 좋지 않은 사람인 게 분명해. 얼굴에 난 커다란 흉터만 봐도 알 수 있지. 분명히 갱이나 그런 종류의 인간이었을 거야. 최하의 말종이 지저분한 짓을 꾸미다가 경고의 의미로 칼을 맞은 거지. 음, 그랬을 것 같군."

"흉터요? 젠킨스 씨도 참. 흉터가 있다고 해서 전부 갱은 아니에요. 어렸을 때 장난치다가 다친 사람들도 많다고요."

테라의 말에 젠킨스는 걸음을 멈추고 뒤로 돌아섰다. 그러고는 손가락으로 자신의 광대뼈에서 시작해 코를 지나 반대편 광대뼈까지를 가로로 주욱 그으며 말했다.

"이렇게 커다란 흉터인데도?"

"…뭐라고요?"

테라의 눈빛이 흔들렸다. 그 반응을 두려움이라 받아들인 젠킨스는 재미가 나서 한 번 더 똑같은 동작을 반복했다.

"여기서부터 여기까지, 얼굴 거의 전체에 걸쳐서 커다란 흉터가 있다고. 아주 날카로운 것에 한 번에 베인 거야. 그래도 어렸을 때 다친 거라고 할 텐가? 무슨 장난을 치면 그렇게 되지? 얼굴 절단 놀이? 후후후… 뭐, 그런 걸 하고 놀았을 정도로 멍청한 놈이라면 내 인사를 받지 않은 것도 용서할 수는 있겠군."

젠킨스가 실없는 농담을 하고 있는 동안에도 테라는 여전히 멍해져서 생각에 잠겨 있다. 그 모습을 본 젠킨스가 정색을 하며 묻는다.

"테라 양, 이제 보니 무서워서 그러는 게 아니군. 얼굴에 흉터가 있는 남자가 뭔데 그렇게까지 과한 반응을 보이는 거지?"

"그 남자, 어떻게 생겼던가요? 키는 어느 정도였어요?"

테라는 대답 대신 다른 질문들을 던졌다.

음··· 젠킨스는 고개를 갸웃거리더니, 손날을 세워 자기의 볼 언저리에 가져다 댔다.

"글쎄··· 나란히 서 있었던 게 아니니까 정확하지는 않지만, 5피트 10인치나 9인치 정도 아닐까 싶은데. 한 이 정도? 보통 한국인 남자들보다 약간 컸어. 하지만 6피트 이상은 아니고. 인상은··· 생긴 건 꽤 날카롭고 불손해 보였어. 눈빛이 영 마음에 들지 않더군. 사람을 깔보듯이 본달까? 아, 그 얼굴을 다시 떠올리는 것만으로도 기분이 나빠졌어. 테라 양, 그 남자에 대한 이야기를 계속하고 싶으면 사탕이라도 하나 줘."

젠킨스는 안 되도 그만이라는 마음에 한 번 던져 본 제안이었는데, 테라는 정말로 주머니에서 초코파이를 꺼내 주었다. 그러고는 곧바로 또 물었다.

"옷은요? 짙은 색 슈트를 입고 있었죠? 꽤 고급."

"슈트? 아니야. 그냥 싸구려 집업 재킷이었어. 물론 내가 처음 봤을 때는 그조차도 입고 있지 않았지만······. 누구에게 뭔 짓을 당했는지 몰라도 가슴이며 옆구리를 붕대로 친친 감고 누워 있더군."

젠킨스는 대답을 하며 테라의 얼굴을 빤히 쳐다보았다. 붕대라는 말을 듣자마자 그녀의 표정이 더 복잡해진다. 이러면 오히려 궁금해지는 건 자신이다. 이 미소녀가 대체 왜 이렇게 흉터 얼굴에 관심이 많단 말인가.

"젠킨스 씨, 죄송합니다. 잠깐만 여기에서 기다려 주세요. 저 금방……."

"왜? 그 남자를 보고 오려고? 지금은 자리에 없어. 식사 시간이 끝날 즈음, 어딘가로 걸어가 버렸으니까."

젠킨스는 초코파이를 씹으며 대꾸했다. 걸음을 떼려던 테라는 그 말을 듣고 멈춰 섰다. 초조한 기색이 역력한 테라를 향해 젠킨스가 빙글거리며 질문을 던졌다.

"테라 양, 흥미롭군그래. 우리가 말하는 두 흉터얼굴이 동일 인물인지는 모르겠지만, 적어도 귀하가 얼굴에 아주 큰 특징적인 흉터를 가진 어떤 남자에게 지대한 관심이 있다는 것만은 분명한 모양이야. 대체 어떤 관계인가? 후후후, 설마 연인이었어? 공주님께서는 그렇게 야성적인 느낌을 좋아하나? 어흥! 호랑이처럼?"

테라가 아무 대답을 하지 않자 젠킨스는 다시 채근을 했다.

"응? 무슨 사연이 있는 거야? 대답을 해줘."

"…젠킨스 씨와는 상관없는 일이에요."

냉담한 대꾸에 맥이 빠진 젠킨스는 비꼬기 시작했다.

"흠, 그렇군. 나와는 상관이 없는 일이어서 계속 나에게 물어보고 있었던 거군. 아주 논리적이고 타당한 이야기처럼 들리는

데? 그럼 나도 비슷한 핑계를 대고 이제 대답을 해주지 않아도 되는 거겠지?"

젠킨스가 어린애처럼 구는 동안에도 테라의 마음은 복잡했다. 그가 말하는 모든 정보들 중 양복을 제외한, 거의 모든 정보는 자신이 알고 있는 '그 남자'와 일치한다.

이름도 모르는 생명의 은인. 초희가 '강 실장 오빠'라고 부르던 남자.

하지만 그는 분명히 잠실을 떠났다. 그와 다른 사람들을 태운 장갑 트레일러가 출발하는 모습을 자신의 눈으로 똑똑히 지켜봤었다.

그런데 왜 일주일이나 더 지난 지금, 그 남자가 여기에 있는 것일까? 그것도 젠킨스의 말에 따르면 커다란 부상을 입은 채로…….

'혹시 그냥 다른 사람일까? 흉터라는 말에 나 혼자서 착각을 하는 걸까?'

하지만 그런 모양의 흉터를 가진 사람이 또 있다는 게 잘 상상이 안 된다. 그것도 하필이면 잠실에. 그런 우연의 일치가 가능할까?

테라는 그렇게 생각하지 않았다. 뭔가 사고가 생긴 모양이다.

"…할 거야, 테라 양?"

젠킨스의 짜증이 섞인 목소리. 아까부터 불렀나 본데, 전혀 듣지 못했다. 테라는 미안하다는 표시를 하며 되물었다.

"네? 죄송해요. 다른 생각을 하고 있어서 못 들었어요. 다시 말씀해 주세요, 젠킨스 씨.”

너무하는군… 젠킨스는 삐쳤다는 듯 고개를 저으며 말했다.

“이렇게 계속 여기 서 있기만 할 거냐고. 이게 뭐야? 나는 테라 양과 함께하기 위해 소중한 시간을 투자하고 있는데, 귀하의 머릿속에는 그 흉터남자밖에 들어 있지 않잖아? 우리가 비록 연인은 아니지만 이러는 건 대단한 실례 아니야? 불쾌하다고. 그… 최소한 먹을 거라도 좀 주고 생각에 잠기든가.”

“아, 젠킨스 씨 말씀이 맞아요. 제가… 무례했네요. 이제 다시 산책 시작해요. 더는 귀찮게 물어보지 않을게요. 죄송합니다.”

테라는 공손히 허리를 숙이고는 앞서 걸으라고 한다.

에잉~

뒤뚱대고 걸어가면서 젠킨스는 혀를 찼다.

못마땅하다. 이 억지 산책도, 사과한다고 말로만 하면서 과자 한 봉지 내놓지 않는 것도, 아무 맛도 없는 물을 자꾸 들이켜야 하는 것도, 그리고 테라가 다른 남자에게 저렇게… 관심을 보이는 것도.

응? 젠킨스는 자신의 마음이 낯설어서 눈을 동그랗게 떴다.

‘뭐야, 타일러? 너 지금 설마… 설마 질투를 하는 거야? 저 어린 여자애가 그리운 눈빛으로 어떤 남자를 생각한다는 것 때문에? 미쳤어? 재는 물론 소중해. 하지만 너의 사업 수단이자 재기의 발판으로서 소중하다는 거지, 연애의 대상으로서가 아니야. 무슨 개인적인 감정을 가지고 그래? 에이… 설마 아니지?’

하지만 곰곰이 생각해 봐도 이 불쾌한 감정은 질투가 맞는 것 같다.

내가? 질투를?

젠킨스는 뒤를 따라 걷고 있는 테라를 힐끔 돌아봤다. 저 아무것도 모를 것같이 천진한 얼굴, 윤기가 흐르는 짙은 검정의 머리카락, 희고 가느다란 팔다리.

이런 젠장, 젠킨스는 얼른 고개를 돌렸다.

'그래, 당연히 그럴 수 있어. 호르몬이 널 속이는 거야. 종족 번식을 위해서 가장 가까이에 있고 성사 가능성이 높은 이성에게 호감이 가도록 뇌가 화학물질을 분비하는 것뿐이라고. 네 감정은 가짜야. 세로토닌과 도파민이 만들어낸 자극일 뿐이야.'

젠킨스는 자신의 이해할 수 없는 감정을 합리화해 보려고 노력했다. 그래야 좀 마음이 편해질 것 같다.

질투 같은 건 패배자들의 전유물이다. 그는 언제나 최상단의 왕좌에 앉아서 패배자들을 굽어보는 사람이었다. 그런 싸구려 감정은 용납할 수 없다.

불편한 마음 때문에 심장이 빠르게 고동쳐서 걷기는 어제보다 더 힘들었다. 내야석을 두 번 왕복했을 때, 젠킨스는 타임아웃을 외치며 의자에 걸터앉았다.

헤엑, 헤엑… 가쁘게 숨을 몰아쉬는 그를 테라가 걱정스런 눈빛으로 바라본다.

"괜찮으세요, 젠킨스 씨?"

"허억~ 나는… 후우~ 괘, 괜찮아… 하아, 하아~ 그냥, 후우~ 조금만 쉬면 돼. 하아~ 그러니까……."

젠킨스는 손을 내저으며 괜찮다는 표시를 하려 했는데, 숨이 너무 차올라서 오히려 꼴이 더 우스워졌다.

"알았어요. 말씀을 하지 마시고 숨을 크게 쉬어요. 코로 들이마시고, 입으로 내뱉고. 흐읍~ 코로 들이마시고, 후우~ 입으로 내뱉고."

테라가 차분하게 호흡하는 요령을 일러준다. 그녀의 동작을 따라 하며 겨우 진정이 된 젠킨스가 물었다.

"무슨… 전문 개인 트레이너처럼 말하는군. 테라 양도 운동을 좋아했을 것 같지는 않은데 말이야."

"특별히 좋아했던 건 아니지만, 계속 운동은 했어요. 안 그러면 체력이 달려서 콘서트를 할 수 없으니까. 자, 물 한 모금 드시고 이제 일어나세요. 어제보다 페이스가 떨어지면 안 되잖아요."

테라의 평가에 젠킨스는 또 은근히 심통이 났다.

너 때문이야! 네가 그 인상 더러운 놈에게만 홀려 있으니까 내가 신경이 쓰여서 그러는 거잖아! 원인은 너라고!

젠킨스는 마음속으로 매섭게 쏘아주며 무거운 몸을 일으켰다. 무릎이 시큰거리기 시작한다. 걷는다는 행위 자체가 싫다. 하지만 과자를 얻어먹고, 테라와 계속 긴밀한 관계를 유지하려면 그녀가 시키는 대로 하는 수밖에 없다.

젠킨스는 계속 끙얼거리면서도 내야석 통로를 천천히 걸어가 외야석과의 경계를 찍고 돌아섰다. 운동을 재개한 지 30여 분쯤 되었을 때, 멀리 외야석 흡연 구역에 흉터남자가 모습을 드러냈다.

앞서 걷던 젠킨스가 그를 알아보고 손가락으로 가리켰다.

"저기 있군, 테라 양의 피앙세. 치명적인 남자."

테라도 그쪽으로 시선을 돌렸다. 맞다. 며칠 새 몰라볼 정도로 야위기는 했어도 그 남자다. 구부정한 자세로 서서 담배 연기를 뿜어내고 있는 남자는 어지간히 지치고 힘들어 보인다.

트레이닝복을 입고 있어서 어디를 얼마나 다친 것인지는 확인할 수 없지만, 아프다는 것만은 분명히 알 수 있었다.

테라는 자기도 모르게 젠킨스의 등 뒤에 바짝 달라붙어 숨었다. 왠지 지금 자신이 보고 있다는 것을 그가 알면 안 될 것 같았다. 그건 너무 비참한 기분일 것이다.

후우~ 테라는 한숨을 내쉬었다.

어쩌다가… 그렇게 강했던 사람이… 도대체 건대 쉘터에서 무슨 일이 있었던 것일까?

그녀는 지금 자신이 살아 있는 것이 누군가에게 빚을 진 덕분이라는 사실을 잘 안다.

빌라에 갇혀 꼼짝없이 죽게 될 것이라 믿고 있을 때 자신을 구해준 군인들, 그리고 여기 잠실을 지켜주고 있으면서도 틈만 나면 한 번씩 간식을 쥐어 주고 가는 군인들.

그녀는 그 고마운 사람들 덕에 아직 살아남을 수 있었다.

그러나 그럼에도 불구하고 저 '강 실장'이라는 사람은 좀 다르다. 그는 테라가 이 세상에서 가장 원치 않은 방식으로 농락당하고 살해당할 뻔했을 때, 구원의 손을 내밀어준 사람이다.

그런 사람이 지금… 자기 몸조차 제대로 가누지 못하고 있다. 테라의 눈에 눈물이 핑 돌았다.

"뭐하고 있어, 테라 양? 남자 친구에게 인사를 해야지. 하이~ 하면서 손을 흔들어주라고."

테라가 숨으려는 걸 눈친챈 젠킨스는 짓궂은 장난을 치려 들다가 멈칫했다. 테라의 눈가가 젖어 있다는 걸 보았기 때문이다.

젠킨스의 얼굴에서 웃음기가 사라졌다. 놀리려고 했던 건데, 오히려 자신이 기분을 완전 잡쳤다. 과다 분비된 바소프레신의 영향으로 독점욕이 끝없이 샘솟았다.

'위대한 TJ를 바로 앞에 두고 있으면서 저런 시시한 불량배를 위해서 운다고? 나를 위해서 울란 말이야!'

젠킨스의 감정은 뇌 속에서 소리를 질렀지만, 그걸 입 밖으로 내지는 않았다. 그런 말들을 내뱉어봐야 자신의 꼴만 우스워진다는 걸 잘 알고 있다. 그래서야 이득을 취할 수 없다.

젠킨스는 고함을 치는 대신 아주 자상한 목소리를 꾸며내 속삭였다.

"아… 많이 안타까운가 보군. 테라 양, 울지 마. 괜찮아. 저 정도 상처는 얼마든지 치료할 수 있어. 그렇게 속상해하는 걸 보고 있자니 내 마음이 아파."

"굉장히… 많이 다친 것 같아서 걱정이 돼요……."

테라가 반응을 보인다. 젠킨스는 인자한 거짓 미소를 지으며 고개를 끄덕였다.

"그래, 맞아. 중상이야. 이렇게 열악한 의료 환경에서라면 평생 후유증을 가지고 살아야겠지. 허리도 제대로 펴지 못하고, 저렇게 절룩거리며 겨우 걸어 다니겠지. 자세가 불안정하니까 관절은 점점 더 상하게 될 테고. 하지만 JL 연구소에서 치료를 받게 된다면 이야기는 달라. 거기엔 인간을 치료하기 위한 모든 약물과 전문가들이 최고급 설비와 함께 기다리고 있으니까. 테라 양, 약속해 주지. 내가 저 사람을 JL로 데려가서 치료해 주겠어. 귀하가 기억하고 있는 모습으로 완벽히 되돌려 놓을 테니까 지켜봐 줘."

"저분이 가려고 할까요? 젠킨스 씨가 누구인지도 모르는데……."

"하하, 나를 믿고 따라오라고 하면 안 가겠지. 하지만 테라 양도 함께 간다고 하면 그때는 믿지 않겠어?"

그 말을 들은 테라가 눈가를 찍어내더니 젠킨스를 빤히 쳐다보았다.

"젠킨스 씨는 정말… 이런 상황에서도 그런 이야기를 하는군요. 저는 JL 연구소로 따라가지 않을 거라고 분명히 말씀드렸잖아요. 그렇게… 사람이 속상해하고 있을 때, 그 약해진 마음을 이용하려고 하지 마세요. 제가 늘 불신하고 있기를 바라세요?"

젠장, 들켰군. 너무 성급하게 접근했던 게 문제였다. 좀 더 안타깝게 만들었다가 그녀가 방법이 없냐고 매달릴 때 미끼를 던졌어야 했는데…….

젠킨스는 혀를 찼다. 하지만 겉으로는 조금도 그런 내색을 하지 않았다.

"무슨 소리인지 모르겠군. 허허, 난 그냥 거기에 방법이 있다고 해결책을 제시해 줬을 뿐이야. 내가 테라 양을 JL로 데려간다고 해서 무슨 이득이 있겠어? 면역자라서? 이봐, 제발 이러지 말라고. 테라 양도 자신이 어떤지 잘 알고 있잖아. 귀하는 아나필락시스 진이야. 주변에서 쉽게 볼 수 있는 타입이라고는 할 수 없지만, 면역자로서는 가장 흔한 케이스라고. JL은 테라 양의 타입보다 더 희귀한 필락시스 진의 데이터조차 추가 수집할 필요가 없어. 이미 충분한 실험 결과를 보유하고 있기도 하고, 그들의 항체가 다른 사람들에게는 효과가 없다는 걸 잘 안단 말이야. 그런데 내가 왜 테라 양에게 그런 욕심을 부리겠나? 이건 그냥 순수한 호의였어. 내가 무료하고 배고플 때, 함께 간식과 이야기를 나눈 친구에게 베푸는 호의. 그런 식으로 받아들인다니, 오히려 내가 기분이 상하는군. 어쩌면 테라 양은 저 남자를 돕고 싶지 않은지도 모르겠어."

잔뜩 위엄을 섞어 변명을 늘어놓았지만, 테라는 여전히 차가운 시선을 거두지 않았다.

가볍게 한숨을 내쉰 테라가 흡연 구역과 반대 방향으로 걸어간다. 젠킨스도 어쩔 수 없이 그 뒤를 따랐다. 물주가 없으면 산책도 없는 거다.

"전 오전 산책은 여기까지만 할게요. 조금… 정신이 없어서. 이거 드시고 이따가 오후에 또 만나서 걸어요. 그때쯤이면 저도 진정이 될 테니까."

테라는 과자 봉지 하나를 내밀며 고개를 숙였다.

이건 모자라… 이 정도로는 점심 식사까지의 그 긴 시간 동안 밀려올 공복감을 못 달랜다고…….

젠킨스는 최대한 불쌍한 표정을 지으며 그 과자를 받았다. 하지만 테라는 머리를 짚으며 뒤돌아 가버렸다.

4

이게 뭐야, 이게 뭐야!

젠킨스는 과자를 우적거리며 걷는 동안 내내 마음속으로 불평을 했다. 이보다 적어도 세 봉지 정도는 더 받아먹을 수 있었다.

순식간에 그의 오전 간식이 30퍼센트 이하로 삭감되어 버린 거다. 자신은 아무런 잘못도 하지 않고, 그저 평소와 똑같이 행동했는데…….

젠킨스가 그렇게 툴툴거리며 자리로 돌아왔을 때, 문제의 흉터남자는 어느새 먼저 와서 앉아 있었다.

네놈이 나타나고 나서부터야!

젠킨스는 원망의 감정을 담아 민구를 노려보았다.

저놈 때문에 테라의 마음이 불편해졌고, 덕분에 자신은 간식을 잃었다. 게다가 이 아늑한 보금자리도 저놈 때문에 더럽혀진 기분이다. 특히 저 담배 냄새.

"푸우~"

젠킨스는 자리에 앉으며 담배 냄새로 괴롭다는 표시를 노골적으로 했다. 인상을 찌푸리며 코 주변에서 손사래를 쳤다. 그런데도 놈은 전혀 이쪽을 보고 있지 않다.

미친놈.

젠킨스는 민구를 향해 마음속으로 욕을 했다. 저렇게 고약한 냄새를 풍기기 위해 일부러 그 먼 데까지 가서 그 비싼 담배를 태워 없애다니, 제정신이 아니다. 담배는 잠실 쉘터 내에서 대단한 사치품이니까……. 보급되는 물품이 아니어서 담배를 손에 얻으려면 군인을 통할 수밖에 없다.

그나마 지금은 젊은 남자들이 확 줄어드는 바람에 값이 조금 주춤하기는 했지만, 그래도 여전히 비싸다. 담배 한 개비를 구하려면 건빵 대여섯 봉지 이상은 지불할 각오를 해야 한다.

젠킨스는 안 보는 척하면서 계속 민구를 노려봤다. 과자를 다 먹어버렸다는 사실도 기분이 상하지만, 다른 것보다도 아까 테라의 그 눈물이 가장 화가 치솟는 부분이다.

대체 이놈과 무슨 관계인 걸까?

'이놈이 발가락의 상처를 보여 달라고 하면 테라는 결국 발가락의 붕대를 풀어 보여줄 테지? 고개를 모로 틀고 부끄러워하면서 말이야. 흥, 더럽고 치사하군. 나는 그렇게 애원을 해도 안 되는데.'

젠킨스가 그렇게 유치한 상상을 하고 있을 때, 민구는 상의를 벗어놓고 붕대를 풀었다. 하루에 두 번은 소독을 하라고 했으니 낫고 싶다면 순순히 듣는 수밖에 없다.

붕대를 풀어내니 총상이 드러난다. 불로 지져 일그러진 피부는 아직도 속살처럼 불그스름하다.

'젠장, 어지간히 안 낫는군.'

소독을 할 때마다 느껴지는 따끔한 통증에 민구는 눈살을 찌푸렸다. 다친 부위를 제대로 보려고 몸을 틀면, 반대쪽 갈비뼈가 욱신거렸다.

붕대를 감는 것은 더 어려워서, 제법 공을 들여 감았는데도 힘없이 아래로 주르르 흘러 내려가 버린다. 생각해 보니 자신이 혼자 이 상처를 치료하는 건 처음이다.

양쪽 옆구리가 다 당기는 통에 간단한 동작조차 여의치 않아서 민구는 10분 이상 진땀을 빼며 엉켜 버린 붕대와 씨름을 했다. 내 마음대로 움직이지 않는 몸이 짜증스럽다. 이래서야 이 짓을 하루에 두 번씩 어떻게 해낼지 막막하다.

"후우우~"

민구는 한숨을 내쉬며 잠시 손을 멈췄다. 붕대도 엉망으로 얽혔다. 그때까지 계속 잠자코 지켜보고 있던 젠킨스가 더 못 봐주겠는지 몸을 일으켜 다가갔다.

민구의 앞에 쭈그려 앉은 젠킨스가 차오르는 숨을 씩씩거리며 제안한다.

"Ok, Mr. Smoker! That' s it. I can' t stand watching you wrestle with this stupid bandage anymore. It' s··· just driving me crazy. Look at the dirty bandage you' re massed up! It' s not even sterile now. So··· here' s the deal. You pay me a cigaret in advance, then I will put a dressing around your waist. You got me?(됐어, 흡연자 양반! 거기까지. 그 붕대 가지고 바보짓 하는 거 더는 못 봐주겠다고. 보고 있는 내가 미치는 것 같아. 당신이 더럽혀 놓은 이

붕대 좀 봐! 이건 이제 더 이상 살균되었다고 할 수도 없어. 그러니까… 제안을 하나 하지. 당신이 나한테 담배 한 개비를 먼저 줘. 그럼 내가 허리에 붕대를 감아주지. 알아들었어?)"

민구는 자신의 눈앞으로 갑자기 달려든 옆자리 놈을 빤히 쳐다보았다.

"뭐지, 이놈?"

가뜩이나 몸도 아프고 붕대까지 화를 돋우는데, 이젠 별게 다 신경을 거스른다. 민구는 시선을 다시 붕대로 돌리며 말했다.

"귀찮게 하지 마라, 괜히 두드려 맞고 싶지 않으면."

민구가 알아듣지 못하자 젠킨스는 아무렇게나 엉켜 있는 붕대 끝을 잡고 흔들며 다시 민구의 주의를 끌었다.

슷—!

민구는 어린아이에게 겁을 주듯 외마디 소리로 경고를 하며 꺼지라는 손짓을 했다.

"허!"

젠킨스는 어처구니가 없었다. 이렇게나 무례하고 포악한 인간에게 대체 무슨 매력이 있다고 테라는 눈물까지 글썽이는 것인지, 역시 한심한 인간들에게는 한심한 인간들만의 매력이 보이는 모양이다.

자본주의자인 그는, 그러나 다시 거래를 제안했다. 이번에는 이 짐승 같은 놈도 알아들을 수 있도록 아주 천천히.

"Bandage! I will wind it for you!(붕대! 내가 감아줄게!)"

젠킨스는 붕대를 향한 손가락으로 자신을 가리키고, 다시 민구를 가리킨 뒤, 친친 감는 시늉을 했다. 가만히 보고 있던 민구가 의심 섞인 눈초리로 물었다.

"네가 붕대를 감아준다고? 왜?"

젠킨스는 민구가 하는 말을 이해하지 못했다. 하지만 그가 자신의 제안에 관심을 보인다는 것만은 확신할 수 있었다. 그래서 다음 스텝으로 나아갔다. 젠킨스는 자신의 가슴을 짚으며 말했다.

"Service! My service!"

"서비스라는 말은 알아듣겠다. 서비스? 훗, 이상하군. 그래, 한 번 해봐."

뭔가 전부 납득이 된 건 아니지만, 그 역시도 슬슬 지쳐 가던 터라 민구는 일단 붕대를 넘겨줬다.

붕대를 건네받은 젠킨스는 가격을 일러준다. 어쩌면 가장 중요한 부분이다.

"Charge! One cigaret! Just one.(서비스 가격! 담배 한 개비! 딱 하나.)"

젠킨스는 손가락 하나를 강조하며 담배 피우는 시늉까지 했다. 민구는 금방 알아듣고 주머니에서 담배 한 개비를 꺼낸다.

"이거 한 대 달라는 거 맞나? 자."

젠킨스는 고개를 끄덕이며 민구가 내미는 담배를 받아 돗자리 옆에 두었다. 그러고는 알코올을 묻힌 솜으로 자신의 손부터 닦은 뒤, 민구의 상처 쪽으로 다가갔다. 화상 입은 상처를 보며 젠킨스는 인상을 찌푸렸다.

"Let me see. Oh, my Lord! What the hack was

happened to your right side? Some kind of a fire ball struck on you? Gees, I wonder how you walk around with this serious wound.(어디 보자. 어이구, 맙소사! 오른쪽 옆구리에 대체 뭔 일이 있었던 거야? 화이어 볼이라도 맞았나? 끔찍하군, 이런 상태로 그렇게 멀쩡히 돌아다녔다는 게 더 신기해.)"

붕대를 감기 전, 젠킨스는 꼼꼼히 상처를 살펴봤다. 깊다. 그리고 엉망이다. 이만큼이나 근육이 손상되었고, 그 위를 아무렇게나 지져 놓았으니 완전한 자연 재생은 무리다.

의학의 힘을 빌지 않는다면 이 남자는 평생 옆구리에 움푹 팬 흉터를 안고 살아가야 할 것이다. 물론 그만큼 운동 능력도 상실된다.

뭐, 그래도 워낙 다른 부위의 근육들이 잘 발달해 있어 보조를 해줄 테니 일상생활 정도야 큰 문제가 없겠지만…….

갈비뼈 주위와 복부, 왼쪽 옆구리에도 흉기에 찔리거나 베인 흔적이 있었다. 어깨에도 최근 수술 받은 흔적이 보인다.

야위게도 생겼군.

젠킨스는 붕대를 감으면서 생각했다. 고문을 당했다고 해도 수긍할 수 있는 몸 상태였다.

"익—!"

팔을 뻗다가 실수로 민구의 몸에 손이 닿은 젠킨스가 인상을 찌푸렸다.

젠장, 기분 더럽다. 땀투성이 남자의 몸을 만지다니…….

아무래도 값을 너무 싸게 불렀다. 적어도 담배 두 개비는 받았어야 했던 건데……. 하지만 이 포악한 남자와 재협상을 하는 일은 굉장히 까다로울 것 같다.

“Well, it’ s done. Try some move. Comfortable, isn’ t it?(자, 다 됐어. 움직여 봐. 편한가?)”

드레싱을 끝낸 젠킨스가 이마의 땀을 닦으면서 물었다. 앞으로도 계속 이 거래를 하려면 고객의 만족이 우선되어야 하니까.

당장 담배가 생기는 것도 중요하지만, 이 남자에 대한 정보를 많이 얻어두고, 그와 친분을 쌓아놔야 나중에라도 테라를 연구소로 데려가기가 수월해진다.

테라, 널 키드! 나의 보석!

모든 걸 다 잃고 나락으로 떨어졌다고 생각했을 때 신이 내민 구원. 그녀를 생각하는 것만으로도 젠킨스의 입가에는 엷은 미소가 걸린다.

흉터사내는 자신의 말을 알아듣지 못하고 붕대가 감겨진 복부를 가만히 내려다보고 있다. 대단한 솜씨라고는 할 수 없다.

당연하다. 젠킨스는 의사가 아니니까. 하지만 그래도 최소한의 해부학적 지식은 가지고 있다. 문외한이 해준 드레싱보다는 몇 배나 편안할 것이다.

뭐, 불편하면 제가 알아서 다시 감으라고 할 테지…….

젠킨스는 민구에게 엄지손가락을 내밀며 물었다.

“오케이?”

몇 가지 동작을 취해 보고 나서 민구는 고개를 끄덕였다.

휴~ 젠킨스는 가쁜 숨을 몰아쉬고 담배 한 개비를 소중하게 챙겨서 암시장 쪽으로 걸어가 버렸다. 보상을 받아야 할 시간이다.

뒤뚱거리며 멀어지는 젠킨스의 뒷모습을 보면서 민구는 생각했다.

'담배가 어지간히 피우고 싶었나 보군. 한 개비 정도는 그냥 달라고 해도 줬을 텐데.'

말도 잘 통하지 않으면서 저렇게 먼저 나서서 거래를 한다는 게 재미있다. 어쨌든 뚱뚱한 아저씨치고는 솜씨가 나쁘지 않았다. 몸을 움직여 봐도 어느 한쪽이 특별히 당기거나 느슨해지지 않는다.

시간이 좀 걸린 만큼 공을 들인 게 표가 난다. 양쪽 옆구리가 다 부자연스러운 지금, 자신의 손으로는 도저히 이만큼 단단히 감싸둘 수 없을 것 같았다.

"뭔가 요령을 좀 만들어내야 할 것 같은데, 아까처럼 해서는 영……."

민구는 화끈거리는 상처를 쓸며 중얼거렸다. 하루 두 번 소독이 이렇게 번거로울 줄은 몰랐다. 조금 전 담배를 대가로 붕대를 감아준 백인이 저녁에도 또 나서준다면 굳이 마다하지야 않겠지만, 자신이 먼저 또 거래를 하자고 말을 걸고 싶지는 않았다.

그에게도 담배는 요긴한 물건이기도 하고, 뭔가를 부탁한다는 건 영 내키는 일이 아니다. 손짓 발짓을 동원해 가며 부탁한다는 상상만 해봐도 목구멍이 간질거리는 기분이다.

오도독, 오도독.

잠시 후, 젠킨스가 돌아왔을 때, 그는 건빵을 오독거리고 있었다. 양쪽 바지 주머니에, 양복 주머니에, 그리고 손안에 각각 건빵 한 봉지씩이 들어 있다.

담배 냄새는 전혀 나지 않았다. 대신 입 주변은 온통 과자 부스러기다. 민구는 그런 그의 모습을 의아한 눈으로 바라봤다.

민구가 그러거나 말거나 젠킨스는 쉬지 않고 열심히 입을 놀렸다. 이 건빵, 대단한 맛이 있는 건 아니지만, 그래도 씹을수록 고소하고 은은하게 단맛이 남는다. 무엇보다도 다른 과자에 비해 양이 월등히 많다.

암시장에서의 거래는 성공적이었다. 담배 한 개비를 보여주자 암시장 상인 녀석은 대번에 건빵 다섯 봉지를 내밀었다. 그러고는 덤이라는 듯 감자 칩 두 봉지도 얹어 줬다.

이만하면 횡재다. 젠킨스는 일단 여기까지 돌아오는 길에 감자 칩 두 봉지부터 먹어 치웠다. 그리고 지금은 혹시라도 민구가 달라고 할까 봐 등을 돌린 채 아주 행복하게 건빵을 씹고 있다.

그렇지, 이거야!

젠킨스는 만족한 미소를 지었다. 이제야 테라가 주고 가지 않은 과자의 열량이 채워지는 기분이다.

젠킨스는 앞으로 매일 저 사내의 드레싱을 도와야겠다고 마음먹었다. 적당히 때를 봐서 가격도 좀 올려보고 싶다.

그렇게 많은 것 같던 건빵 다섯 봉지 중에서 순식간에 세 봉지가 바닥이 났다. 이제 두 봉지밖에 남지 않았을 때, 아쉬운 표정을 짓고 있던 젠킨스는 민구와 눈이 마주쳤다. 젠킨스가 건빵 봉지를 들어 보이며 말했다.

"헤이, 네이버! 유 원 잇?"

민구는 아무 반응도 보이지 않았다. 젠킨스는 얼른 담배 피우는 시늉을 해 보이고 두 개의 집게손가락을 서로 교차시켜 가며 수레바퀴처럼 돌려 댔다.

"원 시가렛! 온리 원! 익스체인지."

"허… 이놈 봐라? 겨드랑이 냄새만 구린 게 아닌데?"

민구는 자신에게 사기를 치려는 젠킨스를 보며 코웃음을 쳤다. 담배 한 개비를 들고 가서 과자 몇 봉지를 들고 왔으니 누가 봐도 당장 물물교환을 한 모양인데, 그걸 또 부풀리려 든다.

"하하, 어지간히 호구로 보였구만……."

민구는 대꾸하지 않고 일어났다. 한적할 때 화장실을 다녀와야 한다, 사람들에 치이고 고생하지 않으려면.

제안을 거절당한 젠킨스는 무안해하는 기색도 없이 얼른 주제를 바꿨다.

"젠킨스, 타일러 젠킨스."

자신의 가슴을 짚으며 자기소개를 한 젠킨스가 악수를 하자고 손을 내밀었다. 그의 통통한 손을 잠시 바라보던 민구가 차갑게 말했다.

"그런 건 됐어."

5장

회전 단두대

1

상봉 코스트코 앞에서는 시체 치우기가 한창 진행 중이었다. 일단 정문 주변에서 썩어가고 있는 시체부터 치워야 코스트코 내부에 아직 남아 있는 좀비들을 모두 정리할 수 있다.

고글에 모자, 마스크, 앞치마, 고무장갑으로 단단히 무장을 하고 시작했지만, 이 일은 단 몇 분 만에 사람을 미치기 직전까지 내몰았다.

부패하고 빗물에 퉁퉁 불어 터진 시체들을 들어 올려서 리어카에 차곡차곡 쌓는다…고 말로 하기에는 정말 간단하지만, 이건 정말… 할 짓이 아니었다.

엎어진 채 죽어 있던 시체를 들어 올리면 거의 100퍼센트의 확률로 내장이 와르르 쏟아졌다.

“쥐가 갉아 먹어서 그런가 봐.”

내장 더미와 썩은 물이 주르르 흘러나온 시체를 보며 삼식이가 중얼거렸다. 유빈은 잔뜩 찌푸린 얼굴로 고개만 끄덕였다.

힘들다. 체력이 쭉쭉 빠진다. 작업용 마스크를 쓰고 있는데도 숨을 쉬기 어려울 만큼 독한 악취가 후각을 괴롭혔다.

지난 7월 14일 이후, 더러운 꼴, 험한 꼴을 어지간히 봤지만, 막상 이 시체들을 만지고 있으려니 또 속이 다 뒤집힌다. 조금만 힘을 주면 떨어져 나갈 것같이 물컹물컹한 살점을 만지고 있으면, 또 파랗게 퉁퉁 부은 시체의 얼굴과 눈이 마주치면 곧바로 토할 것 같다.

거기에 시체들이 갑자기 벌떡 일어나 달려들 것 같다는, 막연한 두려움 때문에 괜히 식은땀이 흐른다.

“유빈아, 괜찮아?”

바로 뒤에서 해머를 짚고 서 있던 보안관이 걱정스레 물었다. 유빈은 손을 들어 멀쩡하다는 표시를 해줬다. 물론 진짜로 멀쩡하지는 않다.

보안관은 이 시체 치우기 작업에서 제외시켰다. 눈에 띄지는 않지만 아직 골목 안에 남아 있는 좀비들이 있는데, 전부 다 시체 나르기에만 몰두해서 뒤를 비워놓을 수는 없다. 가장 뛰어난 전투력을 가진 보안관은 망을 보며 언제라도 싸울 수 있도록 대비를 해야 한다.

비위가 상하기는 해도 이 일은 위험한 게 아니니까, 그저 인내심으로 참으면 된다. 그리고 시체의 수도 사실 그리 많지 않다.

이십여 구. 리어카로 몇 번만 왕복하면 끝낼 수 있다. 유빈은 그렇게 생각하며 이를 악물었다.

"거기 잡아. 들어 올리자."

유빈은 시체의 어깨를 잡으며 말했다. 삼식이가 시체의 발목을 꽉 잡은 걸 확인하고 유빈은 셋을 셌다.

"하나, 둘, 셋! 끄응차!"

살점이 떨어져 나가고 심하게 훼손되었다고는 해도 덩치가 큰 남자의 시체는 어지간히 무거웠다. 두 친구는 축 처진 거구의 시체를 좌우로 흔들다가 리어카 위로 던졌다.

쿵!

리어카가 흔들거리고, 시체에서 튄 물이 사방으로 흩어진다.

"그만 실어! 무겁다고! 이걸 어떻게 끌란 말이야!"

리어카 앞에서 대기하고 있던 신입이 찡찡댔다. 토할 것 같아서 이것만은 도저히 못하겠다는 놈을 억지로 끌고 왔다. 녀석은 '도저히 이것만은' 못하겠는 게 너무 많다. 하지만 이 일이 비위가 틀어지기는 해도 목숨이 왔다 갔다 하는 건 아니니까, 신입도 뭔가 몫을 해야 한다.

그제 실컷 싸우고, 울고, 토한 제니와 태권소녀는 규영이와 함께 옥상에서 망을 보는 중이다.

"세 구뿐이잖아. 충분히 끌고 갈 수 있어. 나랑 유빈이가 밀어줄게, 신입."

삼식이가 차분히 설득한다. 신입은 계속 헛구역질을 하면서 뒤도 제대로 돌아보지 못하고 있다. 하지만 말은 여전히 밉살스럽게 잘도 지껄여 댄다.

"세 구면… 씨발, 하나당 70킬로그램씩만 잡아도 200킬로가 넘잖아! 뭐가 충분하다는 거야! 이 새끼야!"

"그렇게 안 나가. 내장 무게는 다 빠지니까. 내장은 여기 바닥에 있잖아. 그리고 피 무게도 꽤 빠질 거고."

태연하게 말을 하고는 있지만, 삼식이의 고글도 땀이 송골송골 맺혀 있다. 좀비들이랑 싸우는 것과는 또 다른 종류의 고역이다.

내장? 아무 생각 없이 뒤를 돌아본 신입이 또 헛구역질을 퀙퀙, 하며 난리를 친다.

"으아, 씨발. 저게 뭐야? 어흐, 역겨워! 토할 것 같아. 우욱! 아으, 좆도!"

"아예 큰 통을 하나 가져와서 거기에 이걸 쓸어 담아가며 할까? 어차피 이것도 또 버려야 하잖아."

삼식이가 바닥에 흘러내린 내장을 보며 유빈에게 제안을 했다. 딴에는 일리가 있는 말이다. 괜히 이걸 밟고 넘어지기라도 하면 단순히 기분이 더러운 데서 끝날 일이 아니니까.

악취가 이렇게 심할 때에는 이 주변이 아주 온갖 병균의 온상이라고 보면 될 거다. 유빈이 중얼거렸다.

"통… 하아~ 무슨 통에다가 하지? 양이 꽤 되는데."

"큰길가에 보니까 음식물 쓰레기통 큰 거 있던데, 그걸 비워 버리고 거기에 넣자. 아예 통을 자빠뜨려 놓고 삽으로 떠 넣지, 뭐."

"그래. 이번 리어카 비우고 올 때는 음식물 쓰레기통 하나 주워 오자."

둘은 내장 치우기 방법에 동의를 하고, 리어카에 실린 시체를 잘 고정시켰다. 지금 조금 귀찮다고 대충 얹어만 놨다가 괜히 중간에 떨어지기라도 하면 일을 두 번, 세 번 해야 한다. 네 구째 시체를 차곡차곡 얹은 후, 삼식이가 신입을 불렀다.

"출발하자, 신입. 뒤에서 밀 테니까."

"아아~ 씨발, 이거 할 수 있을지 모르겠다. 나는 이렇게 험한 일 안 하고 살았는데… 아후, 뒤에 시체가 있다는 생각만 해도 토할 거 같아. 냄새는 또 왜 이렇게 지독한 거야? 허리 나가면 어떻게 하지?"

"그만 찡찡거리고 빨리 끌어. 뒤에서 직접 시체들 주무르는 사람도 있어. 자꾸 그러면 내가 끌고 너보고 실으라고 할 거야. 내가 해보니까, 이거 진짜 못할 짓이다."

삼식이의 엄포가 효과를 발휘했는지, 신입은 끼잉, 하는 맥없는 기합 소리와 함께 리어카를 끌기 시작했다. 유빈과 삼식이가 양쪽에서 밀자 노점상들이 쓰던 리어카는 별 말썽 없이 굴러갔다. 그 뒤로 삽과 해머를 든 보안관이 멋쩍어하며 천천히 따랐다.

리어카는 정문으로부터 20여 미터를 전진한 뒤에야 멈췄다. 거기에 그들이 지정한 무덤, 2.5톤 탑차가 있다.

삐이익—

보안관이 트럭의 짐칸을 열었다. 내부는 텅 비어 있다. 원래부터 태권소녀 일행이 트럭에서 요긴한 물건을 다 빼다 쓰기도 했고, 남아 있던 짐도 어제 다 끄집어내서 버린 상태다.

"안쪽으로 던져."

유빈과 삼식이는 다시 시체들을 끌어 올려서 트럭 안으로 던져 넣는다.

쿵!

시체의 머리가 트럭 바닥을 때리면서 둔중한 소리가 울렸다. 그 위로 또 다음 시체를 던진다. 죽은 사람들의 가족이나 친구가 이런 모습을 본다면 기분이 좋지 않겠지만, 지금 유빈과 삼식이는 이보다 더 예의를 갖추기 어려웠다. 남의 시체에 필요 이상의 에너지를 쏟아도 될 만큼 사는 게 녹록하지가 않은 세상이 돼버렸으니까…….

"삽 줘."

보안관으로부터 삽을 넘겨받은 삼식이가 흙 포대를 쭉 찢고 크게 한 삽을 떠서 트럭 안으로 뿌렸다. 흙은 꽃집에서 가져온 배양토다.

시체들 위로 흙을 두 삽 더 퍼부은 삼식이는 소주병을 따서 한 번 휙 털었다.

"근데… 너 지금 이게 뭐하는 거냐? 이런다고 냄새가 안 나는 것도 아니고, 살균이 될 것 같지도 않은데……."

신입이 못마땅한 얼굴로 묻는다. 삼식이는 담담히 대답했다.

"뭐… 굳이 따지고 물어보면, 그냥… 장례 비슷한 거지. 가만히 죽어 있는 사람들 억지로 끌고 와서 아무렇게나 확확 집어던진 게 미안하니까 묻어주는 시늉하는 거야. 그렇게 하면 내 마음이 좀 편해질까 해서."

"그··· 그렇게 하면 혹시 복 받을까? 나와봐. 나도 한 번 뿌리자."

신입은 찜찜한 표정으로 다가와 흙 한 삽을 떠서 던졌다. 요령이 없으니, 반은 트럭 안에 떨어지고, 반은 트럭 바깥에 날린다. 어쨌든 그렇게 하고 나서 녀석의 표정은 한결 가벼워졌다.

돌아오는 길에 유빈이 바닥에 자빠져 있는 음식물 쓰레기통을 하나 주워 밀고 왔다. 이미 시체 덕에 악취에는 익숙해진 줄 알았는데, 거기에서는 또 다른 종류의, 지독한 냄새가 주변의 공기를 물들이며 일렁였다.

일행은 다시 조금 전의 일을 반복했다. 시체를 리어카에 싣고, 바닥에 흘러내린 체액과 내장은 흙을 뿌려 음식물 쓰레기통에 담았다. 그런 후에 그걸 끌고 와 트럭 안에 던져 넣었다.

스무 구를 다 처리하고 나니 몸도, 마음도 아주 지친다. 피폐해진다는 게 어떤 기분인지 절절히 느껴졌다.

"그 자리, 락스로 청소도 해야겠더라. 후우~ 코스트코 안의 좀비 시체들을 치울 때도 또 이 짓을 해야 한다는 거잖아."

시체로 꽉 찬 트럭의 짐칸 문을 잠그면서 유빈이 한숨을 내쉬었다. 조금 전까지도 구역질을 하며 죽어가던 신입이 뿌듯하다는 듯 중얼거렸다.

"그래도 그것만 하면 드디어 코스트코가 다 내 거잖아. 말하자면 대형 마트 사장님이 되는 거라고. 씨발, 어린 시절 꿈이 이렇게 이뤄지는구나."

시체를 다 치운 뒤에도 일행은 장갑을 벗지 못하고, 정문 주변의 넓은 마당을 청소해야 했다. 희석한 락스를 뿌려가며 열심히 비질을 해도 시체가 누워 있던 자리는 확연히 구분이 된다. 냄새도 완전히 가시지 않았다.

일단은 살균이 목적이어서 유빈은 더 공을 들이지 않기로 했다. 앞으로 몇 번인가 더 비가 오면 저 거무튀튀한 자국도 결국은 씻겨 나갈 것이다.

"후와~! 더워. 이거, 진짜 이러다가 내가 죽을 것 같아. 탈진해서……."

삼식이가 물로 얼굴을 씻어내며 앓는 소리를 냈다. 장착하고 있던 모자와 고글, 장갑, 앞치마, 마스크, 긴팔 옷을 다 벗어 던지고 나니 온몸은 땀으로 범벅이 되어 있다.

한여름의 대낮에 할 만한 일은 진짜 아니긴 하다. 고무장갑 안에 고여 있던 땀을 모으면 소주 한 컵은 나올 모양새다.

"신발도 여기에다 버려. 바지도 벗고."

유빈은 커다란 비닐 봉투를 들고 다니며 삼식이와 신입이 입고 있던 것들을 다 한군데로 모았다.

병균 범벅과 씨름을 할 때 입었던 옷이니 따로 모아서 버려야 한다. 애초부터 그러려고 허름한 옷과 신발로 입고 작업을 시작했었다.

세 명은 알코올 적신 솜으로 몸을 닦고, 보안관이 가방에서 꺼내 주는 새 옷을 입었다. 그 정도만 해도 뭔가 제법 정화된 기분이 든다.

다만, 코는 예외다. 아무리 물로 씻고 코를 풀어내도 안쪽에 시체 썩는 냄새가 남아 있다.

"와… 이거, 밥을 어떻게 먹지? 내장 흘러나온 모습이 아직도 눈에 선한데. 그 냄새랑……."

유빈이 힘없이 중얼거렸다. 길가 모텔 옥상까지 가는 동안에도 계속 킁킁대며 자기 손 냄새를 맡게 된다.

"많이 힘들었죠? 괜찮아요?"

옥상에서 기다리고 있던 제니가 애틋한 표정으로 물었다. 태권소녀도 불편해하며 한마디 했다.

"나도 같이한다니까, 왜 힘든 일을 너희들만 하겠다는 거야?"

"됐어! 됐어! 여자가 할 일이 못 되더라. 그런 건 남자가 하면 되지, 뭘. 아우~ 담배나 한 대 피워야지. 일을 열심히 했더니 목이 그냥 칼칼하네!"

신입이 뻐기며 잘난 척을 한다. 여자들에게 점수를 따고 싶은 마음에 방금 전까지 토할 것 같다느니 뭐니 했던 걸 다 잊어버린 모양이다. 유빈과 삼식이도 괜찮다는 표시로 손을 흔들어줬다.

"남자 어쩌구 할 일은 아니지만, 너희들도 좀 쉬어야지. 그제 아주 애썼잖아."

삼식이는 캔 커피를 따서 마시면서 담배에 불을 붙였다. 좀비 무리들을 하나로 다 몰아놓고 나니 나머지 시간에는 편한 마음으로 담배를 피울 수 있어서 좋았다.

"꼬맹아, 망 잘 봤어?"

삼식이가 머리를 쓰다듬자 규영이는 다소곳하게 고개를 끄덕였다. 녀석도 이제 형에 관한 일을 어느 정도 받아들인 것 같다.

"근데… 흠흠, 이거 무슨 냄새야? 누가 요리했네?"

삼식이가 콧구멍을 벌렁거리면서 물었다. 옥상 중앙에 놓인 휴대용 가스레인지 위에서 뭔가가 바글바글 끓고 있다. 냄새만 맡았는데도 어째 불길한 예감이 든다. 규영이 제니를 가리키며 씨익 웃었다.

"제니 누나가 솜씨 발휘한댔어요. 형들 일하고 오면 배고프고 힘들 거라고."

헐, 삼식이가 절망적인 표정을 지으며 중얼거렸다.

"…가뜩이나 입맛 없는데……."

"에이, 무슨 말이 그래요? 제니 누나가 얼마나 열심히 준비했다고요. 천하의 대스타가 직접 요리를 해주는 건데, 무조건 맛있을 거예요."

아무것도 모르는 규영은 신이 났지만, 삼식이는 그런 녀석을 동정했다.

뭐, 어차피 한입 딱 떠 넣는 순간 알게 될 거니까 미리 언질을 할 필요는 없다. 대신에 친구들에게 마음의 준비를 시킬 의리는 발휘해야 한다.

"제니가 요리했대."

그 말을 들은 유빈도 가볍게 한숨을 내쉬었다. 물론 등신 같은 보안관은 '와우―!' 환호성을 지르며 또 좋아하는 척 연기를 한다. 그게 진심이라면 미맹이다. 보안관은 활짝 웃으며 제니에게 물었다.

"제니야, 메뉴가 뭐야?"

“후후, 비밀이에요. 오빠가 먹고 맞춰봐요.”

제니는 애교가 넘치는 웃음을 지으며 사람들에게 수저와 즉석밥을 하나씩 나눠 준다. 일행은 휴대용 가스레인지를 중심으로 빙 둘러앉았다. 제니가 뿌듯해하며 냄비 뚜껑을 열어 보인다.

“짠! 드셔보세요.”

정체가 모호한 붉은 액체에 가장 먼저 수저를 댄 것은 규영이었다.

“잘 먹겠습니다!”

기쁜 듯이 크게 외치고 한입을 크게 떠 넣은 규영은 잠시 얼어붙었다. 유빈은 그런 녀석의 마음을 충분히 이해할 수 있다.

알아, 문화 충격이지?

마음 같아서는 등이라도 토닥여 주고 싶을 정도다.

두 번째 용자는 당연히 보안관이다. 보안관은 크게 한 숟갈을 푹 떠서 입안에 집어넣고서 곧바로 엄지손가락을 치켜올렸다. ‘맛있어! 맛있어! 그렇지? 규영아!’를 외치면서.

어찌 보면 이놈이 제일 나쁜 놈인지도 모르겠다.

“…으응, 마, 맛있어요, 누나.”

규영이는 억지로 미소를 지으며 제니를 향해 고개를 끄덕여 주었다.

“어디… 나도 한 번.”

태권소녀가 참전했다.

음?

국물을 맛본 태권소녀는 잠시 고민하다가 보안관을 향해 물었다.

"너… 이게 진짜 맛있어?"

"응! 당연하지!"

보안관이 진지한 얼굴로 고개를 끄덕이자 태권소녀는 규영에게로 시선을 돌렸다.

"규영이, 너도 맛이 있고?"

"아… 네, 네. 맛있어요."

흐음~ 그래?

태권소녀는 고개를 갸웃거리면서 두어 번 더 국물을 떠먹었다. 그래도 여전히 납득이 되지 않는지, '난 잘 모르겠는데……' 라고 중얼거렸다.

그러는 동안에도 보안관은 국물을 퍽퍽 떠서 즉석밥과 함께 입 안에 욱여넣는다. 그 모습을 보고 있던 태권소녀가 제니에게 물었다.

"뭐, 뭐 넣고 어떻게 끓이면 이런 맛이 나와? 나는 요리를 안 해봐서……."

"아니… 저기, 일부러 배울 필요까지는……."

유빈이 양심의 소리를 내보려다가 보안관의 눈빛이 번뜩이는 것을 보고 말을 삼켰다. 제니는 행복한 웃음을 지으면서 설명을 해주었다.

"후후, 별거 없어요. 그냥… 통조림 햄이랑 참치 넣고, 고추장 풀어서 끓인 거예요. 아, 야채가 없으니까 피클을 좀 넣었어요. 그게 비결이었을까요?"

으음, 그래서 이 찌개가 이렇게 시큼하면서도 달았구나…….

뻘겋기만 하지, 간도 제대로 배지 않았고.

비밀을 깨달은 유빈은 고개를 끄덕였다. 그런 거라면 맛이 납득이 간다. 삼식이와 신입은 아예 햄만 건져 내서 밥과 함께 먹고 있다.

"음, 피클… 너희는 이런 걸 좋아하는구나."

태권소녀는 아직도 진지하게 맛을 보면서 비법을 머릿속에 각인시키고 있다.

그냥 잊어버리는 게 더 좋을 텐데…….

유빈은 걱정스러운 눈으로 태권소녀를 바라봤다. 만약 그녀까지도 이렇게 기괴한 요리를 경쟁적으로 내놓으면, 그때는 몰래 따로 챙겨 먹는 수밖에 없다.

어쨌든 다들 찌개를 반찬으로 삼아 밥 한 그릇을 먹어 치우기는 했다. 독재자 제니가 다른 반찬을 아예 내놓지 않았기 때문에 선택의 여지가 없었다.

"이제 코스트코 들어가는 문제인데……."

밥그릇을 치우고 커피도 한 잔씩 마시고 난 다음, 유빈이 입을 열었다.

"…아직 저기 남아 있는 놈들 다 정리해야 하잖아. 그래서 생각해 놓은 방법이 두 가지 정도 있어. 그중에 어떤 걸 택할지 잘 판단이 안 서."

"그렇게 고민할 만큼 어려운 문제야? 어차피 남아 있는 놈들 다 제대로 걷지도 못할 만큼 망가져 있잖아."

태권소녀가 묻는다. 유빈은 고개를 끄덕였다.

"확실히 그렇기는 하지. 멀쩡하게 뛰어다니는 놈들 상대하는 거랑은 비교도 안 되게 쉬워. 이건 할 수 있을까나 안전하게 이길 수 있을지에 대한 고민은 아니야."

"그럼 뭐가 문제인데?"

"음, 뭐라고 해야 되지?"

유빈은 머리를 긁적이며 말을 골랐다.

"꾸미지 않고 있는 사실 그대로를 말하자면 이런 거야. 내일 우리가 코스트코에서 해야 하는 일은 승패를 모르는 싸움이라기보다는, 처형에 가까워야 해. 우리는 절대로 다치지 않으면서 남은 좀비들은 확실히 죽이는, 그런 방식의 싸움 말이야. 딱히 어쩔 수 없으면 맞서 싸운다지만, 그저께 다들 잘 싸워준 덕에 이제는 그럴 필요가 없어졌거든."

"그러면 좋은 거 아니냐? 안전하다는 말이잖아. 그냥 싹 다 죽여 버리지 뭐, 저 개새끼들."

신입이 허세를 부리며 떠들어 댔다. 어차피 자신은 끼지 않아도 될 것이라 믿고 있으니까 두려운 게 없다. 보안관이 물었다.

"처형 방식이라고? 그게 정확하게 어떤 거야? 뭔 소리인지 모르겠어."

"그냥… 둘 다 원리는 같아. 코스트코 정문에 섀시하고 굵은 파이프로 좁은 통로를 만드는 거야. 문 전체를 커버할 수 있는 길이지만, 기어야만 겨우 통과할 수 있는 높이의 통로지. 그 앞은 창살문이나 그런 걸로 막아놓고, 좀비들을 꾀서 거기로 오게 만든 다음에… 정리하는 거지."

"꾀는 거는 담배로 하면 된다 치고, 죽이는 건 어떻게 죽여?"

"응. 머리를 날린다는 원칙은 같은데… 하나는 목을 자르는 거고, 하나는 머리를 아예 터뜨리는 거야. 내가 말했던 건 그 둘 중에서 어떤 방법을 택할지 고르라는 거였고."

유빈은 말을 하면서도 마음이 편치 않았다. 목을 자르는 것과 머리를 터뜨리는 것 중에서 택일을 하라니, 이런 건 사이코패스들이나 하는 대화가 아닌가.

아니나 다를까, 태권소녀는 눈살을 찌푸리며 질린다는 듯 고개를 저었다. 당연한 반응이다, 말하는 유빈 자신도 소름이 끼치는데.

태권소녀가 물었다.

"내가 듣기에는 그냥 똑같은 말 같은데, 두 방법이 무슨 차이가 있어?"

"확실히 있지. 장점이랑 단점이 있는데… 목을 자르는 방식은, 에… 원형 절단기를 이용하는 건데, 더 속도가 느려. 그래서 놈들이 죽어가는 걸 우리가 느린 속도로 봐야 돼. 물론 이미 죽은 놈들이라는 걸 잘 알아도 어지간히 보고 있기 괴로울 거야. 대신에 몸은 힘이 덜 들어. 준비하는 것도 그렇고, 실행하는 것도 그렇고."

"머리를 터뜨리는 방식은?"

"그건… 실행의 순간만큼은 빨라. 아마 우리는 놈들이 죽는 순간 자체를 제대로 못 볼 만큼 빨리 끝날 거야. 무거운 철판을 단두대처럼 위에서 떨어뜨릴 거거든. 도로 표지판 정도의 크기와 무게면 딱 좋을 텐데. 쿵! 하고 떨어지면 벌써 퍽! 터지고 끝이지. 대신에 이 방법의 단점을 꼽으라면 몸이 힘들어질 거야. 높이 매달린 도로 표지판을 떼어 오는 것도 꽤나 힘든 일이고, 그걸 매번 끌어 올렸다가 놓고, 다시 또 끌어 올리는 걸 계속 반복해야 돼. 표지판이랑 그 뒤에 고정 기둥… 무게가 상당할 텐데, 여러 번 하다 보면 고생스러울 거야. 박살 난 머리 파편을 치우는 건 또 다른 문제고."

다들 유빈의 말을 들으며 심각하게 두 장면을 상상하고 있다. 물론 두 가지 다 어지간히 구역질이 이는 이야기였다. 태권소녀가 유빈에게 물었다.

"다 이해한다고 해도 그걸 굳이 우리에게 고르라고 하는 이유는 모르겠네. 여태까지는 다 네 마음대로 정했잖아. 무빙워크에 기름 뿌리는 것도 그렇고, 좀비들 다 한 덩어리로 묶는 것도 그랬고."

"그거야 그때는 이판사판으로 목숨을 걸고 싸우는 거였으니까. 이건 좀 다르거든. 그래서 직접 고르라고 하는 거야. 어차피 우리가 다 힘을 모아서 해야 하는 당사자들이니까."

"그 다르다는 게 대체 뭐냐고? 어차피 좀비를 죽인다는 사실만 떼어놓고 보면 다 똑같은 거 아닌가?"

아… 유빈은 태권소녀부터 시작해서 보안관, 삼식이, 제니, 그리고 신입까지 한 번 죽 돌아보고 보충 설명을 시작했다.

"예전에 그런 이야기를 들은 적이 있는데… 총살형이 실행될 때 사형수 한 사람을 향해서 여러 명이 한꺼번에 방아쇠를 당긴대. 그런데 그중에 한두 사람의 총에는 공포탄이 들어 있다는 거야. 그렇게 해야만 다들 '내 총은 아니겠지' 하고 최선을 다

해서 목표를 조준할 수 있다는 게 이유였어. 쏘고 나서도 '내가 죽인 건 아니야' 하고 자신에게 면죄부를 줄 수 있고."

"이 새끼는 무슨 총살에 대해서 설명을 하고 앉았어? 왜 우리에게 방식을 고르라고 했는지 물었는데."

신입이 답답해하며 끼어든다. 유빈은 이야기를 마무리했다.

"이상하다는 거 못 느껴? 전쟁에 나서는 군인들에게 '너희들 총 중에 몇 개는 공포탄이다. 그러니까 마음대로 적을 겨눠라' 라고 하는 소리는 못 들어봤잖아. 그런데 총살은 그렇게 한다고. 왜일까? 내 생각에 제대로 저항하지 못할 처지의 상대방을 죽이는 건, 서로 목숨을 걸고 싸울 때와 비교할 수 없이 커다란 죄책감을 안겨줄 거라고 생각해. 아마 내일, 바닥에서 기어 나오는 놈들을 안전하게 죽이고 있으면 우리도 비슷한 기분을 느끼게 될 거야. '이게 뭐지?' 하고 괴로워질 거라고. 그래서 너희들의 의견을 물어본 거야. 어느 쪽이 더 중요한지 말이야. 죄책감을 덜어내는 거야, 아니면 편안하고 효율적인 거야?"

그때까지 가만히 듣고 있던 제니가 물었다.

"안전은요? 어느 쪽이 더 안전해요?"

"안전은 회전톱 쪽이 아닐까? 위에서 떨어뜨리는 단두대는 자칫 하중이 잘못 걸렸을 때, 구조물 자체가 다 박살 날 수도 있거든."

유빈의 대답에 제니는 단호하게 1번을 골랐다.

"그럼 전 무조건 회전톱이요. 아무도! 아무도 안 다치는 게 제일 중요해요."

"그래, 너는 목을 자르는 방식에 한 표."

유빈이 제니의 의견을 기록했다. 하지만 사실 얘는 그걸 견디기 어려울 거다. 예전에 좀비들을 불태워 죽였을 때, 제니는 이미 대단히 괴로워하는 모습을 보인 적이 있었다. 심지어 그때는 서로 죽느냐 사느냐를 걸고 싸우던 때였는데도.

"나도 더 안전한 방법 한 표요, 나한테도 투표권이 있는지는 모르겠지만."

규영이 두 번째로 의사 표현을 했다. 다들 '당연히 있지' 라고 대답한다.

이걸로 2:0.

보안관과 삼식이, 태권소녀는 입을 꾹 다문 채 고민에 빠져 있다. 회전톱으로 좀비들을 죽이는 장면을 상상하고 있는 모양이다.

빠르게 회전하는 톱날이 목덜미를 스치고 파고드는 동안에도 앞만 보고 울부짖어 대는 좀비들… 역겹고 속이 뒤틀린다.

"그런데 이거, 사실 물어보나마나 한 거잖아. 누가 더 힘든 방향으로 가겠다고 하겠어? 자기뿐만 아니라 남의 목숨도 걸려 있는 일인데."

눈썹 사이에 11자를 그리며 태권소녀가 묻는다. 유빈은 솔직하게 대답했다.

"나도 그 이유 때문에 이런 방법까지 생각해 낸 거긴 한데… 여기 있는 사람들 중 아무도 다치지 않고 일을 마무리하고 싶었거든. 그런데 그렇게 궁리를 하다 보니까, 떠오른 방법이 너무 잔인한 것 같았어. 내가 이렇게 또라이였나 싶기도 했고. 그래서 너희들에게 물어보는 거야. 이거… 사용해도 되는 방법인지,

아니면 한계를 넘어가 버린 건지 말이야. 어쩌면 '우리'를 운운하면서 솔직히는 내 책임감을 덜고 싶었는지도 모르겠다. 아무리 좀비라고 해도 저것들이 사람 모양을 하고 있으니까 자꾸 신경이 쓰여서."

유빈의 말에 태권소녀는 수긍한다는 듯 고개를 두어 번 끄덕였다.

"너 약간 사이코패스인 것 같기는 해, 이런 생각을 할 수 있다는 것 자체가."

그러고는 얕은 한숨을 내쉰 후 다시 물었다.

"그런데 그 계획에서 난 뭘 하면 되는데?"

3:0.

유빈은 보안관과 삼식이를 돌아보았다. 삼식이가 중얼거렸다.

"공구상에 있던 회전톱이 무슨 방식이었지? 기름 넣는 건가? 좀 있다가 신입 데리고 우리 차로 가서 세녹스 가져와야겠다. 오랜만에 선로 산책이나 해야지."

보안관도 동의한다는 표시를 했다. 이걸로 방식은 결정은 났지만, 그들이 지켜보게 될 것을 상상하면 벌써부터 마음이 무겁다.

내일 그들은 또 새로운 형태의 지옥을 경험할 수밖에 없다.

"그런데 말로만 들어서는 정확히 어떤 구조인지 잘 모르겠는데… 내가 머리가 나쁜 건가? 너희는 상상이 딱 되냐? 잘 알고 무슨 1안이니, 2안이니 하고 있었던 거야?"

보안관이 물었다. 그와 눈이 마주친 삼식이가 천진한 얼굴로 대답했다.

“못 나오게 하고 목을 자른다는 거잖아, 회전톱으로. 위이잉— 아으, 끔찍하다.”

“아이… 야, 그러니까 어떤 구조로 그렇게 되냐고 묻는 거 아냐.”

유빈이 좀비 이동 시간표용 유성펜을 가져와서 쪼그려 앉았다.

“아, 그거… 내가 대충 설계도 그려놓은 게 있기는 한데, 내 방에 놔두고 왔거든. 일단 여기다 대충이라도 그려볼게.”

유빈은 옥상 바닥에 비뚤비뚤한 선을 몇 개 그렸다. 그리고 각 부위 옆에 숫자를 기입했다.

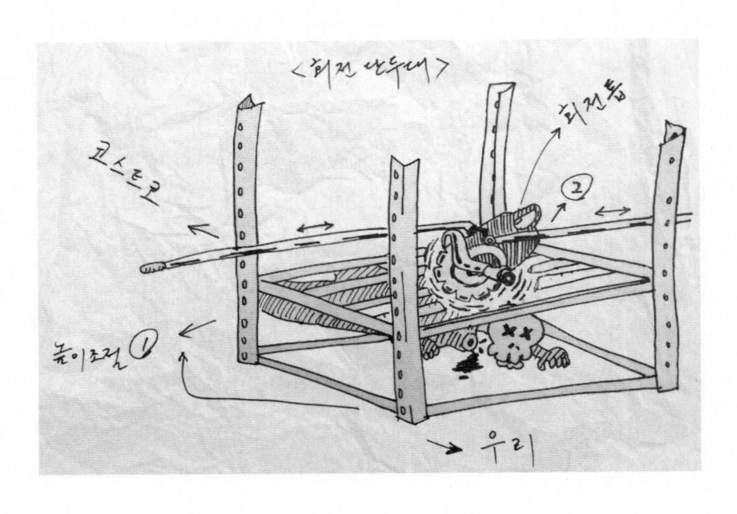

모두 조용히 그 그림을 바라보았다. 보안관이 제일 처음 질문을 던졌다.

“이게 어느 쪽이야? 코스트코 문이 어디에 있는 건데, 지금?”

"아, 그러네. 그걸 안 써놨네. 여기 뒤쪽이지. 이 그림에서 앞쪽이 우리 있는 방향이고, 코스트코 문 앞에 셔터를 먼저 붙여놓을 거야. 좀비들이 위쪽으로는 넘어오지 못하고 아래쪽으로만 기어 나오도록."

유빈은 다시 펜 뚜껑을 열어 화살표를 쓰고 메모도 추가했다. 그러고는 가운데의 둥근 그림을 가리키며 말했다.

"이게 12인치 회전톱이고, 여기에 손잡이를 달아서 양쪽으로 밀고 당기고 하는 거야."

"으음, 콘크리트 절단하는, 그런 거 말이지? 위에 고정하는 틀을 만들어서 끼우고 아래쪽에 바퀴를 하나 더 달면 되려나? 바퀴가 꽤 커야겠네. 흔들거리다가 빠지면 안 되니까."

보안관이 턱을 쓸면서 중얼거렸다. 유빈도 동의했다.

"응. 그렇기도 하고, 아예 튀어 오르지 못하도록 위쪽으로 틀을 만들어서 눌러놓으려고 해. 그러면 좀 더 안정적이겠지. 손잡이는 틀에다 연결해 둘 거고."

태권소녀는 좀비들이 회전 단두대 자체를 엎을까 봐 걱정스러워하며 물었다.

"이게 전체적으로 고정이 될까? 이 자체 무게가 얼마나 되는지는 몰라도 좀비들 미는 힘이 장난 아니던데. 여러 놈이 한꺼번에 달려들면 통째로 밀고 나올 거야. 아, 기어 나오는 거니까 그만큼 걱정하지 않아도 되려나?"

"그거는 1번을, 그 기둥으로 쓰는 새시 두 개 있잖아, 그걸 코스트코 문틀에다가 나사못으로 박아서 고정을 시키면 돼. 다 만들어놓으면 이거 무게만 해도 물론 상당하기는 할 거야. 새시에, 파이프에, 전동 기계에 다 더하면 보안관도 혼자서 못 들지 싶어."

유빈은 그림의 숫자를 짚어가며 설명을 하고, 친구들의 궁금증은 계속 이어진다. 신입도 문제를 제기했다.

"야! 전에 내가 도로 위에 지나가는 좀비 새끼들 다 톱으로 자르면 될 것 같다니까, 네가 안 된다고 했었잖아! 뭐, 날이 무뎌지고 어쩌고 갖은 핑계를 다 갖다 붙이더니, 이건 왜 된다는 거야?"

"그건 천 마리가 넘었잖아. 이번에 죽여야 하는 건 대충 스물몇 마리뿐이야. 그리고 회전톱의 날은 그냥 톱하고도 완전히 다른 물건이고."

"그리고 전에 내가 무기로 쓴다고 전기톱 달라니까 위험해서 안 된다며! 잘못 들어가면 팍, 튄다며!"

"이것도 들고 설치면 위험하지. 그래서 고정시키려는 거잖아."

열심히 설계도를 바라보고 있던 제니가 그림의 아랫부분을 짚으며 물었다.

"여기로 좀비들이 기어온다는 거잖아요, 오빠. 딱 한 마리가 지나올 수 있는 높이로 맞춰서."

응, 맞아.

유빈이 고개를 끄덕이자 제니는 질문을 이었다.

"그러면 맨 처음 들어온 놈들을 다 죽이고 나서 어떻게 해요? 시체에 막혀서 뒤의 좀비들이 못 들어올 것 같은데요? 시체를 옆으로 빼내요?"

"아니야. 그러면 시체 빼는 그 공간으로 다른 놈들이 기어 나오려고 할 거고, 금방 엉망이 될 거야. 시체를 일일이 치워가면서 하면 시간도 꽤 걸릴 거고. 시체는 일단 그냥 둬. 한 번 싹 다 잡고 나면 섀시 기둥에 고정시켜 뒀던 회전톱이랑 파이프 틀을 한 칸 올려서 새로운 틀을 만들 거야. 여기 1번 기둥에 구멍들 보이지? 거기에 볼트로 끼워서 고정하고 풀고 할 거니까 한꺼번에 네 명이 한 귀퉁이씩 잡고 올리면 돼. 그다음에 셔터도 한 칸 더 위까지 여는 거지."

유빈은 설명을 하면서 선반 자체를 들어 올리는 시늉을 곁들였다. 하나, 둘, 셋… 손을 꼽으며 수를 세본 태권소녀가 물었다.

"그러면 다섯 사람은 최소한 거기 붙어 있어야 되네. 나사를 조일 사람이 필요하니까."

"응. 다섯 명도 좋은데, 양쪽에서 동시에 볼트를 조이는 편이 훨씬 안정적일 거야. 사고 위험도 확 줄고. 그럼 오늘 보안관처럼 따로 뒤에 빠져서 경계만 보는 역할을 규영이가 해줘야 돼. 이 동네에 코스트코 좀비랑 우리만 있는 건 아니니까."

태권소녀와 유빈의 대화를 듣고 있던 신입이 갑자기 화들짝 놀라 끼어들었다.

"잠깐만! 나도 그거 같이해야 한다고?"

"그럼, 당연한 거지. 아까 뭐라고 했어? 남자한테 맡기라며?"

태권소녀가 팍 쏘아붙인다.

아니, 그러기는 했는데…….

신입은 뭐라고 핑계를 대야 할지 고민했다. 하지만 별로 할 말이 없다.

저 혜주라는 길쭉한 계집애는 하여간 말도 싸가지 없이 하고, 때로는 말보다 발이 더 먼저 나와서 상대하기가 영 껄끄럽다. 이럴 때는 그냥 입을 다무는 편이 이득이다. 태권소녀 앞에서 도무지 기를 펴지 못하는 신입에게 유빈이 말했다.

"맨 처음, 가시방석으로 좀비들 잡을 때도 우리들 다 힘 합쳤었잖아. 그때랑 같아. 전부 다 정신만 똑바로 차리고 서로 이야기해 가면서 도우면 그렇게 위험하지는 않아. 그리고… 그 고비만 넘어서면 코스트코 진입이야. 저기에 있는 거 다 우리 거라고. 저 안에 있는 거 전부 다!"

"거미베어!"

태권소녀가 주먹을 꽉 쥐며 또 동기부여를 했다. 제니와 삼식이도 분위기를 맞추며 외쳤다.

"목욕!"

"양주!"

"뭐, 뭐야, 이놈들? 갑자기 왜 이래? 미친놈들처럼."

그저께 무빙워크에서 있었던 대화에 대해 모르는 신입이 주변을 두리번거리며 당혹스러워했다. '양주!' 를 외치던 삼식이가 신입을 보며 웃었다.

"하하하! 동기부여야! 신입! 포기하고 싶고 힘들 때, 그걸 생각하면서 기운을 내라고. 너도 원하는 걸 외쳐 봐!"

잠시 생각해 보던 신입은 입술을 떼려다가 말을 삼켰다. 솔직하게 '제니와 혜주가 비키니 입고 목욕해라!' 라고 외쳐 봐야 괜히 엉덩이나 한 대 걷어차일 뿐이다. 그래서 그냥 삼식이를 따라 외쳤다.

“그, 그럼 나도… 씨발, 코스트코 다 내 거!”

“하하하! 좋아, 신입! 힘내는 거야! 오늘 시체 만지는 연습도 했잖아!”

삼식이가 으샤으샤 분위기를 띄우는 동안 유빈과 보안관은 회전 단두대의 세부적인 부분들과 거기에 필요한 재료들을 어디에서 구할지에 대해 이야기했다.

“섀시는 당장 공구 가게 진열대도 그걸로 만들어져 있으니까 구하는 데 문제없을 거고. 거기에서 가져와야 하는 게… 아시바랑 클램프. 클램프는 90도 꺾인 게 많이 쓰이겠지… 이거는 양이 많으니까 아예 요 앞 건물 공사하는 데 만들어놓은 비계를 뜯어오는 편이 낫겠다. 전동 드릴 가져와야 하고, 나사못이랑… 볼트, 렌치, 바퀴… 야, 이거 다 기억 못하겠다. 좀 써서 체크해가면서 해야 실수가 없지. 야, 이거, 이 회전 단두대인지 뭔지 앞에 막는 건 뭘로 할 거냐?”

“그건 그냥 방범창 같은 걸 떼어 와서 붙이려고. 따로 만들면 시간이 너무 많이 드니까.”

“그러면… 신입이랑 삼식이 차 있는 데로 보내서 세녹스 두 통 가져오게 하고, 공구 가게에 엔진오일은 있을 거고. 선반용 섀시하고 셔터는 오늘 아예 작업을 다 해두는 게 낫겠네. 그밖에 꼭 필요한데 내가 말 안 한 게 뭐 있어, 유빈아?”

“꼭 필요한 거…….”

유빈은 머리를 긁적이다가 대답했다.

"인내심일 거야. 지금 말로는 이렇게 하고 있어도 막상 톱날이 위이잉— 돌면서 좀비들 머리나 목을 잘라 들어갈 때 보는 건 정말 끔찍할 것 같아. 당기는 사람은 그 감촉까지 진동으로 다 느끼면서 파이프를 당겨야 하니까 더 힘들겠지. 내가 생각해 내긴 했지만, 회전 단두대라는 게 워낙에 끔찍한 물건이라서……."

유빈은 아무 생각 없이 그림의 아래쪽에 '회전 단두대'라고 쓰고는 심각한 표정으로 그림을 바라봤다.

인내라… 보안관과 태권소녀도 이마를 찌푸렸다.

그때까지 곁에서 가만히 듣고 있던 제니가 어깨 뒤쪽에서 팔을 뻗어 유빈의 유성펜을 빼앗아 쥐며 말했다.

"오빠는 참, 자꾸 회전 단두대라는 끔찍한 이름으로 부르니까 그렇죠. 이름만 바꿔도 훨씬 덜 소름이 끼칠걸요. 자, 봐요."

유빈이 써놓은 글씨 위에 크게 X표를 찍찍, 그은 제니는 자신이 명명한 새 이름을 적고 마침표까지 딱 찍었다.

안전 수호자.

그러곤 유빈과 보안관, 태권소녀의 얼굴을 보며 씩 웃었다.

"어때요? 느낌이 확 다르죠?"

다들 같은 생각을 했다.

…그럴 리가 없잖아.

ㄹ

잠시 후, 삼식이와 신입이 선로 쪽으로 떠나고, 유빈과 보안관, 태권소녀는 공구 가게 쪽으로 걸어 내려갔다. 제니, 규영은 옥상에서 대기하라고 시켰다.

무지개 색 좀비들의 행렬이 다시 돌아오려면 아직 멀었다는 걸 잘 알지만, 언제 어떤 변수가 있을지 모르니 망을 보다가 호루라기 불어주는 사람은 꼭 두어야 한다.

짐이 많을 거라서 일행은 가던 길에 새 리어카 하나를 장만했다. 노점상들이 사용하던 노점에서 가판대를 치워 버리면 되니까 리어카는 여유가 있는 자원이다.

보안관이 턱 나서서 리어카를 끌자 태권소녀가 뒤에 걸터앉는다. 왠지 재미있어 보여서 유빈도 그 옆에 나란히 앉았다. 나름 낯선 경험이어서 둘은 깔깔거리며 발을 끌다가 들어 올리기를 반복했다.

"야, 뭐해? 내려와. 내가 무슨 소인 줄 알아?"

보안관은 툴툴거리면서도 오히려 속도를 높이는 서비스까지 해준다.

하하하하, 리어카가 빨라지면서 태권소녀의 웃음소리가 커졌다.

승차감은 꽝이지만, 보도의 경계를 지날 때마다 엉덩이가 통통 튀는 것까지도 재미있다. 색다른 맛이 있는 라이딩은 금방 끝났다.

공구 가게 앞에 멈춰 선 보안관은 천천히 리어카의 손잡이를 내려놓았고, 태권소녀와 유빈은 여전히 웃음기가 남은 채로 발딱 일어났다.

"너 이거 잘한다. 인력거 장사해라."

태권소녀의 말에 보안관이 코웃음을 쳤다.

"재능을 인정받으니까 엄청 좋네. 근데, 백번 양보해서 이걸 한다고 해도 누가 타? 살아 있는 사람이 있어야 손님도 있는 거지."

"내가 매일 타줄게."

"아이고, 감사한 말씀이신데요… 한 분만 태워서는 목구멍에 풀칠도 못합니다. 저도 먹고살아야죠. 에… 어디 보자, 일단 회전톱부터 챙기고… 엔진 오일이랑……."

공구 가게 앞에 쳐둔 청테이프를 뜯으면서 보안관이 건성으로 대꾸했다.

한 번 자물쇠를 연 가게에는 청테이프로 테두리를 쳐둔다. 그래야 누군가 들어오지 않았다는 것을 확인하고 마음 편히 들어갈 수 있다.

"먹고사는 이야기가 나와서 그러는데… 너는 왜 운동 안 했냐? 어렸을 때부터 배웠으면 지금보다 더 나았을 텐데."

태권소녀가 묻자 보안관은 무뚝뚝하게 대꾸했다.

"나보다 약한 놈들한테 뭘 배우라고."

그런 후, 보안관은 가게 안쪽으로 들어가 버렸다. 반응이 너무 냉담해서 멈칫해 있는 태권소녀에게 유빈이 귀엣말을 했다.

"운동한 적 없는 척 저러지만, 쟤도 한때 열심히 배웠어. 시합 나가서 자기보다 약한 애한테 실격패로 지고, 그러니까 성질 나서 그만둔 거야. 자기 떨어뜨리고 우승한 놈 얼굴을 아주 곤죽으로 만들어놓고. 판정으로 이긴 새끼가 시상대에 올라갔을 때 얻어터진 얼굴이 공개돼야 한다나. 하여튼 그래. 그 이야기 하면 괜히 저렇게 발끈해."

"…암만 그래도 아깝네, 저 실력에. 하긴 세상이 이렇게 되어버렸으니 올림픽 금메달을 받았어도 다 아무 소용이 없는 일이긴 하지만."

공구 가게에 들어가 필요한 연장들을 챙기면서 태권소녀가 중얼거렸다. 진심으로 보안관의 실력이 아까운 모양이다.

그건 유빈도 동감이다. 원래 네 친구의 계획은 돈을 모았다가 전부 제대하고 난 뒤, 보안관에게 투자한다는 것이었다. 잘 먹이고 훈련을 시켜서 외국 종합 격투기까지 간다는 원대한 꿈이 있었다.

심지어 네 사람은 보안관이 챔피언이 되면 얼마나 수익이 날지, 최하 스폰서 계약 금액은 얼마로 해야 할지, 그런 것까지도 자기들 마음대로 계산해 뒀었다. 그 꿈속에서 유빈은 회계 담당이었다.

아, 여보세요. 세계 챔피언 남광훈 사무실입니다. 나이키요? 저희 챔피언과 스폰서 계약을 하시고 싶다고요? 네? 2억이요? 월간 스폰서인가요? 네? 하하하, 연간 그 금액으로는 안 되죠. 크게 한 장은 쓰셔야 됩니다. 메인 스폰서가 되시려면 한 장 더 쓰셔야 하고요. 저기, 고민하실 거면 먼저 들어가겠습니다. 지금 아디다스 홍보 담당자랑 이야기 중이어서요.

…그런 꿈.

실제로 이룰 수 있을지 어떨지 몰라도 네 명이 방 안에 앉아 맥주병과 과자를 앞에 두고 상상의 나래를 펴는 동안은 좋았다.

투자해 볼 수 있는 친구가 바로 옆에 있다는 것도 좋았고, 그 우정이 한 사람의 성공 따위로 깨지지 않을 거라는 확신이 있어서 행복했다.

후우~

공구 상점 안으로 들어가며 유빈은 작게 한숨을 내쉬었다. 이제 그런 꿈을 꾼다는 건 어리석은 짓이다. 실현될 가능성이 전혀 없으니까.

정말 운이 좋아서 좀비 세상이 끝날 때까지 살아남는다고 해도 전 세계로 격투기가 중계되는 호사를 금방 다시 누릴 수 있게 될 것 같지는 않다.

낭만적인 꿈이 사라진다는 건 슬픈 일이다. 지금 그들은 생존하는 것이 곧 꿈인 세상에서 살고 있다.

다음 날 오후, 보안관 일행 일곱 명은 두근거리는 마음으로 코스트코 앞에 서 있었다. 이제 아주 징그럽고 소름 끼치는 몇 시간을 보내야 한다.

하지만 그것만 넘어서면 달콤한 보상이 찾아올 거다. 적어도 몇 달은 더 생존할 수 있을 만큼의 풍요로운 음식과 물자들이 이 문 너머에서 기다리고 있다.

"다시 한 번 확인해 보자. 흔들어봐."

유빈의 말에 보안관과 삼식이가 양쪽에서 회전 단두대를 잡고 힘을 줘본다.

이미 여러 번 튼튼하다는 걸 확인했지만, 톱에 시동을 걸기 전에 한 번 더 확실히 짚어두려는 것이다. 섀시에 연결된 파이프 선반은 튼튼하다. 나사가 느슨한 곳도 없다.

"그럼, 톱 시동 건다."

파이프 선반 위에 올라선 유빈이 손잡이의 스위치를 꾹 누르고 쓰로틀을 당겼다.

푸륵— 푸륵—

두 번 만에 시동이 걸려서 콘크리트용 원형 톱날은 맹렬한 속도로 돌기 시작했다. 유빈은 공구 주머니에서 절연테이프를 꺼내 스위치를 친친 동여맸다. 손을 떼도 톱이 계속 돌아가도록 하기 위해서다.

위이이이잉—

빠르게 돌고 있는 회전톱을 그대로 두고 유빈은 선반 아래로 내려섰다.

쿵— 쿵—

문 안쪽에서는 좀비들이 쉬지 않고 강화유리를 머리로 들이받고 있다. 어제 섀시 고정 작업을 하는 동안에도 저놈들이 이따금씩 저렇게 소리를 내는 바람에 깜짝깜짝 놀랐었다.

그르르르— 그롸아아—

바닥을 기고 있으면서도 좀비들은 엄청난 기세로 포효해 댔다.

"그래, 실컷 울어둬라. 이제 그 짓도 얼마 더 못할 테니까."

유빈은 어두운 그림자 속의 좀비들을 보며 중얼거렸다. 그동안 회전톱 조종을 맡은 삼식이와 보안관은 길게 뻗어 나온 손잡이를 잡고 회전톱을 좌우로 움직여 본다.

돌돌돌—

손잡이를 움직일 때마다 회전톱 아래에 달아둔 바퀴는 제법 잘 따라 움직여 준다. 이 정도면 큰 문제 없다.

"괜찮지? 열까?"

유빈이 셔터를 내리면서 물었다. 보안관과 삼식이가 고개를 끄덕였다. 유빈은 셔터를 파이프 선반과 묶어 단단히 고정시켰다.

이제 이 셔터는 선반이 위아래로 움직일 때마다 함께 따라 오르내릴 것이다.

셔터의 고정 부위를 확인한 뒤, 유빈은 망치를 들어 강화유리 문을, 좀비들이 그렇게도 두드려 대던 문을 힘껏 내려쳤다.

콰창—!

유리 조각들이 떨어져 내리고, 곧바로 좀비들이 열린 틈으로 기어 들어온다.

그롸아아아아— 그롸아아아—

좀비들은 미친 듯한 기세로 파이프 아래를 기었다. 놈들의 몸이 부딪칠 때마다 그렇게 무겁던 선반도 가볍게 흔들린다. 그리고 좀비들은 그들 앞에 놓인 장벽을 만났다.

턱, 좀비의 손이 단두대 앞쪽을 막아둔 방범창에 걸렸다.

그롸아아—

놈들은 어떻게든 그 너머까지 가지 위해 방범창을 밀어 치고 파이프를 깨문다.

"후우우우~"

담배를 피우고 있던 삼식이가 더 많은 놈들을 꾀기 위해 불붙은 담배를 깡통 안에 던지고, 그걸 앞쪽에 가져다 뒀다. 깡통 모서리에는 배터리용 싸구려 미니 선풍기가 열심히 돌면서 담배 연기를 코스트코 내부로 들여보내고 있다.

"하나, 둘, 셋, 넷… 네 마리네. 슬슬 시작해 볼까?"

함정 안으로 들어와 난동을 치던 좀비들의 수가 네 마리까지 늘어났을 때, 삼식이와 눈빛을 교환한 보안관은 반대편 구석에서 돌고 있던 회전톱을 천천히 잡아당겼다.

위이이이잉—

날카로운 톱날이 회전을 하며 선반을 가로지른다.

지지지직— 가가각—

위이잉—

좀비의 팔이 가장 먼저 날에 걸렸다. 놈의 뼈가 잘릴 때, 그 진동이 파이프를 통해 고스란히 전달되어 와서 보안관은 눈살을 찌푸려야 했다.

위이이잉—

순식간에 팔 하나를 자른 회전톱은 곧바로 놈의 목덜미를 파고들었다.

가가각— 지지이익—

자기 목 뒷덜미가 잘려 나가는 동안에도 좀비는 저항도, 달아나려는 노력도 하지 않는다. 오로지 파이프 너머의 삼식이를 노려보며 잘린 팔을 내저을 뿐이다.

핏— 피핏—

좀비의 목덜미에서 떨어져 나온 살점과 끈적한 검은 피가 측면에 붙여둔 아크릴판에 튀었다.

"아흐으~"

삼식이가 얼굴을 찌푸렸다. 고글과 마스크로 얼굴을 단단히 감싸고 있고, 거기에 아크릴판도 가려져 있는데 꼭 놈들의 피가 피부에 직접 닿는 것 같다. 이걸 보고 있자니 머리통에 못을 박는 것과는 비교가 되지 않을 만큼 기분이 나빠진다.

물론 직접 파이프를 잡고 당기는 보안관은 훨씬 더 죽을 맛이었다. 자신이 당기기 때문에 좀비의 목이 떨어져 나가고 있는 것이다.

파이프를 감싼 손아귀에 아주 싫은 감각이 전해져 온다. 두꺼운 보호 장갑조차 그 느낌을 차단해 주지 못하고 있다.

툭.

톱날에 걸리던 아주 약한 저항이 사라졌다. 목뼈를 포함해 목이 3/4 이상 잘린 좀비의 머리가 아래로 뚝 떨어진다. 녀석은 이제 죽었다.

위이이잉—

톱날은 조금도 페이스를 늦추지 않고 다음 목표를 향해 나아간다. 두 번째 좀비의 어깨 근육을 잘라낸 톱날은, 놈의 두개골과 관자놀이를 가르기 시작했다.

파바박—

순식간에 머리통에 커다란 금이 생겨난다. 당기고 있는 방향의 반대편인 삼식이 쪽 아크릴판에 초록색 뇌수가 팍 튀어 뒤덮였다.

주르르르.

뇌수에 섞인 두개골 조각들이 아크릴판을 타고 흘러내린다.

"우우욱! 우웨엑!"

거리를 둔 채 바라보고 있던 신입이 가장 먼저 반응했다. 신입은 황급히 마스크를 끌어내리고 구석으로 뛰어가 뱃속에 들었던 모든 것을 토해냈다.

"왜 그래요? 왜……."

등을 돌린 채 골목 쪽을 보고 있던 제니와 규영이 불안해하며 물었다. 절단 현장을 보게 했다가는 도저히 뒷감당이 안 될 것 같아 그 둘은 처음부터 돌려 세워놨었다.

자신은 이런 거 아무렇지도 않다면서 고집스럽게 앞을 보고 있던 태권소녀가 말했다.

"…그냥 역겨워서 그래. 위험한 일 없으니까 돌아보지 마."

규영이 제니의 손을 꽉 잡았다.

"누나… 나 무서워요. 괜히 내려온다고 했나 봐요. 저 소리도… 후우, 후우……."

"괜찮아, 규영아. 오빠들 믿고 앞에 봐. 우리는 망보면 돼. 그게… 우리 일이야."

다독이는 제니의 목소리도 떨리기는 마찬가지였다. 잠시 후, 저 좀비들을 다 죽이고 나면 선반을 한 칸 올리는데, 그땐 자신도 전동 드라이버를 들고 가서 나사를 조여야 한다.

얼마나 끔찍한 걸 봐야 하는지도 두렵지만, 자신이 겁을 먹고 실수를 할까 봐 그게 더 무섭다.

나사를 떨어트리거나 해서 모두에게 피해를 끼치면 어쩌지?

후우, 후우~ 제니는 제대로 호흡하기 위해 안간힘을 썼다.

위이이잉—

회전톱은 이미 두 번째 좀비의 머리를 측면에서 세로로 갈라놓고 세 번째 좀비의 목을 자르는 중이다. 세 번째 좀비는 다른 놈들에 비해 왜소했다. 넉넉하게 닿을 것이라고 계산해서 세팅해 둔 톱날이 놈에게는 좀 높았다.

톱날은 좀비의 뒷목을 아주 얕게 자르고 지나쳐 네 번째 좀비의 팔뚝 살을 파고들기 시작했다.

"아, 젠장! 왜 한 번에 안 죽고 또 일을 두 번 하게 하냐… 사람 돌아버리게!"

보안관이 이를 악물었다. 한 번을 지켜보고 있는 것만으로도 충분히 괴로운데, 이걸 왕복하기 시작하면 톱날이 좀비를 자르는 건지, 사람의 인내심을 자르는 건지를 모를 지경이 될 것이다.

어쨌든 톱날의 진행을 멈추고 있으면 좀비가 움직여서 제 힘으로 머리를 들이밀지 않는 한 이 작업은 안 끝난다.

보안관은 다시 천천히 파이프를 당겼다. 너무 빨리 당기면 선반 끝의 파이프를 자를 위험이 있으니까 속이 뒤집히는 것 같아도 눈을 똑바로 뜨고 보면서 힘 조절을 해야 한다.

가가각— 가각—

갑자기 좀비가 머리를 드는 바람에 뒤통수가 톱날에 걸려들었다. 보안관은 황급히 손을 멈췄다. 머리카락이 무척 짧던 두 번째 놈과 달리 이 좀비는 긴 머리가 치렁치렁했다. 머리카락은 위험하다.

콘크리트도 잘라내는 다이아몬드 날이지만 머리카락이 축에 말려 들어가면 어떤 문제가 일어날지 모른다. 모르는 게 당연하다. 이런 걸 잘라본 적은 한 번도 없으니까.

보안관은 파이프를 뒤로 밀고 좀비가 다시 머리를 숙일 때까지 기다렸다. 그런데 이놈, 어지간히 정신없이 움직여 댄다.

"야, 얘 좀 어떻게 해봐! 방향을 바꾸든지, 아니면 목을 좀 더 앞으로 빼게 하든지 뭔 수를 좀 내. 머리카락 때문에 어떻게 해야 할지를 모르겠어!"

짜증인지 두려움인지 모를 감정 때문에 보안관의 언성이 높아졌다. 그사이에 세 번째 놈이 또 난리를 치다가 팔이 날에 걸려들었다.

지지지직—

놈의 가느다란 팔뚝이 순식간에 잘려 나간다.

"멈춰봐! 아예 삼식이 쪽으로 쭉 빼! 삼식아, 네가 당겨! 찬찬히!"

이쪽저쪽을 뛰어다니며 내부의 상황을 살피던 유빈이 다급하게 외쳤다. 삼식이는 잔뜩 몸을 움츠리면서도 손잡이를 당겼다.

위이이잉— 카가가각—

세 번째 좀비의 얼굴 반쪽이 순식간에 날아간다. 놈의 이빨이 선반과 아크릴판에 튀고 바닥에 뒹군다. 좀비들의 피와 뇌수가 찐득한 검은색과 녹색이기에 망정이지, 정말 큼직한 피범벅이 될 뻔했다.

위이잉—

한쪽 끝으로 회전톱을 빼낸 뒤, 세 친구는 긴급한 회의를 열었다.

"아, 머리카락. 왠지 저거, 진짜 걸리면 안 될 것 같은데… 계획 짤 때엔 전혀 생각을 못했네. 그냥 좀 힘들어도 위에서 무거운 걸로 내리찍을 걸 그랬나?"

유빈이 난감한 얼굴로 중얼거렸다. 보안관이 고개를 저었다.

"그거라고 돌발 상황이 없었겠냐? 그런 거 후회하지 말고, 저거 어떻게 할지나 생각 좀 해봐."

"머리카락이야 뭐, 태우면 되잖아. 금방 타."

삼식이가 별거 아니라는 듯 말했다.

"재 머리를 태운다고? 뭘로? 토치로? 만약에 불을 질렀다가 옷이나 이런 데 옮겨붙으면 어떻게 해? 골치 아파질걸?"

보안관이 반박을 했다. 유빈도 같은 생각이라서 '그래그래'를 남발한다. 하지만 삼식이는 여전히 태평이다.

"하하, 이 바보들. 하도 끔찍한 걸 봐서 머리가 어떻게 되는 것 같았는데, 너희들 때문에 내가 웃는다. 왜 그렇게 계산이 안 돼? 일단 잘라. 머리카락이 끼더라도 모터가 멈출 때까지는 그냥 해봐. 어차피 과열되면 엔진이 자동으로 멈춰. 저게 얼마짜린데 엔진이 탈 때까지 계속 돌겠어? 다 자르고 난 다음에 엔진

끄고 머리카락 끼어 있는 것만 태우면 되잖아. 뭐, 기계에 무리가 갈지는 모르지만, 오래 써야 하는 거 아니니까. 오늘만 어떻게 돌리면 되는 거 아냐?"

유빈과 보안관은 서로 얼굴을 마주 봤다. 삼식이의 말을 듣고 나니 그럴듯했다.

하긴 머리카락일 뿐이니까…….

괜히 진지하게 고민하며 소리를 질렀던 자신들이 바보 같다.

"그래, 알았어. 일단 삼식이 말대로 해보자. 지금 이걸 중단하고 새 방법을 찾는 것보다는 그게 나을 것 같다. 그럼 그건 됐고… 어때? 할 만해?"

유빈의 질문에 보안관은 고개를 절레절레 흔들었다.

"아, 영 안 좋아. 이건… 그냥 치고받는 게 훨씬 마음이 편하겠어."

"못 견디겠으면 내가 손잡이 잡을게."

"야! 됐어! 나 하기 싫은 일을 널 주겠냐? 그리고 어차피 네가 하는 일도 그렇게 속이 편할 것 같지는 않아. 다시 시작하자. 그… 세 번째 좀비… 저기 저 바짝 마른 놈 있잖아, 저놈 목에 안 걸리더라. 네가 높이 조절해."

보안관과 삼식이는 다시 양쪽 손잡이로 돌아가고, 유빈은 대걸레 자루를 방범 창살 사이로 집어넣었다. 대걸레 자루의 끝부분에는 긴 송곳이 달려 있었다.

대걸레 자루를 창처럼 찔러 넣던 유빈은 몇 차례의 시도 끝에 결국 놈의 목 주변에 송곳을 박을 수 있었다. 조금 전, 얼굴이 워낙 처참하게 손상당해서 목 외에는 찌를 만한 곳이 별로 없다.

"잡았어! 올라간다! 당겨!"

유빈은 배에 힘을 꽉 주고 자루를 들어 올렸다.

찌직, 가죽이 찢기는 소리와 함께 좀비의 얼굴이 위로 들린다. 그 틈을 놓치지 않고 보안관이 손잡이를 당겼다.

위이이잉—

회전날이 몇 센티미터 더 높이 올라온 좀비의 목 위를 지난다.

까드드득—

뼈가 갈리는 소리가 났지만, 톱날은 마치 두부 사이를 지나가듯이 부드럽게, 별 힘을 들이지 않고 옆으로 이동했다. 발버둥을 치던 좀비의 움직임이 뚝 끊어진다.

녀석이 완전히 죽은 것을 확인한 유빈이 막대기를 빼내는 동안, 보안관이 조종하는 톱날은 네 번째 좀비의 치렁치렁한 머리카락과 단단한 두개골을 동시에 잘라 버렸다.

이제 겨우 네 마리를 잡았을 뿐인데 측면의 아크릴판은 온갖 체액과 뇌수로 뿌옇게 뒤덮여 버렸다.

"한 칸 올릴까? 다 죽은 것 같은데?"

삼식이가 물었다.

"아니! 확인 삼아 몇 번 더 왕복해. 확실히 죽었다는 걸 확신하기 전까지는 판 올리지 않을 거야."

유빈의 말이 맞다. 이미 죽은 놈들의 시체가 손상되는 걸 보기 싫다고 살아 있는 친구의 목숨을 위험에 내몰 수는 없는 노릇이었다.

보안관과 삼식이는 미동도 없는 좀비들의 시체 위로 두 번 더 회전톱을 지나가게 했다. 그리고 손끝에 전해지는, 이 더러운 감각을 저주했다.

위이이잉— 위이이잉— 파파팟—

톱날은 무심하게 회전하며 범위 내에 들어오는 모든 것을 갈랐다. 뒤의 좀비들이 동료의 시체를 밀어 대는 바람에 네 마리 좀비의 몸뚱이는 금방 엉망이 되어버렸다.

"자, 이제 손잡이 스톱! 내가 올라가서 일단 끌게."

함정 아래의 좀비들이 결코 다시 살아나지 못할 거라는 걸 확신한 유빈이 선반 위로 올라가 손잡이를 조여둔 테이프를 풀었다.

회전톱이 완전히 멈추고 나서 유빈은 제니와 태권소녀, 신입을 불렀다. 한 칸 올릴 시간이다.

"우웁!"

선반을 들기 위해 합류한 세 사람은 누구라고 할 것 없이 모두 좀비들의 끔찍한 꼴을 보며 구역질을 했다.

다가가서 선반의 볼트를 푸는 태권소녀와 제니의 몸이 덜덜 떨린다. 시체 바로 옆에 앉아서 선반을 받치고 있는 신입도 안색이 새파랗다.

"다 풀었어요!"

제니가 외친다. 태권소녀도 같은 말을 복창했다.

끄응차~ 네 사람은 선반의 네 귀퉁이를 잡고 두 칸 위로 끌어 올렸다.

씨이이잉—

제니와 태권소녀는 양옆에서 전동 드라이버를 이용해 나사를 조였다. 제니가 앞쪽에서 작업할 때 태권소녀가 뒤쪽을 맡았고, 그 다음에는 그와 반대로 해서 중심이 어그러지지 않도록 주의했다.

"자! 힘내자! 이제 앞으로 다섯 번도 안 남았어. 이 페이스면 스물 몇 마리라야 금방이야."

나사가 단단히 조여졌는지 확인한 후, 선반 위에 올라 회전톱의 시동을 다시 걸면서 유빈이 외쳤다.

위이이잉—

톱날이 돌기 시작하고, 유빈은 손잡이를 테이프로 감았다. 규영과 제니가 등을 돌린 걸 확인한 유빈은 바닥에 내려와 셔터를 조금, 아주 조금 들어 올렸다.

콰장창—

요란한 소리를 내며 좀비들의 시체 더미 위로 다른 놈들이 덤벼들었다.

위이이잉—

놈들이 아무렇게나 휘두르는 팔이 벌써 회전톱의 날에 휘말려 갈리기 시작한다.

기기기긱—

끔찍한 소리가 난다. 살면서 절대 듣고 싶지 않은, 그런 소리다.

이 짓을 앞으로 대여섯 번은 더 해야 한다는 생각에 모두의 등에서는 식은땀이 흘렀다. 이 순간의 기억은 앞으로도 아주 오랫동안 가장 끔찍한 악몽 중 하나로 남게 될 것이다.

6장

좋은 사람들

1

상봉동 코스트코에서 회전 단두대가 제 임무를 다하고 있을 때, 웅덩이 아래쪽으로 산책을 나온 진우는 아주 흐뭇한 미소를 지으며 나뭇가지를 바닥에 두드리는 중이었다.

"자, 봤지? 주워 오는 거야. 알았지?"

헥헥… 대장 개는 좌우로 풀쩍거리며 진우의 손에 집중하고 있다. 진우는 나뭇가지를 멀리 숲속으로 내던졌다.

얼—

녀석은 짧고 낮게 짖은 뒤, 곧바로 내달렸다. 그러고는 금방 진우가 던진 나뭇가지를 찾아 물고 돌아왔다.

"후후후, 잘했어, 잘했어. 옳지!"

침이 뚝뚝 떨어지는 나뭇가지를 넘겨받고, 진우는 또 환하게 웃으면서 녀석의 목덜미를 쓸어줬다.

이 개, 정말 끝내준다. 용맹하고, 순종적이고, 잘 훈련되어 있다. 생긴 것과 달리 무지하게 영리하다. 이제는 생긴 것도 귀여워 보이기까지 한다. 지금껏 그가 보았던 흔한 개들과는 완전히 다르다.

"너 잃어버린 주인은 엄청 아까워하겠다. 살아 있다면 말이지."

장난기가 가득한 눈으로 자신을 바라보고 있는 녀석에게 진우가 말했다. 정을 주지 말자던 다짐은 어디로 다 사라지고, 이미 그의 마음은 녀석에게 푹 빠졌다.

비록 말 한마디 못하는 녀석이지만, 살아 숨 쉬는 내 편이 곁에 있다는 것만으로도 마음이 한결 편안해진다. 특히 잠들 때 그렇다.

"멍멍아, 그만. 돌아가자. 이제 그만 놀고 밥 먹어야지. 너무 뛰어다니면 허기져."

진우가 개를 진정시키며 앞서 걸었다. 녀석은 잠시 진우의 뒷모습을 바라보다가 쫄래쫄래 따라왔다.

멍멍이… 진우는 아직 녀석에게 이름을 지어 부르지 않았다.

몇 개나 떠오르는 이름이 있었지만, 굳이 그걸 입 밖으로 소리 내서 부르는 걸 삼가게 된다. 녀석이 좋지만, 아직 동행에 대한 확신이 서지 않는 부분이 있어서였다.

"이 녀석, 완전히 내 뜻대로 통제될 수 있을까……. 암만 영

물인 척해도 결국 개일 뿐인데."

앞질러 걸어가는 녀석의 엉덩이를 보며 진우는 자신의 고민을 중얼거렸다.

같이 놀고, 먹고, 잠들 때는 좋지만, 만약 그가 사람들의 눈을 피해 숨어야 하는 상황이 온다면… 그때도 이 개가 말썽 피우지 않고 그의 마음처럼 움직여 줄까?

그럴 것 같지 않다.

혹시라도 이 녀석이 군인들을 침입자로 알고 짖는다면, 그래서 군인들의 눈길을 한 번 더 끌게 된다면… 그렇게 되면 도망자인 진우에게는 치명적인 문제가 일어날 수 있다.

아무리 개가 귀여워도 녀석 때문에 자신의 목숨이 위협 받는 건 싫다. 그것이 두려워 진우는 아직도 마음을 정하지 못하고 있었다. 그리고 그래서 그는 아직 녀석에게 이름을 붙여주지 않은 것이다.

같이 가도 될까?

그는 매시간마다 그 질문을 스스로에게 던지고 있다.

그렇게 진우가 고민을 곱씹으며 숲속을 헤쳐 나가고 있을 때, 앞서 걷던 녀석이 우뚝 멈춰 섰다. 그러고는 아주 낮게 짖었다.

얼!

거의 들리지 않을 정도의 작은 소리였다. 이럴 거면 뭐하러 짖나 싶을 정도.

"왜 그래, 멍멍아? 토끼라도 있어? 못 잡아. 지금 총소리 내면 안 돼.”

진우는 녀석의 머리를 쓸어주며 지나쳐 가려 했다. 그때, 녀석이 진우의 탄띠를 꽉 물고 뒤로 당겼다.

“어?”

진우는 놀라 뒤를 돌아보았다. 녀석은 아직도 탄띠를 놓지 않고 있다.

“뭐야, 인마? 이건 무슨 장난인데?”

진우가 손으로 밀어내려고 해도 녀석은 목만 돌려 슥, 피하고 한 번 더 당긴다. 놈은 전력을 다하는 것 같지 않은데 몸 전체가 훅 당겨갈 정도다. 어지간히 장사다.

“더 놀자고? 밥 먹을 거라니까.”

하지만 놈의 눈빛에는 데굴데굴하던 장난기가 사라져 있다. 이상하다는 걸 눈치챈 진우가 다시 물었다.

“왜 그래? 이쪽으로 가지 말라고?”

진우는 전방으로 고개를 돌렸다.

웅덩이로 가는 길.

그저 평범한 산길이다. 나무들이 울창하고, 잡초와 덤불이 있는 고요한 숲…….

조금 전에도 여기를 지나 산책을 나왔다. 그때나 지금이나 수상하다고 할 만한 점은 없다.

그가 앞을 둘러보고 있는 동안에도 녀석은 계속 허리를 당겨댄다. 진우도 나름 버티고는 있지만, 점점 더 당기는 힘이 세져서 결국 뒷걸음질을 쳐야 했다.

"알았어, 알았어. 간다. 네 말 들을게. 그만 당겨. 넘어지겠다."

진우가 발을 떼기 시작하자 녀석의 당기는 힘도 줄어들었다. 방향까지 바꿔가며 몇 미터 뒤의 언덕 너머로 끌고 온 녀석은 진우를 반강제로 주저앉혔다.

"야, 너 진짜 뭘 느끼기는 하고 그러는 거야?"

놈의 장단에 맞춰 놀아나는 것 같아 진우는 영 마음이 편치 않았다. 슥, 진우가 앉고 나니 녀석도 비로소 탄띠를 놓아주고 바로 곁에 웅크리고 앉았다. 헥헥거리는 숨소리마저 크기가 확 줄었다.

"하… 이게 또 뭐하는 짓이야? 으, 축축해. 다 젖었잖아."

언덕 아래의 덤불 사이에 모습을 숨기면서도 진우는 계속 툴툴거렸다. 군복 바지는 녀석의 침으로 범벅이 되어 있다. 그래도 동시에 마음 한구석에서는 두근대는 느낌이 생겼다.

그제 들개들이 가방을 찢고 먹을 것을 훔쳐 가려 할 때, 이 녀석이 미리 알고 달려가지 않았다면 꼼짝없이 당했을 거다. 그러니까 이번에도 뭔가 있을지 모른다.

자신이 좀비를 느끼는 것보다 더 뛰어난 어떤 감각을 가진 걸까?

진우는 개를 따라 숨소리를 낮추고 덤불 틈 사이로 언덕 너머를 노려보며 기다렸다.

그렇게 기다리기를 1분. 아무것도 변화가 없다. 하지만 진우는 인내심을 가지고 기다렸다. 또 1분, 그리고 또 1분…….

진우는 옆의 개를 돌아보았다. 녀석은 똘똘한 척 연기를 하며 30도 좌측에 시선을 고정시켜 두고 있다.

슬슬 속은 건가 하는 생각이 들기 시작했다. 이러다가 이놈이 벌떡 일어나 아무렇지도 않게 척척 걸어 나간 뒤에 뒤를 힐끔 돌아본다면… 개에게 놀림을 당한 꼴이 된다.

진우는 마지막이라는 심정으로 녀석의 시선을 따라 고개를 돌려봤다. 움직이는 것은 없다. 그저 바람에 흔들리는 잡초와 덤불들뿐. 5분은 된 것 같다. 이제 충분히 기다렸다.

'내가 미친놈이지……. 뭔 생각에 개가 시키는 대로…….'

진우는 일어서기 위해 바닥을 짚었다.

턱—

개의 앞발이 진우의 손을 누른다. '아직! 기다려!' 라고 하는 듯하다. 진우는 황당해져서 녀석의 눈을 봤다.

야, 그런 훈련은 인간이 개한테 하는 거야. 개가 사람한테 가르치는 게 아니라고…….

하지만 녀석은 재차 앞발로 단호하게 진우의 손을 누른다.

이놈에게 어떻게 서열을 제대로 알려주지… 하고 진우가 고민할 때, 왼쪽에서 아주 미세한, 그러나 확연히 알 수 있는 인위적인 냄새가 바람에 섞여 날려온다. 진우는 가슴이 뜨끔해져서 좌측으로 고개를 돌렸다.

화약 냄새다. 다른 곳이었다면 느낄 수 없을 만큼 미미한 향이지만, 온통 나무와 풀 향기로 가득 차 있는 평화로운 산속에서는 그 차이를 인지할 수 있었다.

'어디지?'

바쁘게 주변을 훑던 진우는 30여 미터 떨어진 나무 사이에서 덤불 더미들이 걸어 나오는 광경을 보았다.

머리와 어깨, 그리고 전술 조끼에까지 온통 위장용 장비와 풀들을 걸친 사람들이 움직이는 숲처럼 천천히 이쪽으로 다가온다. 이렇게 가까이 다가올 때까지 전혀 눈치채지 못했다.

총인원은 여덟. K—2와 저격소총으로 무장하고 있다. 진우가 가지고 있는 총과 같은 모델인 것 같다. 개중에는 더 큰 구경의 대물 저격소총을 메고 있는 군인도 있었다. 위장이며 개인화기, 몸짓까지 모든 요소가 위험한 놈들이라는 걸 일러준다.

진우는 소리를 죽여 총을 고쳐 잡고 모드를 안전에서 3점사로 돌렸다. 이제 여차하면 곧바로 갈길 수 있는 준비가 됐다.

옆에 앉아 있는 개가 혹시 부주의한 소리를 낼까 봐 조마조마하다. 놈이 얼— 하는 순간, 바로 일어나 방아쇠를 당겨야 한다.

진우는 마음속으로 우선순위를 정했다. 만약 교전하게 된다면 K—2를 들고 있는 넷을 먼저 쏘고, 그다음에 저격소총 셋을 잡아야 한다. 대물 저격소총을 메고 있는 상대는 맨 마지막으로 돌려도 될 것 같다.

얼마 만에 끝낼 수 있을까…….

2, 3초. 그걸 넘어가면 승부를 장담할 수 없다. 이 덤불들 한 명, 한 명이 다 심상치 않은 기운이 풍겨져 나온다. 웬만하면 부딪치지 않고 지나가는 게 가장 좋기는 하다.

진우가 입술을 꽉 깨물고 머리를 굴리는 동안, 덤불들은 신중하게 주변을 경계하며 천천히 나무들 사이를 지났다.

그들의 진행 방향은 진우가 가려고 했던 방향과 거의 직각. 그대로 계속 쭉 가면 이 산을 넘어가 서쪽 산의 기슭과 만나게 될 것이다.

휘이이—

바람이 불어와 얼굴의 땀을 식혀주었다. 미처 의식하지 못했는데, 지금 진우와 개는 바람이 부는 방향을 마주 보고 있다. 애초에 그런 위치로 그를 끌고 왔던 개는 지금 주둥이를 꾹 다물고 아무 소리도 내지 않는다.

진우의 정면 쪽까지 다가온 덤불들이 잠시 멈춰 섰다. 거리는 여전히 20여 미터. 각도는 진우가 숨은 언덕보다 약간 아래다.

이제 선택의 기로에 섰다. 저놈들의 목적이 뭔지는 모르지만, 여기에서 더 오래 시간을 끌거나 여러 방향으로 흩어지는 기미를 보인다면… 아예 지금 쏴버리는 편이 더 승산이 높다. 지금은 지형적으로도 그가 유리하고, 기습이라는 장점도 있다.

'그냥 쭉 가… 멈춰 서지 말고 쭉.'

진우는 덤불들을 노려보며 생각했다. 그중 한 놈이 지도와 나침반을 꺼내 들고 주변을 둘러본다. 아마도 위치와 방향을 확인하는 모양이다.

잠시 후, 길고 지루한 대기가 끝나고 덤불들은 다시 움직이기 시작했다. 그리고 진우가 예상했던 대로 서쪽 능선 너머로 사라져 버렸다.

망원경으로 놈들의 뒷모습을 끝까지 쫓던 진우는 그들의 머리가 능선에 가려져 보이지 않게 된 후에야 다시 모드를 안전으로 돌리고 긴 한숨을 내쉬었다.

젠장, 하마터면 어디에서 날아온 것인지도 모르는 총알을 맞고 죽을 뻔했다.

헥— 헥— 헥—

개도 참아왔던 숨을 헐떡인다. 진우는 녀석의 둥글넓적한 얼굴을 가만히 바라봤다.

이놈… 대체 어떻게 알았을까? 우연일까, 아니면… 화약 냄새를 미리 맡았던 것일까?

잘 놀다가 갑자기 멈춘 것이나, 바람을 마주하고 숨은 것이나, 전부 다 우연일 뿐이라고 치부하기에는 어려운 부분들이 많다.

하지만 만약 이 녀석이 화약 냄새를 곧 위험이라고 여긴다면 대체 내게는 왜 그리 친근하게 접근했던 걸까?

진우는 그 점을 이해할 수 없었다.

"멍멍아."

진우는 머리를 쓸어주며 녀석을 불렀다. 녀석은 반응하지 않고 군인들이 사라진 방향을 주시하고 있다. 이놈의 이상한 습관이다. 그렇게 치대고 애교를 부리는 놈인데, 진우가 부르면 돌아보지를 않는다. 자기 이름이 아니라서 그러는 건지, 아니면 정말로 귀가 먹은 건지…….

"멍멍아, 인마."

진우는 녀석의 볼을 잡고 돌리며 다시 불렀다. 녀석의 볼은 아주 잡을 게 많다. 투견답게 가죽의 주름도 많고 잘 당겨진다. 개는 한쪽 입술이 벌어진, 바보 같은 표정이 되어 진우를 돌아보았다.

"너 진짜 군인들이 오는지 알고 그런 거야? 그런 재주가 있어?"

그러나 녀석은 아무 표정의 변화 없이 천진한 눈빛으로 진우를 보며 헥헥거릴 뿐이다. 벌려진 입술 사이로 떨어진 침이 진우의 엄지손가락을 타고 흐른다.

그런 녀석의 얼굴에서 조금 전 진우를 이쪽으로 끌고 와 엄하게 앉히던 때의 총명함은 찾아보기 어렵다.

"…정체가 뭔지는 모르겠지만, 이걸로 벌써 세 번이나 날 구해줬네. 고맙다."

진우는 녀석의 이마와 머리를 쓸어주었다. 녀석은 '오, 그렇지. 시원하다' 하는 표정으로 지그시 눈을 감는다. 녀석의 행복해하는 얼굴을 보면서 진우는 결심했다.

서울까지, 아니, 그 후의 모든 여정을 이 녀석과 함께하겠다고. 이제 더 이상 버리고 가느니 마느니 하는 고민 따위는 하지 않을 것이다.

널름!

진우가 녀석과의 동행에 대한 계획을 세우고 있을 때, 개가 손을 핥는다. 마치 '잘 생각했어' 라고 하는 것 같다.

훗, 진우는 녀석의 두툼한 목을 다독거리면서 물었다.

"이제 갈까?"

얼— 녀석이 뻔뻔한 얼굴로 낮게 대답한다. 이럴 때는 멀쩡하게 반응을 하면서 왜 총을 쏠 때나 멍멍이라고 부를 때는 전혀 안 들리는 척을 하는지…….

참 이상한 녀석이다. 수수께끼도 많고.

혹시 구미호 같은 건데 개로 둔갑한 걸까? 그럼 왜 하필 개로?

어쨌든 진우는 녀석과 함께 일어나 웅덩이 쪽을 향해 걸어 올라갔다.

물이 풍요로워서 지내기가 편했지만, 여기도 이제 슬슬 떠나야 할 때가 왔다. 한 번 군인들이 눈에 띄었으니, 앞으로 점점 더 많은 군인들이 이 근처를 기웃거리게 될 것이다.

일반 병사들도 아니고, 고도로 훈련된 저격수들이다. 평화로운 숲이 피 냄새와 총성으로 뒤덮일 날도 머지않았다.

'어디로 가야 하지?'

진우는 나무로 빽빽하게 뒤덮인 숲을 둘러보며 생각했다. 아직 힘의 균형이 팽팽히 유지되고 있는 상황이라 방향 선택이 조심스러울 수밖에 없다.

조금씩, 아주 신중하게 교전 지역으로부터 멀어져야 한다. 말이 쉽지, 다가올 고생이 눈앞에 선하다.

"아참."

개와 나란히 걷고 있던 진우가 자신의 머리를 가볍게 두드렸다. 녀석은 이상 행동을 보이는 진우를 흥미롭게 쳐다본다. 진우는 녀석의 눈을 향해 친근하게 웃어 보이며 말했다.

"너, 이름을 지어줘야지. 언제까지 멍멍이라고 부를 수는 없잖아."

다시 평소의 맹한 얼굴로 돌아온 개는 그저 혀를 내밀고 헥헥거릴 뿐이다. 진우는 지난 이틀 동안 생각해 뒀던 이름을 불렀다.

"킹!"

녀석은 아무런 반응이 없다.

바보 같은 녀석, 자기 이름 불러주는 건지도 모르고.

진우는 다시 친절하게 반복했다.

"킹! 이제 네 이름은 킹이야, 킹! 어때? 멋있지?"

손가락으로 콕, 찍어가며 일러주기까지 했는데 아무런 호응이 없다. 조금 기운이 빠진다.

좋아할 거라고 생각했었는데…….

진우는 뜻을 일러주며 팔을 쫙 벌렸다.

"왕이라는 뜻이야, 인마. 킹! 캬~ 좋다. 자, 이리 와, 킹!"

개가 고개를 홱 돌린다. 개로부터… 외면을 당했다. 이 꼴을 본 사람이 아무도 없어서 다행이다.

킹은 싫은가 보군. 멋있는 이름인데…….

뭐, 그럴 수도 있지. 자기 이름을 갑자기 바꾸는 거니까.

진우는 너그럽게 제1안을 포기하고, 그가 두 번째로 좋다고 생각했던 이름을 불렀다.

"그래, 그럼 썬더로 가자. 썬더!"

돌아보지도 않는다. 진우는 녀석을 앞질러 가서 다시 입 모양을 보여주며 불렀다.

"썬더."

개가 하품을 했다. 그러고는 진우를 지나쳐서 걸어간다. 진우는 녀석의 엉덩이에 대고 말했다.

"그럼 뭐가 좋은 건데? 너 계속 이런 식이면 그냥 멍멍이라고 부를 수밖에 없어. 영어는 어려워서 그래? 아, 좋아. 그러면 튼튼이 어때? 튼튼아!"

그렇게 웅덩이에 도착할 때까지 진우는 수많은 이름으로 개를 불렀다.

대장, 초코, 맥스, 펀치, 버디, 해피, 흑표, 흑호, 돼지…….

이 개새끼는 한 번도 대답해 주지 않았다. 결국 진우는 이름 붙여주기를 포기했다. 위장해 둔 가방 옆에 턱 앉아버린 녀석을 보면서 진우가 중얼거렸다.

"까다롭네, 그 새끼. 쯧, 자기 전에 다시 시도해 봐야겠다. 나는 킹이 마음에 쏙 드는데……."

ㄹ

상봉동 코스트코의 회전 단두대에서는 계속 잔혹한 작업이 반복됐다. 회전톱은 일정한 속도로 계속 돌고, 좀비들은 동료들의 시체 위로 기어오르며 철창 너머에서 기다리고 있는 유빈을 향해 돌진했다.

철컹!

철창을 들이받아 아우성을 치고 있는 좀비의 어깨와 목 위로 날카로운 회전톱이 지난다. 보안관과 삼식이는 멘탈이 거의 파괴된 표정으로 손잡이를 당기고, 또 밀었다.

위이이이잉—

가가각! 기긱!

잘려 나가는 살과 뼈.

좀비가 확실히 죽는지 확인하기 위해 두 눈을 부릅뜨고 지켜봐야 하는 유빈의 얼굴에도 다크 서클이 짙게 드리워져 있다.

선반이 좀비들의 시체로 꽉 찰 때마다 한 칸씩을 올렸던 회전 단두대는 이제 5단까지 높여져 있다. 문 안에는 더 이상 좀비들이 보이지 않는다. 이게 마지막이다.

그리고 그마저도 한 마리만 더 처리하면 다 끝난다.

위이잉—

회전톱이 마지막 한 마리의 목 위로 지난다. 이 좀비는 발버둥을 치다가 다른 좀비 시체 사이에 끼어버렸고, 그 후로 좀처럼 위로 올라오지 못하고 있다.

그르렁거리는 포효 소리만 들릴 뿐, 밖에서는 잘 보이지도 않는다. 이래서야 아무리 회전톱을 좌우로 밀고 당겨도 이미 죽어 있는 좀비들의 시체만 계속해서 잘라낼 뿐이었다.

"잠깐만 잡고 있어봐. 내가 찍어서 올려볼게!"

유빈이 송곳 달린 막대기로 좀비 시체들 사이를 쑤시며 삼식이에게 외쳤다.

…알았어.

삼식이가 지친 목소리로 대답하고, 잔뜩 더럽혀진 고글을 닦는다.

작업용 장갑의 손바닥에는 온갖 끈적한 액체들이 묻어났다.

"익! 어디 있냐! 어디! 좀 박혀라"

유빈은 좀비들의 시체 사이로 막대기를 찔러 넣고 헤집으며 소리를 질렀다. 보안관과 삼식이의 손에 전달되는 느낌도 끔찍하지만, 직접 좀비 몸을 쑤셔 대야 하는 유빈의 이 작업은… 정말 속이 다 뒤집어지는 일일 터였다.

푸숙— 푹—

좀비들의 썩은 몸뚱이를 뚫고 송곳이 박히면, 그걸 다시 빼내야 한다. 워낙 시체 더미가 빽빽하게 쌓여 있어서 눈으로 보이지는 않지만… 자신이 찌른 게 죽은 좀비인지, 아니면 아직 움직이는 좀비인지는 확실하게 알 수 있다.

살아 있는 좀비는 끊임없이 움직이며 몸을 챈다. 잠시도 가만히 있는 법이 없다. 그래서 송곳을 찌르면 잡고 있는 사람이 휘청댈 만큼 막대기가 흔들렸다.

푸숙— 푸숙—

몇 차례나 좀비 시체의 살을 쑤셔 댄 후에야 비로소 손끝으로 느낌이 전해진다.

크게 요동치는 막대기.

놈을 찾아냈다.

"잡았다! 올릴게!"

유빈은 곧바로 막대기 끝에 힘을 줘 더 깊이 박아 넣고, 몸을 낮추며 들어 올렸다. 단순히 막대기만 지레처럼 누르다가는 뚝 부러질 위험이 있어서다.

끄으응— 끄응—

유빈은 용을 써가며 다른 좀비들의 무게에 눌려 있는 마지막 한 놈을 위쪽으로 밀어 올렸다.

그롸아아아—

그러는 동안에도 좀비 역시 맹렬하게 몸부림을 친다. 이러다가는 근육이 찢겨서 송곳이 빠져 버리지 않을까 불안할 정도로 격한 움직임이다.

유빈은 손끝의 느낌만으로 계속 좀 더 송곳을 깊숙하게 쑤셔 넣으면서 동시에 위쪽으로 빼냈다.

"아! 나왔다! 머리 보이냐?"

좀비의 썩은 대가리가 다른 좀비들의 잘린 목들을 옆으로 밀어내고 쑥 올라온다. 유빈의 송곳은 놈의 쇄골과 갈비뼈 사이에 박혀 있었다.

그롸악! 그락!

좀비는 처음부터 꺾여 있던 어깨를 휘저으며 어떻게든 몸을 움직여 보려고 난리를 쳤다.

"그대로 있어! 당긴다!"

보안관이 손잡이를 당기며 큰 소리로 외쳤다. 유빈은 놈을 놓치지 않기 위해 막대기를 꽉 움켜쥐었다.

위이이잉—

회전톱이 레일을 타고 죽 전진하며 좀비의 목뼈를 가른다.

가가각!

그러는 동안에도 놈은 끊임없이 몸을 채고 포효한다.

지이잉—

회전톱이 놈의 목을 완전히 지나자 포효 소리가 뚝 그친다. 유빈의 손에 전달되던 그 맹렬한 몸부림도 갑자기 멈춰 버렸다.

위이잉—

고개를 떨군 좀비의 벌어진 뒷목 위로 확인차 다시 한 번 톱날이 지나갔다. 이번에는 아무런 반응이 없다. 놈은 확실히 죽었다.

"…끝났다."

삼식이가 손잡이를 놓으며 한숨을 내쉰다. 유빈은 막대기를 놓고 회전톱의 전원부터 차단했다.

위이이이이… 푸득… 푸득…….

몇 시간 동안이나 거의 쉼 없이 울려 대던 회전톱 엔진 소리와 좀비들의 포효가 모두 한꺼번에 사라지자 세상이 갑자기 고요해진 것 같다.

친구들은 서로 얼굴을 마주 봤다. 이제 다 끝났다. 더럽게 지치고 감정이 소모되었지만, 아무도 죽거나 부상당하지 않고 용케 코스트코 내의 그 많던 좀비들을 다 잡았다. 이 끔찍한 싸움을 끝까지 불평 한마디 없이 치러냈다.

턱, 유빈과 삼식이가 손바닥을 마주 쳤다. 그런 후, 두 친구는 보안관과도 손을 마주쳤다. 마음 같아서는 부둥켜안고 등이라도 두들겨 주고 싶은데, 장갑 바닥이 워낙 더러워서 꾹 참았다.

"다 잡았어."

보안관이 멍한 얼굴로 나머지 일행들에게 말했다. 전투 담당이었지만, 고집스럽게 과정 전체를 지켜보고 있던 태권소녀가 고개를 끄덕인다. 등을 돌린 채 계속 마음을 졸이며 망을 보고 있던 제니도 한숨을 내쉬었다.

그녀는 그제야 규영이의 머리 뒤에서 귀를 막아주고 있던 손을 뗐다. 제니의 손을 꽉 움켜쥐고 버티던 규영이가 겁에 질린 눈으로 제니를 돌아본다.

"어? 끝, 끝났어요?"

"응, 그래. 끝났대. 이제 괜찮아."

그러고는 제니가 뒤로 돌아섰다.

"고생 많았어요. 힘들었죠?"

모두를 안아주려고 두 팔을 벌리며 다가서자 보안관이 질색을 하며 물러난다. 좀비 체액과 뇌수를 뒤집어쓴 이런 몸을 제니의 피부에 닿게 하고 싶지 않다.

"아, 아냐, 아냐. 지금 엄청 더러워. 만지면 안 돼."

"큭! 크흑!"

신입이 갑자기 훌쩍거리기 시작했다. 녀석은 세 번이나 구토를 해 대면서도 끝까지 도망치지는 않았다. 그리고 다리를 후들거리면서도 이를 악물고 자신의 임무였던 선반 들어 올리기를 충실히 수행했다. 삼식이가 허탈한 표정으로 미소를 지으며 달랬다.

"왜 울어, 신입? 이제 힘든 거 다 끝났는데."

"씨발… 모르겠어. 기분이 이상해서 그래. 쪽팔리게… 씨발, 쿨쩍."

눈물을 훔치려던 신입의 팔을 삼식이가 붙들었다.

"야, 너 이 손으로 눈 만지면 100프로 눈병 난다. 눈썹도 아직 절반밖에 없으면서. 뚝 그쳐."

잠시 휴식을 취하기로 한 일행들은 뒤쪽으로 물러나 바닥에 주저앉은 채 코스트코 정문과 회전 단두대를 멍하니 바라봤다.

새시로 만들어놓은 틀과 선반은 켜켜이 쌓여 있는 시체들로 꽉 찼다. 바닥에는 좀비에게서 흘러나온 체액과 뇌수가 엉켜 고여 있다. 역겹고 소름 끼치는 광경이다.

멀쩡히 움직이고 있던 좀비들을 저런 상태로 만든 게 바로 자신들이기 때문에 어제 부패한 시체들을 치웠을 때와는 완전히 다른 종류의 충격이 모두의 감정을 뒤흔들었다.

'좀비니까 괜찮아……' 라는 짧고 단순한 이유로 아무리 자신을 합리화해 보려고 해도, 좀처럼 마음이 진정되지 않는다.

"후우~ 저거, 오늘 다 치우는 게 낫겠지?"

장갑을 벗고 담배를 피워 문 삼식이가 시체 더미를 가리키며 물었다. 좀비들의 악취로 가득한 거리로 담배 냄새가 퍼지자 오히려 산뜻하기까지 하다.

응, 유빈은 고개를 끄덕였다.

"아무래도 그렇겠지. 내일 저걸 또 만지려면 목욕도 두 번 해야 하고… 저 상태로 내버려 두고 들어가면 계속 신경이 쓰일 테니까. 잠깐 숨 좀 돌렸다가 마저 하고 옷을 갈아입자. 나도 물

좀 줘."

유빈은 보안관에게서 물병을 넘겨받아 마셨다. 마스크와 고글을 쓰고 일했기 때문에 얼굴은 몸에 비해 깨끗하다.

꿀꿀꿀, 빈속에 물이 타고 들어가며 요란한 소리를 낸다.

유빈은 물병을 다시 보안관에게 건네고 일어났다. 다들 얼이 빠져서 좀비 시체에만 시선이 꽂혀 있으니까 자신이라도 망을 보기 위해서다.

"어디에 치우지? 어제 그 트럭은 꽉 찼는데. 또 트럭 하나 찾으면 되나? 아, 젠장. 머리가 잘린 놈들이 많아서 그거 만지기가 영 기분 더러울 것 같다."

보안관이 투덜댔다.

목, 그것만 들어 올려야 한다니…….

언젠가 영화에서 보았던, 사람을 제물로 바치는 어느 부족의 잔인한 제의 장면이 떠올라 또 욕지기가 일었다. 생각만 해도 소름 끼친다. 무슨 망나니도 아니고…….

그렇다고 어제 내장 치울 때처럼 삽으로 그것만 따로 담아 버린다는 것도 또 너무 끔찍하다. 내장과 머리는 뭔가 상당히 다른가 보다.

어쩔 수 없지. 일단 목을 포대에 담고 치울 때는 몸과 함께…….

어흐으! 생각을 하다가 몸서리가 쳐진다. 유빈은 이마를 찌푸렸다.

"…소주 땡긴다."

삼식이가 손바닥을 들여다보며 중얼거린다. 회전톱의 진동이 아직도 고스란히 남아 있다. 퀭해진 녀석의 얼굴이 오늘 얼마나 감정 소모가 심했는지를 고스란히 드러내 준다. 혜주가 동의한다.

"나도……."

굳이 소리 내 말은 안 했지만, 유빈도, 보안관도 크게 다르지 않은 심정이었다. 이런 짓은 이제 정말 하고 싶지 않다.

"저 청소 하고 나면 네 말대로 이제 정말 끝이지? 씨발, 이제 역겨운 거 더 안 해도 되는 거 맞지? 괜히 다른 말 하는 거 아니지?"

신입이 유빈에게 물었다. 말투며, 표정이며, 아주 간절하다. 슬쩍 신입을 돌아본 유빈은 잠시 머뭇거리다가 대답했다.

"그… 거의 다 한 거나 다름없지. 이제 이 시체들 치우고 코스트코 안에 있는 시체만 치우면 끝나니까."

"하아~ 뭔 놈의 시체가 그렇게 많아? 씨발… 그거는 또 얼마나 되는데?"

"글쎄, 정확하게 세어보지는 않았는데, 여기 이것보다는 좀 더 많을 거야."

신입은 영혼이 빠져나간 듯 눈을 크게 뜨고 울상을 짓는다. 시체 만지는 일, 지긋지긋하다. 멀쩡하게 죽은 시체도 아니고, 하나같이 다들 깨지고 터지고 뇌가 흘러내리는 좀비 시체들…….

죽었다는 걸 빤히 알고 있지만, 갑자기 억— 하고 달려들 것 같아서 가까이 가야 할 때마다 매번 무섭고 두렵다. 싫다, 싫어.

뒤로 자빠져서 어린애처럼 발을 동동 구르는 신입을 보며 규영이가 말했다.

"아직도 톱에 뼈 잘리는 소리가 들리는 것 같아요. 지금 병원 가서 검사해 보면 아마 우리 전부 다 외상 후 스트레스 장애 판정 받겠죠? 오늘 밤에 잠이 들면 어떤 꿈을 꾸게 될까요?"

"그건 제니한테 물어보면 돼. 예전에 좀비들 불태웠을 때 어마어마했거든. 아마 오늘 밤에도 소리 엄청 지를 텐데……."

삼식이가 제니를 가리킨다. 평소였다면 장난스럽게 받아쳤을 제니지만, 오늘은 순순히 고개를 끄덕였다.

"네, 무서워요. 그러니까 오늘은 다 같이 잤으면 좋겠어요. 혼자서는 도저히 못 잘 것 같아요. 나사 돌리는 동안에도 미치는 것 같았어요. 안 봐야 한다고 생각했는데도 눈이 자꾸 바닥의 좀비 시체들로 가서……."

"그래그래, 다 같이 자면 되지. 내가 지켜줄 거니까 걱정하지 마."

보안관이 안타까워하며 가슴을 두드린다. 태권소녀가 물었다.

"다 같이 자다니… 일곱 명이나 되는데 어디서… 그리고 그보다, 오늘 밤에는 경비 안 봐?"

"아니, 봐야 돼. 내일은 종일 코스트코 안에 들어가 있을 건데, 혹시라도 바깥에 무슨 일이 생기면 안 되지."

등을 돌리고 서 있던 유빈이 단호하게 대답했다. 다들 지쳐서 어리광을 부리고 싶다는 건 알지만, 제일 힘든 일을 다 끝내놓고 방심했다가 후회하고 싶지는 않다. 담배를 뻑뻑 빨아대던 신입이 물었다.

"오늘 들어가지 않고?"

"저 안이 100퍼센트 안전하다고 할 수 없으니까. 게다가 지금처럼 몽롱한 상태로는 안 들어가고 싶어. 푹 자고 내일 기운 바짝 차린 다음에. 그리고 앞으로 세 시간 후에는 좀비들이 이 앞으로 지나갈 시간이잖아. 이래저래 오늘은 힘들어."

정말 혼자 자기가 두려웠는지 제니가 경비에 대해 절충안을 냈다.

"그럼 다 같이 망을 보면서 자면 되죠. 가발 가게 넓던데. 이불 가져가서 깔고, 같이 이야기하고, 간식도 먹고."

"그거 좋네. 술도 한잔하고."

담배를 비벼 끄며 찬성을 표시한 삼식이가 물을 벌컥벌컥 들이켠 후, 장갑을 주워 낀다. 다시 시체들과 씨름할 시간이다.

3

다음 날, 오전 11시가 조금 지난 시간에 그들은 코스트코 정문 앞에 섰다. 그사이 누가 다녀간 흔적은 없었다.

셔터도 어제 그들이 내려놓은 그대로 자물쇠가 채워져 있다. 햇살은 반짝이고, 주변에서는 락스 냄새와 시체 썩는 냄새가 반반씩 섞여 난다.

어제 밤늦게까지 술 한잔씩을 기울이고 아무거라도 스트레스를 줄일 수 있는 이야기를 하느라 늦잠을 잤다는 걸 제외하면 모든 게 순조롭다.

"드디어!"

신입이 얼굴을 쓸어내리며 중얼거렸다.

"여기를 접수하는구나. 씨발, 그동안 한 걸 생각하면 진짜……."

나머지 여섯 명도 가슴이 두근거리기는 마찬가지였다.

이 안에 있는 그 모든 물건들, 풍요로운 삶. 특히나 물! 그리고 이 요새처럼 단단해 보이는 구조의 커다란 건물.

이 안에 안전하게 입성하기만 하면 한동안은 생존에 대한 고민 없이 살 수 있다.

그렇기 때문에 그 지독한 일들을 꾹 참아가며 했고, 이제 막 보상이 이뤄지려는 참이다. 두근거리지 않는다면 그게 더 이상하다.

"들어가기 전에 마지막으로 한 번 더 확실히 하자."

보안관이 해머를 짚으며 말했다.

"내가 제일 앞서서 갈 거야. 내 앞으로 아무도 나가지 마. 괜히 마음에 드는 물건 있다고 흥분해서 뛰어나가면 위험해."

"넵! 대장님!"

삼식이와 제니가 거수경례를 하며 꼿꼿이 몸을 세운다. 삼식이는 그나마도 왼손으로 했다. 보안관은 신경도 쓰지 않고 다음 주의 사항을 말한다.

“플래시로 비췄을 때 뭐든 보이면 곧바로 소리 내서 말하기야. 그리고 확인은 내가 하는 거니까 함부로 손대지 말고.”

“근데, 진짜 그렇게 쫄 만큼 위험해? 셔터 안에 유리문이 깨진 채로 꼬박 하루 가까이가 지났는데, 좀비가 없잖아. 어저께 이 앞에서 시체 치울 때에도 안쪽이 조용했고. 안쪽에 뭐가 있기는 해?”

삼식이가 원론적인 질문을 한다. 보안관이 진지한 얼굴로 대답했다.

“안에 뭐가 있는지 나도 모르지. 모르니까 일단 몸을 사리라고. 우리들 중에 누구든지 손톱만큼이라도 물리… 아니, 다치는 거는 절대 싫어. 조심해서 손해 보는 건 시간밖에 없는데, 우리가 시간은 좀 넉넉한 편이잖아.”

“야, 네 말 뭔 소리인지 알겠는데… 그런데 이건 꼭 지고 가야 되냐? 어차피 이 안에 들어가면 다 있는 거잖아. 불편한데 벗어놓고 가자.”

신입이 배낭을 들썩거리며 말했다. 유빈이 정해둔 표준 생존 장비, 즉 스패너와 망치, 물병, 하루 치 먹을 것이 들어 있는 배낭이라 무게는 좀 된다. 잔소리꾼 유빈이 곧바로 차단했다.

“안 돼에~ 벗지 마. 버릇처럼 메고 다녀야 돼. 특히 낯선 데는. 그 가방 안에 든 작은 배터리 하나가 네 생명을 구할 수도 있어.”

“오케이, 오케이. 알아들었으니까 들어가기나 하자.”

기분 좋은 날이라서 그런지 신입도 더 고집 피우지 않았다.

헤드 랜턴의 스위치를 켠 보안관은 코스트코 셔터의 자물쇠를 풀었다.

드르르륵—

셔터를 올리고 천천히 안으로 들어간 보안관이 들어오라는 신호를 보낸다. 보안관 바로 뒤에 야구방망이를 든 태권소녀가, 그 뒤에 플래시를 든 제니와 신입, 그리고 휠체어를 미는 삼식이가 걸어 들어갔다.

맨 뒤에는 유빈이 섰다. 셔터를 내려놓았지만 잠그지는 않았다. 여차하면 튈 수 있어야 하니까.

환한 대낮인데도 코스트코 내부는 어두웠다. 매장에 창문이 없는 구조여서 외부의 빛이 들어올 수 있는 통로가 아예 존재하지 않는다. 헤드 랜턴과 플래시의 불빛에 온전히 의지해야만 한다.

"어휴~!"

보안관이 악취 때문에 진저리를 쳤다. 무빙워크가 있어서 공기가 완전히 갇혀 있지는 않았을 테지만, 그래도 매장에 들어서자마자 썩은 악취가 강하게 진동한다.

"무빙워크 쪽부터!"

보안관은 매장 왼편으로 방향을 잡았다. 철망으로 막힌 벽을 따라 몇 걸음 더 들어가자 태권소녀에게 들은 대로 무빙워크가 나타났다.

보안관은 신경을 곤두세운 채 엉망으로 얽혀 있는 카트들과 그 너머를 살폈다. 난간과 바닥에 머리가 깨지고 허리가 접힌 채 죽어 있는 좀비들의 시체가 널브러져 있다.

움직이는 것은 보이지 않는다. 복도의 끝에는 아래층에서 올라오는 무빙워크가 있다. 아직 1층 정찰이 끝나지 않았으니 거기까지 들어가면 안 된다. 고립될 수도 있기 때문이다.

"막아놓자."

보안관이 뒤쪽을 경계하는 동안, 유빈과 삼식이가 카트들을 모아서 복도 전체를 막는 바리게이트를 이중으로 쳤다. 이제 만약 뭔가가 이리로 지나온다면 카트의 쇠가 요란하게 찰캉거리게 될 거다. 이제 뒷문 단속은 끝났다. 본격적인 매장 탐방에 나설 차례다.

"저거 봐!"

삼식이의 손가락과 헤드 랜턴 불빛이 가리키는 곳으로 모두의 고개가 돌아갔다.

철책의 격자무늬 철망 사이로 매장 안에 걸려 있는 대형 튜브욕조가 보인다. 아이들 두세 명은 족히 들어가 물놀이를 즐길 수 있을 만한 크기다. 그 옆에도 여러 종류의 물놀이 용품들이 잔뜩 매달려 있다.

"야아~"

모두의 입에서 탄성이 터진다.

저걸 옥상에 올려두고 물을 가득 담아 햇살을 받으면서 목욕 겸 물놀이를 할 수 있다면… 그리고 맥주를 한잔!

"흥분하지 말자, 아직은."

보안관이 조심스러워하며 말했다. 하지만 실은 그 역시 두근거리고 있다.

무빙워크 쪽에서의 접근을 차단한 일행들은 두 번째 단계에 돌입했다.

매장 수색!

말이 수색이지, 뭐 좋은 게 있는지 눈으로 확인하는 시간이다.

이 단계에서 가장 유념해야 하는 사항은 물건에 홀리지 말고 위험 요소가 없는지에 집중해야 한다는 것이다. 물론 알면서도 지키기 어렵다.

"직진해서 오른쪽으로 한 칸씩 확인해 나가자."

내부 구조를 아는 태권소녀와 보안관이 이동 경로에 대해 논의하고 있을 때, 삼식이는 비어 있는 여러 개의 카트 중에 깨끗한 놈을 골랐다.

"규영아, 여기로 바꿔 앉자."

카트를 골라서 가지고 온 삼식이는 규영이를 번쩍 안아 올려 그 안에 집어넣었다.

"다리 편하게 됐어? 어때?"

규영이가 카트 뒤쪽에 기댈 수 있게 도와주며 삼식이가 물었다.

네, 규영이는 고개를 끄덕였다. 삼식이는 카트를 가볍게 앞뒤로 밀어보고 방향도 바꿔본다.

"엉덩이 울려?"

"아, 아뇨. 그냥 괜찮은 편이에요."

"좋아, 이렇게 하면 우리는 정찰과 쇼핑을 동시에 할 수 있게 되었지. 여기 있으면 아래쪽에서 물릴 위험도 없고, 여차할 때 돌파하기도 좋을 거야. 부우웅~"

혜주가 힐끔 뒤를 돌아보았다가 빙긋 웃어주고 다시 보안관과 이야기를 마저 한다.

"여기가 출구 쪽인 거 잘 기억해 둬."

매장 입구에 걸려 있는 커다란 표지판을 가리킨 뒤, 보안관이 앞장서서 들어갔다. 그런데 사실 다들 그리 긴장하지는 않고 있었다. 단순히 물욕에 눈이 먼 것은 아니다.

그동안 경험한 대로라면, 몰래 숨어서 인기척을 숨기는 좀비라는 건 없다. 지금까지 아무 일이 없다는 건 그린 라이트일 가능성이 99퍼센트다. 지금 조심하는 건 단지 그 나머지 1퍼센트가 생명을 빼앗을 수도 있기 때문이다.

물건들이… 정말이지 엄청나게 많았다. 일반 대형 마트처럼 진열되어 있는 물량으로 끝나는 게 아니라, 그 위층으로 선반 두 개에 걸쳐 팰릿째 포장된 예비 물품들이 빼곡히 쌓여 있다.

다가올 가을은 물론이고, 내년 가을이 지날 때까지도 끄떡없을 것 같은 물량이다.

"오, 선탠오일. 이런 건 하나쯤 있어줘야지."

매장 입구의 계절상품 전시대를 지나며 삼식이는 태닝 오일 한 병과 비치 타월 두어 장을 집어 규영이에게 넘겼다.

그걸 카트 바닥에 내려놓으며 규영이가 히죽 웃는다.

제니 누나의 등에 이걸 발라주는 상상만 해도… 후후후.

"우와! 오빠, 저거 마음에 들어요."

공기 주입식 소형 물놀이 풀장들이 천장에 주렁주렁 매달려 있는 지점을 지날 때, 제니가 그중 하나를 가리켰다. 두 명이 겨우 들어갈 수 있을 크기에 하얀색 사각형이고, 옆에는 컵 홀더와 물총까지 달려 있다.

태권소녀도 흥미가 가득한 얼굴로 다양한 모양과 크기의 풀장들, 그리고 튜브들을 바라본다.

"이것도 괜찮은 것 같아. 예쁘다."

그녀가 말한 것은 옆면에 분홍색 별과 하트가 그려진 둥근 풀장이다.

어머, 진짜. 언니, 잘 골랐다…….

제니가 맞장구를 치고 뭔가 여자들만의 수다 분위기가 만들어진다.

"아냐! 아냐! 이따가~ 한 바퀴 돌고 나서 안전해진 다음에."

맨 뒷줄에 서 있던 유빈이 시어머니 역할을 해서 대화를 깬다.

다시 일행은 전진. 이번에도 또 거대한 유혹이 밀려온다. 등나무 그네 의자… 거기에 대형 파라솔, 바비큐 세트. 해먹까지… 열대 휴가 풀세트다. 조금 전에 유빈의 잔소리를 들었건만, 멈춰 서고 싶다.

"으음, 이거는 옥상에 올려놓을 수밖에 없겠네."

그 곁을 지나며 삼식이가 진지한 얼굴로 중얼거린다. 녀석이 규영이를 태운 카트에는 어느새 여러 가지 물건들이 잔뜩 쌓여 있다. 별로 꼭 필요한 물건들도 아니다. 그사이 규영이는 홍삼액을 뜯어서 쪽쪽 빨아먹고 있다.

옷들이 쌓여 있는 공간을 지나서 가전제품과 사무 용품이 진열된 칸을 통과했다. 커다란 TV와 냉장고, 에어컨들이 잔뜩 늘어서 있지만, 거의 무용지물이다.

가전제품은 아무래도 꺼려진다. 발전기를 동원해서 소주를 식혀 먹는 사치를 부려도 되는 것인지, 또 그렇게 하는 행동이 혹시라도 좀비들을 꾀는 것은 아닐지 걱정이 되기 때문이다.

이따금씩 엎어져 있는 냉장고나 피가 튄 흔적들, 상품이 다 쏟아져 내린 진열대들이 눈에 들어온다. 이 안에 갇혔던 사람들이 좀비를 피해 필사적으로 달아나던 흔적이다.

그것들이 눈에 띄자 물놀이 생각에 느슨해졌던 긴장감이 다시 올라간다. 죽음은 언제든 닥쳐올 수 있다.

"랜턴이네."

조명 기구 진열대에서 걸이용 손잡이가 달린 랜턴을 발견한 보안관이 흥미를 보인다. 전시품을 집어 든 태권소녀가 위아래를 돌려가며 살피다 스위치를 찾았다.

팟—

랜턴이 켜지자 사방으로 빛이 뻗으며 순식간에 주변이 다 환해진다. 플래시로 한 방향만 비출 때의 답답함이 해소되는 기분이다. 랜턴을 위로 들어 올리며 태권소녀가 말했다.

"아늑하네. 이 정도면 한 칸에 세 개 정도씩만 걸어놔도 굳이 플래시 안 켜고 다닐 수 있겠는데?"

"그렇게 하자. 물건도 산더미처럼 쌓여 있구만. 여기서 박스 다 뜯은 다음에 카트에 담아서 끌고 가다가 길목마다 하나씩 걸어놓자."

유빈이 적극적으로 찬성했다.

"그래? 그럼 배터리부터 찾아야 하는데……."

주변으로 눈을 돌리자 엘리베이터 전체를 꽉 채울 수 있을 만큼의 배터리가 진열되어 있다.

역시 소비자의 동선을 감안한 배치. 상술이 보통이 아니다. 물론 그 위로도 두 칸에 걸쳐 예비 박스들이 채워져 있다.

우와~ 그들은 자신들이 대량생산 자본주의의 천국에 와 있음을 재차 실감했다.

보안관과 태권소녀가 양쪽에서 길목을 지키고 있는 동안, 나머지 일행들은 랜턴 포장을 벗겨내고 AA 사이즈 배터리를 채워 넣었다.

사용 설명서에 따르면 25시간 연속 사용이 가능하다니까, 오늘 여기에서 돌아다니는 동안에는 계속 환하게 지낼 수 있다.

유빈이 근처에서 끌고 온 카트에 배터리를 채운 랜턴들을 차곡차곡 담았다. 후텁지근하고 악취가 가득한 공간 속에서 땀을 뻘뻘 흘리면서도 다들 웃고 있다. 즐겁다.

"밝다. 훤하네!"

길목마다 랜턴을 걸어두거나 올려두니 눈이 다 시원하다. 물론 선반에 튄 핏자국도 더 선명하게 보이기는 한다.

다시 전진. 랜턴을 담은 카트는 신입이 밀고, 제니가 계속 꺼내놓는 역할을 맡았다.

주방 기기, 헬스 용품, 비타민, 목욕 용품, 세탁 용품 따위를 모두 지나서 우측 벽과 붙은 맨 마지막 칸에 마실 것들이 있었다.

물, 탄산수, 탄산음료, 스포츠 음료, 에너지 음료… 그리고 그 오른편의 문이 열린 창고 안에는 진열된 것보다 훨씬 더 많은 물이 그득그득 쌓여 있다. 한쪽에 세워진 지게차로 실어 날라야 할 정도의 물량들이다.

만세! 만세다! 창고 바닥이 말라붙은 피로 점철이 되어 있든 말든 지금 이 순간만큼은 만세다.

"주문하시겠습니까? 뭘로 드릴까요?"

삼식이가 웨이터 자세를 취하며 제니에게 물었다. 제니가 고상한 척 옆머리를 넘기며 대답한다.

"음… 페리에로 할게요. 레몬은 얹지 마세요."

"탁월하십니다."

삼식이는 페리에 박스를 뜯어 제니에게 건네며 태권소녀를 향해 고개를 돌렸다. 태권소녀는 조금 쑥스러워하면서도 장난에 동참했다.

"저는 에비앙으로……."

그렇게 모두가 어린애 같은 표정이 되어 음료수 박스를 뜯어 마시고 있을 때, 레드 불을 벌컥거리던 신입이 말했다.

"야, 그런데 맥주가 없잖아. 비싼 양주 같은 것도… 생각해 보니까 지금 지나쳐 온 거, 다 먹지도 못하는 것들뿐이잖아."

태권소녀가 대답했다.

"그건 한 층 더 내려가야 돼. 먹을 건 주로 거기에 있어."

일행은 음료수를 쭐쭐 빨면서 지하 1층 이동전용 무빙워크 쪽으로 움직였다. 컴컴한 지하 1층에는 고기와 야채 썩는 냄새가 잔뜩 깔려 있어 어지간히 숨쉬기가 불편했다. 간간이 바닥에 떨어져 깨진 포도주가 발효한 냄새도 섞여 있다.

팟, 제니가 랜턴을 켜서 박스 위에 올렸다. 생각보다 깨진 유리병이 많다. 다 치우려면 시간이 좀 필요할지도 모르겠다.

"네가 좋아하는 게 처음부터 나왔네."

각종 술들이 진열되어 있는 모습을 보며 삼식이가 신입을 돌아봤다.

맥주, 양주, 포도주, 보드카, 소주, 사케… 난리가 났다.

"이것 봐, 이건 비싼 거라서 진열장에 넣어놨나 봐. 사토 페트…뤼스, 원산지 프랑스, 에… 가격이… 와, 세다. 이십육만 팔천이백칠십구십… 아, 아니네. 이백육십… 이백육십만 원! 이거 한 병에? 보안관, 이것 좀 봐! 이게 거의 삼백만 원 돈이야! 우와!"

강화 아크릴 커버 안에 눕혀놓은 와인을 구경하던 삼식이가 눈을 동그랗게 뜨고 탄성을 질렀다.

"진짜? 에이, 네가 잘못 봤겠지."

오류를 지적하려던 유빈도 '오호!' 하고 감탄한다. 정말로 와인 한 병에 그 값이다. 바로 옆에도 사백만 원짜리 코냑과 백

칠십만 원짜리 위스키가 있다.

"이게 돔 페리뇽이구나. 이름만 들어봤지, 실제로 보는 건 처음인 것 같다. 이것도 20만 원이 넘는데 비싼 것들 사이에 있으니까 왠지 싸구려 같네."

신입과 삼식이, 유빈이, 세 촌놈이 고가의 술을 보고 고개를 끄덕이며 군침을 삼킨다. 엄청나다. 평생 먹어볼 일 없었을 술들이 잔뜩 있다.

"역시 이런 날은 샴페인이죠! 뜨뜻한 것도 맛이 있을까? 어쨌든 우리 이거 가져가서 이따가 마셔요."

제니도 진열장 속의 돔 페리뇽을 가리킨다.

"네가 사는 거야?"

삼식이가 물었다. 제니가 진지하게 대답한다.

"네! 돈 받으러 오면 제가 다 낼게요. 걱정 말고 드세요."

"그럼 이 샤토 페트… 그것도 마실까? 이백육십이야."

"응, 무한정! 뭐든지!"

오케이! 삼식이는 만족스러운 표정으로 자물쇠를 뜯어냈다. 그러고는 고가의 와인 두 병과 코냑 한 병, 샴페인 네 병을 꺼내 규영이 옆에 놓았다.

파티를 위한 시간이 다가온다. 치익, 신입은 벌써 맥주 캔을 따서 기울이며 따라오고 있다.

많은 신선 식품들이 아깝게도 썩어버렸지만, 음식은 아직 잔뜩 남았다. 포테이토칩과 과일 통조림만 먹어도 몇 달은 문제없이 버틸 수 있을 정도다.

"어, 형! 나 저거! 저거요! 말린 체리."

규영이가 찍으면 삼식이가 집어서 준다. 규영이의 카트 안은 각종 과자와 안주로 덮였다. 코스트코 내부 정찰을 다 끝마쳤을 즈음, 평화로운 행진의 맨 앞을 걸어가던 보안관이 진열대에서 뭔가를 집어 뒤로 돌아섰다.

"자."

그가 태권소녀에게 내민 것은 커다란 봉지에 꽉 찬 거미베어 젤리였다.

"네 거 여기 있네. 고생 많았어."

어? 어어…….

태권소녀가 조금 볼을 붉히며 젤리를 받는다. 그러고는 모깃소리같이 작게 대답했다.

"고마워."

"이제 셔터 내리고 목욕하자! 실컷 돌아봤다."

삼식이가 팔을 들어 올리며 외친다.

목욕! 제니도 합류했다.

"아… 아직 시체도 다 안 치웠는데… 바닥 청소도 한 번 해야 하고… 할 일 다 해놓지 않고 그러면 마음이 편치 않잖아. 목욕은 정리 다 끝내놓은 다음에 해도……."

걱정왕 유빈이 만류하려 들었지만, 곧바로 야유가 쏟아진다.

우~ 우~

그의 편은 한 명도 없다.

"목욕… 근데, 뭘 입고 하려고? 옷 같은 것도 준비해 와야 하잖아."

"위층에 수영복 잔뜩 있던데."

거미베어 봉지를 소중하게 들고 있는 태권소녀가 무뚝뚝하게 대답한다.

수영복?

그 한 단어에 몇 명인가는 가슴이 두근댄다. 유빈은 또 핑계를 대봤다.

"물을 목욕할 만큼 실어서 올라가려면 하루 종일 걸릴걸? 생각해 봐, 네 층이나 끌고 올라가야 돼."

"타이어 갈러 와서 열쇠 맡겨놓은 차들 몇 대나 서 있더라. 자동차 배터리 바꿔서 그걸로 옥상까지 셔틀버스 운행하면 돼."

"어머! 그럼 그 차 에어컨으로 샴페인도 식혀서 먹어요!"

그래도 유빈은 바닥에 굴러다니는 깨진 병 조각과 핏자국이 계속 신경 쓰인다.

"으, 이렇게 어지럽혀진 상태에서 노는 건 성미에 진짜 안 맞는데……. 내가 한 이틀만 더 참으라고 하면……."

우~ 우~!

또 야유. 어린애처럼 유치하게 다들 한마음이 됐다. 이러면 이길 도리가 없다. 유빈은 어쩔 수 없이 고개를 끄덕였다.

"알았어. 근데 오늘만 날이 아니니까 간단하게 하자."

다들 고개를 끄덕인다. 하지만 그들 중 진심으로 동의한 사람은 단 하나도 없었다.

4

"내가! 세상의 왕이다!"

잔뜩 흥분한 신입이 맥주를 입과 얼굴, 가슴에 부으며 생난리를 친다. 늘 구석에 음침하게 서서 꿍얼대던 놈이 그러고 있으니 유빈조차 잔소리를 못하겠다.

하긴, 유빈도 가슴이 계속 두근거린다. 옛날 해적들이 보물섬을 찾으면 이런 기분이었겠지 싶다. 매일 샤워를 한다거나 하는 미친 짓만 벌이지 않으면 이제 배고프고 목마를 일은 없다. 아주 오랫동안.

지난 두 시간 동안 코스트코 옥상은 호텔 수영장 빰치는 초호화 리조트로 변모했다. 대형 파라솔 그늘 아래에는 식탁과 등나무 의자, 그물 침대가 설치되어 있고, 공기 주입식 풀은 세 개나 된다. 식탁 위에는 음료수, 과자, 술이 넘치도록 쌓였다.

"하하하하!"

삼식이가 밝게 웃으며 공기 주입식 풀에 물을 붓는다. 풀 하나를 채우기 위해 깜짝 놀랄 정도로 많은 양의 물이 필요하다.

평소의 유빈이었다면 당장 멈추라고 말렸겠지만… 뭐, 코스트코 정복 첫날이니까 이 정도 사치는 누려도 된다고 스스로를 납득시켰다.

그 지옥 같은 시간 동안 묵묵히 함께 고생한 것을 생각하면 친구들 모두 이보다 더 큰 상을 받아도 된다. 풀장은 위에 비닐 커버를 씌워두면 몇 번쯤은 반복해서 사용할 수 있다. 땟국물로 곧장 변하겠지만.

코스트코의 물탱크에 아직 물이 남아 있다는 것도 든든한 부분이다. 매장에 있는 브리타 정수기를 이용하면 정 급할 때 식수로도 쓸 수 있을 것이다.

여기는 사람들이 농성을 하며 버틴 곳이 아니라 순식간에 휩쓸려 떼죽음을 당한 곳이어서 모든 게 바닥을 드러내지 않았다.

"하아~"

유빈도 간만에 마음의 평화를 느끼며 접이식 해변 의자 위에 몸을 뉘었다. 반바지와 슬리퍼 차림으로 바람을 맞고 있으니, 아직 물에 들어가지도 않았는데 벌써 극락이다.

"에헤헤헤."

보안관이 그물 침대를 흔들어주자 규영이 환하게 웃는다. 옥상의 반대편, 자동차 안에는 아직도 규영의 형이 있지만, 오늘은 말해주지 않고 일단 덮어두기로 했다.

즐길 수 있을 때 실컷 즐겨두고 싶다. 제니와 태권소녀가 화장실에서 수영복으로 갈아입고 나오면 그때부터 본격 풀 파티 시작이다.

"갈아입었어? 자, 아무 데나 골라서 들어가!"

삼식이가 제니와 태권소녀에게 말을 건네는 소리에 유빈은 자신도 모르게 그쪽으로 고개를 돌렸다. 다른 남자들의 고개도 일제히 돌아간다.

꿀꺽!

오버 사이즈의 얇은 집업 재킷을 위에 걸치고 나온 제니와 태권소녀가 풀의 종류에 관심을 보인다.

"우와, 풀이 세 개나 되네요? 어머, 이 색깔 봐."

"그러게. 전부 물일 거라고 생각했는데, 이건 뭐야?"

삼식이가 자신 있게 대답했다.

"동그란 풀에 들은 건 녹차, 네모난 건 그냥 물, 그리고 여기 이건… 비장의 삼식이 스페셜."

"흠, 흠, 이거… 맥주 아니에요?"

"맞아, 맥주 풀이야. 꿈이 이뤄지는 거지."

별것도 아닌 농담에 까르르, 까르르, 웃으며 제니와 태권소녀는 어느 풀로 들어갈지를 고른다. 결국 그녀들은 생수 풀부터 들어가기로 했다.

둘이 거의 동시에 재킷의 지퍼를 내릴 때, 삼식이를 제외한 남자들은 초고도의 집중 상태로 눈에 힘을 주었다.

"어라! 비키니 아니잖아? 아까 한참 고르는 것 같더니……."

신입이 자신도 모르게 내뱉었다가 무안해져서 급하게 고개를 돌린다. 제니와 태권소녀, 둘 다 래시 가드를 입고 있다.

"이 안에 입었어요."

제니가 머리를 틀어 올려 묶으며 대답해 준다. 물속에 먼저 들어가서 다리를 쭉 편 태권소녀가 아무렇지도 않게 말한다.

"내가 이거 입자고 했어. 너무 비교되는 거 싫어서. 으아… 좋다."

"…그, 그러면 목욕이 안 되잖아. 걱정되는데……."

"이따가 너희 내려가라 하고 우리 둘만 있을 때 씻을 거야.

걱정하지 마. 그리고 경고하는데, 더 지껄이면 곧바로 한 대 찬다. 물볼기 맞으면 더 아플걸? 입든지 벗든지 내 맘이다."

신입은 힘없이 입을 다물었다. 하지만 억울한 것은 신입 혼자만이 아니다. 그물 침대 쪽의 규영이와 보안관도 멍해져 있다.

맥주를 벌컥벌컥 들이켠 보안관이 규영이에게 자신의 분노를 토로한다.

"후우~ 래시 가드 만든 새끼, 누군지 몰라도 감옥에 처넣어야 돼. 네 생각은 어떠냐?"

"나도 속상하긴 한데요. 그러지 말고 물에 어른거리는 저 선이랑 다리를 봐봐요. 지금 눈에 보이는 것도 충분히 아름답잖아요. 그걸 감사하면서… '나쁜 일은 일어나기 마련이다. 그것에 어떻게 반응하느냐가 나의 성품과 삶의 질을 결정한다 — 바이월터 앤더슨' . 그건 그렇고, 아… 카메라를 가지고 왔어야 하는 건데……."

보안관은 규영의 얼굴을 잠시 바라보다가 고개를 끄덕였다.

하긴 예전 내 소원은 제니가 와이셔츠만 입고 있는 걸 보는 거였으니까… 이 정도면 꽤나 근접했다.

"터뜨린다?"

삼식이가 자동차 에어컨을 쐬고 있던 샴페인 병을 가져와 열심히 흔든다. 그러고는 허락이 내리기도 전에 곧바로 마개를 젖혔다.

퐁—

샴페인의 흰 거품이 높이 터져 나오며 사방으로 치솟는다. 삼식이는 모두를 향해 골고루 병을 흔들고 뿌려 댔다.

"하하하하!"

20만 원짜리 샴페인의 반 이상을 뒤집어쓰고 나니 모두의 얼굴에 더 큰 웃음이 피어났다. 1회용 플라스틱 컵에 샴페인을 따라 제니와 태권소녀에게 나눠 준 삼식이는 맥주 풀 안으로 풍덩 뛰어들었다.

"으흐흠~ 달달하구나."

병째 샴페인을 기울이고 나서 삼식이가 고개를 갸웃거린다.

"지금 마신 한 모금이 만 원이라니… 나한테는 너무 사치스러운 것 같은데. 어디……."

그러고는 플라스틱 컵으로 자신이 몸을 담그고 있는 풀 속의 맥주를 떠서 시원하게 쭈욱 들이켰다.

캬아! 역시 이게 더 낫다.

삼식이는 만족했지만, 보고 있던 보안관이 기겁을 한다.

"야, 너 그거 네 땟국물이잖아. 멀쩡한 맥주 두고 왜 그걸 마셔?"

"하하하, 때는 이렇~게 밀어내고 뜨면 되지. 이렇게 건져 내도 되고. 너도 들어와서 이렇게 한잔해 봐. 이거 완전 짱이야."

"됐어, 너나 실컷 마셔. 자, 규영아. 우리도 물에 몸 좀 담그자. 웃차."

보안관은 규영이를 그물 침대에서 들어 올려 녹차 풀 쪽으로 걸어갔다. 규영이가 뺀뺀한 얼굴로 제니와 태권소녀를 돌아보며 말한다.

"아… 내가 미처 말을 못했는데요, 나는 녹차 안 돼요. 알레르기가 있어서 녹차가 닿으면 뭐가 막 나고 엄청 가려워져요. 그냥 물에 들어가야 돼요. 생수 풀 쪽에."

이놈 봐라?

보안관은 의심이 가득한 눈으로 규영을 봤다. 녀석은 시선을 마주치지 않고 딴청을 피운다.

"이리 들어와 봐요, 오빠. 그렇게 서 있지 말고."

제니가 수면을 찰박거리며 다리를 오므려 자리를 만든다. 황송하옵게도… 보안관은 좋으면서도 수줍어서 쭈뼛거렸다.

"그, 근데 내가 들어가면 불편하지 않아? 여자들만 있는데."

"에이, 그런 게 어디 있어요. 그리고 이거 다 오빠들이 힘들게 싸워서 얻은 거잖아요. 빨리 와요. 에잇! 이래도 안 와요?"

제니가 물을 쫙쫙, 끼얹는다. 자, 태권소녀도 한쪽으로 다리를 모아준다.

그, 그러면…….

보안관은 규영이와 함께 첨벙 물속에 몸을 집어넣었다.

커다란 덩치의 보안관이 규영이까지 안고 들어가자 순식간에 물이 확 넘쳤다. 출렁거리며 흘러넘치는 물을 보면서 제니는 가벼운 환호성을 지른다.

"잘했어."

규영을 자리에 앉혀주며 보안관은 작게 귓속말을 속삭였다. 이 어리고 뻔뻔한 변태 놈 덕분에 제니와 같은 풀 속에 들어올 수 있었다.

“오빠, 이쪽으로 다리 펴요. 큰 사람이 그렇게 하고 있으면 불쌍해 보여요.”

제니와 불과 몇 센티 차이를 두고 나란히 다리를 뻗고 있다니, 이게 꿈이라면 나는 영원히 깨고 싶지 않다…….

보안관은 신체 변화를 들키지 않기 위해 엉덩이를 뒤로 빼며 몸 전체에 힘을 줬다.

흐읍! 강철 같은 근육으로 제니의 시선을 사로잡겠노라는 유치한 의지였다.

과연 효과가 있다. 태권소녀와 제니는 그를 빤히 쳐다본다. 옆에서 물장난을 하고 있는 규영이를 보는 게 아니다.

‘오빠, 눈이 부셔요’ 라는 말을 듣게 되면 어쩌지?

보안관은 괜히 두근거리며 제니의 눈을 마주 봤다. 태권소녀가 피식 웃음을 터뜨린다.

“왜? 왜 웃어?”

“아~ 아니, 별건 아니고, 그… 면 티 자국이 너무 선명해서 꼭 분장한 것처럼 보여서…….”

“언니도 그 생각 했어요? 저도요!”

두 미소녀가 까르르 넘어갈 때, 보안관은 자신의 몸을 내려다봤다. 다른 친구들도 다 그러니까 특이하다고 인식하지 못했는데, 목 위와 팔이 너무 새까맣게 타서 아직도 옷을 입고 있는 것 같다. 노가다 때보다 몇 배나 심해졌다.

“이, 이상해?”

보안관이 부끄러워하면서 두 손으로 커다란 몸을 가리려 들자, 태권소녀가 더 당황해서 얼른 손을 내젓는다.

"아냐, 너 몸 좋아. 승모근도 좋고, 삼각근도 전면, 측면, 후면 다 엄청 크고 모양도 잘 잡혔어. 광배근도 그렇고, 전완근도 너처럼 발달한 사람 보기 드물어. 아무나 가질 수 없는 몸이야. 놀린 거 아니야."

음… 분명 칭찬을 듣긴 들었는데, 뭔가 인간으로서 칭찬 받은 게 아니라 고기적으로 품평을 받은 느낌이다.

이 마블링과 육량을 좀 봐! 1++ A등급 한우로군!

보안관이 아직도 손을 내리지 못하고 있자, 제니가 미소를 지으며 말했다.

"오빠, 멋있어요."

그, 그렇지?

보안관은 다시 슬금슬금 손을 내리고 가슴을 쫙 폈다.

"젠장, 쟤 옷 좀 입으라고 하면 안 되냐? 몸이 좋아도 좀 어지간히 좋아야지. 내가 꼭 어린애 같아서 근처엘 못 가겠잖아."

신입이 새로 딴 샴페인 병을 가지고 맥주 풀 안으로 들어오며 중얼거렸다. 여전히 컵으로 휘휘 저어 맥주를 떠서 마시고 있던 삼식이가 대꾸한다.

"어린애 같으면 어때. 이런 사람 있고, 저런 사람 있는 거지. 아참, 오줌 싸면 안 돼. 나 이거 떠서 마시고 있으니까."

"너는 이 새끼야, 잘났으니까 아무렇지도 않게 그딴 말을 씨부릴 수가 있는 거야. 내 입장이 되면 안 그렇다고. 아이! 다리 좀 오므려 봐! 자꾸 닿잖아. 다리도 씨발, 존나게 기네. 야, 그건 그렇고, 이거 죽이기는 한다. 톡 쏘는 게… 한 병에 20이라고 그랬지?"

신입은 투덜거리면서도 샴페인을 홀짝거리고 라벨을 보면서 행복해했다. 삼식이는 자신이 옆에 놓아두었던 모엣 샹동 샴페인을 들어 올려 보여주었다.

"나는 이거랑 그렇게 큰 차이 모르겠던데, 값은 거의 네 배 되더라. 너, 이것도 한 번 먹어봐. 눈 감고 마시면 구분 못할걸?"

"지랄, 너는 입이 싸구려니까 그렇지."

"하하, 엄밀히 말하자면 틀린 말은 아니네. 지금 이것도 먹어본 술 중에 꽤나 비싼 편에 속하니까. 아닌가? 제일 비싼 건가?"

"나도 여자애들이랑 같은 풀에서 놀고 싶구만. 자기 목욕한 물 마시는 또라이 말고."

신입이 한숨을 내쉰다.

하하하, 삼식이는 밝게 웃었다.

"아직 해 떨어지려면 멀었어. 한참 더 놀 건데 뭐."

뭔가 부산스럽던 유빈이 일을 다 마치고 돌아와 녹차 풀에 몸을 담근다.

"여기는 통 인기가 없냐?"

유빈은 건너편 풀의 삼식이와 신입을 향해 맥주 캔을 들어 올렸다. 셋은 허공에서 건배를 하고 일제히 고개를 젖혔다.

"근데 유빈아, 여태까지 뭐했어? 혼자서?"

"아아, 늬들 꽐라 될 때까지 다 취하면 어디서 재울까 그거

궁리했어. 우리 둘이 보안관 업고서 모텔까지 못 갈 거니까. 모텔을 가도 그 비밀 통로로 올리지를 못하겠지."

"우리 오늘 꽐라 돼?"

"백 프로지. 저 술 양을 좀 봐라. 보안관 새끼… 지금도 또 새로 샴페인 딴다, 저거. 혜주는 주량이 어떤지 모르겠네. 안주도 젤리만 먹던데."

"하하, 그래서 어디에서 재울 건데?"

"승합차 한 대 문 따고 좌석 다 눕혀놨어. 덮고 자라고 타월도 몇 장 놔뒀고. 몇 명은 거기, 몇 명은 우리 타고 올라온 차. 그렇게 하면 대충 하룻밤이야 보내낼 수 있겠지, 뭐. 여름이니까."

유빈은 걱정 대장답게 손가락을 꼽아보다가 또 맥주 캔을 기울인다.

"녹차 풀은 어때요? 미끌미끌해요?"

제니와 혜주가 물에 젖어 착 달라붙은 래시 가드 차림으로 다가와 묻는다.

"나, 나도 녹차가 궁금하더라!"

신입이 벌떡 몸을 세워 일어나려다가 엉덩방아로 물보라를 일으켰다. 뜻밖의 바보짓에 또 한바탕 웃음이 터졌다. 주목의 대상이 된 것이 기분 좋은지 신입도 환하게 웃는다.

삼식이는 샴페인을 한 모금 들이켜고서 물 위에 띄워둔 플라스틱 통을 끌어온다. 상자 안에서 담배와 라이터를 꺼낸 삼식이는 만족스러운 얼굴로 연기를 내뿜었다. 그러고는 주변을 둘러

보았다.

담배, 술, 음식, 평화, 친구… 전부 그가 좋아하는 것들뿐이다. 풍요롭고 고마웠다. 매력적인 여자가 없다는 게 좀 아쉽지만… 그 정도는 참을 수 있다. 누구나 완벽할 수는 없는 거니까.

5

건대 쉘터 의무실의 고 하사는 초조한 마음으로 책상을 두드리고 있었다.

똑똑.

노크와 거의 동시에 문이 열린다. 그러고는 중년의 아저씨가 들어선다.

"어깨랑 목이 너무 결리고, 머리도 지끈지끈해서……."

아저씨는 자신이 얼마나 괴로운지 인상을 쓰는 것으로 표현하려 한다.

네, 고 하사는 아저씨의 하소연을 한참 들어주고 서랍을 열었다.

이부프로펜 성분의 진통제. 이제 진통제는 이것밖에 없다. 그것도 딱 스무 알뿐이다. 그가 임수정을 위해 따로 챙겨둔 것들이다. 그녀는 이 약이 더 잘 맞는 것 같다고 했었다.

진통제가 다 떨어졌다.

이미 사흘 전에 왔어야 하는 보급이 계속 감감무소식이다. 강 소위에게 물어봐도 답답한 한숨만 지을 뿐이다. 내일 주변의 약국을 털어 가져오겠다고는 하지만, 역시 보급품이 없으면 감당이 안 된다. 특히나 진통제는 더 그렇다.

생존자들은 대부분 진통제에 의존하고 있다. 정신적인 스트레스를 육체적인 아픔이라고 착각하는지도 모르겠다.

고 하사는 두 알을 뚝 떼어 테이블 위에 올려놓았다.

“두 알 드리겠습니다. 지금 드시고, 저녁 드신 다음이나 가능하시면 내일 아침 식사 후에 드십쇼. 속이 쓰릴 수 있습니다.”

“아이고, 두 알 가지고 불안해서 안 돼. 난 이놈의 통증을 아주 달고 사는데, 그거 한 판 몇 알이야? 그냥 그거 다 주면 되겠네.”

아예 빼앗으려 달려드는 아저씨의 손을 피하며 고 하사가 두 알을 내밀었다.

“안 됩니다. 그렇게 남용하시면 이거 위천공이 생겨서 큰일 날 수도 있습니다. 제가 관리를 해야 돼요.”

엄포를 놓아 겨우 아저씨를 돌려보냈다. 사실대로 약이 다 떨어져서 넉넉히 줄 수 없다고 말할 수는 없다. 그랬다간 대번에 소문이 나고 먼저 약을 쟁여놓으려는 사람들이 미친 듯이 달려올 테니까.

‘이러다가 영영 보급이 안 오면 어쩌지?’

상상만 해도 끔찍해서 고 하사는 진저리를 쳤다. 약은 문제도 아니다. 당장 물과 실탄 보급이 끊기면… 다 죽는 거다.

이제 열여덟 알.

고 하사의 마음은 조금 더 무거워졌다. 임수정에게 ‘약이 없어요' 라고 말하고 싶지 않다. 지금쯤 와주면 정말 좋겠다. 여섯 알쯤 뚝 떼어주고, 한동안 이걸 구하기 어려울지도 모른다고, 아껴 먹으라고 미리 일러주고 싶다.

똑똑.

또 노크.

고 하사는 설렘과 두려움을 동시에 느끼며 고개를 들었다. 들어선 것은 가희다. 이 여자도 어지간히 진통제를 달고 산다.

"안녕하세요."

가희가 혀 짧은 소리를 내며 테이블 맞은편 의자에 앉았다.

"네, 안녕하십니까. 증상이 어떠신데요?"

"몸이… 다 아파요. 관절도 뻐근하고… 누구한테 맞은 것같이, 그렇게 아파요. 가희가 원래 몸이 약해서요."

이 여자의 통증 호소는 엄살이 아니다. 여전히 외모가 예쁘기는 하지만, 요즘 많이 초췌해졌다. 고 하사는 고개를 끄덕이며 진통제 두 알을 떼어 내밀었다.

"두 알… 그러면 내일 또 부탁하러 와야 하는데요. 가희는 번거롭게 해드리기 싫은데."

늘 넉넉하게 주던 것과 비교가 되는지 가희가 머뭇거린다. 고 하사는 얼른 말을 지어냈다.

"아, 이거요. 이게 전에 드시던 약과 다른 성분이 보급이 와서 조금만 드리는 겁니다. 약보다도요, 마음을 편하게 먹는 게 더 중요합니다. 그러면 통증도 줄어들 겁니다."

"그래야 하는 거 아는데요, 가희가 걱정이 많아서 그래요. 여려서.”

“네, 그러시는 것 같네요. 그런데 너무 걱정하지 마시고 마음 푹 놓으세요. 세상이 이렇게 되었어도 쉘터는 안전합니다.”

고 하사의 조언을 들으며 자리에서 몸을 일으키던 가희가 물었다.

“여기가… 정말로 안전할까요?”

그녀의 말이 어딘가 섬뜩하게 들려서 고 하사는 흠칫했다. 하지만 다시 생각해 보니 별것도 아닌 말이다.

많은 사람들이 안심하고 싶어서 흔히들 저렇게 묻는다. 일종의 보채기 같은 거다. 고 하사는 다시 평소의 얼굴로 돌아가 미소를 지어주며 고개를 끄덕였다.

“그럼요. 철통같은 보안입니다. 걱정하실 거 하나도 없습니다. 대한민국 국군을 믿으세요.”

“…그렇겠죠? 고맙습니다.”

가희는 다소곳하게 고개를 숙이고 방을 나갔다. 또 두 알이 줄었다. 고 하사의 등에서 땀이 흘렀다.

가뜩이나 덥고 답답한데다가 매일 아프다고 칭얼대는 사람들만 만나야 하는데, 이제는 약 개수까지 세고 있어야 하다니……. 차라리 좀비 대가리라도 쏠 수 있는 전투병이었으면 좋겠다.

똑똑.

의무실 문은 1분이 멀다 하고 노크 소리를 울려 댄다. 또 새 환자다.

“체한 것 같아요. 아까 밥 먹고 있는데 밖에서 총소리가 울리는 통에 딱 얹혔어요. 아우, 답답해.”

아줌마는 아파 죽겠다고 하는데, 고 하사는 안도의 한숨을 내쉬었다. 진통제가 줄지 않아도 된다. 하지만 보급 없이 이렇게 얼마나 버틸 수 있을까?

가희의 방문으로부터 한 시간도 지나지 않았는데, 진통제는 이제 겨우 여섯 알 남았다.

“하아~”

고 하사는 한숨을 내쉬었다. 차별하면 안 되는 걸 잘 알지만, 이 약은 원래부터 임수정을 위해 챙겨놨던 거다. 그런데 정작 약의 주인인 그녀가 오질 않는 동안 다른 사람들이 야금야금 조금씩 다 뜯어먹고 있다.

속이 상한다. 그녀의 것을 빼앗기고 있는 게 속상하고, 다른 사람에게 약을 줄 때 망설이는 자신의 모습에 실망스러워 속이 상한다.

중대장인 문 대위가 왜 그렇게 장교나 부사관들의 연애에 대해 엄격하게 대응했는지 이제는 절감할 수 있다.

사적인 관계는 공정함을 유지하는 데 확실히 어려움을 준다. 모든 게 넉넉할 때는 잘 드러나지 않지만, 당장 쪼들리기 시작하니까 고민이 깊어졌다.

고 하사는 계속 스스로에게 묻고 있었다.

만약 마지막 두 알이 남았을 때, 그때까지도 다른 환자가 문을 두드리면 어쩌지? 약이 없다고 해? 아니면 감기약 같은 대체

품을 줘?

그렇게 하면 약은 남겠지만, 스스로의 양심과 수용자들 모두를 속이는 게 된다. 임수정뿐만 아니라 다들 너무나 절박한데…….

똑똑.

노크 소리가 난다. 고 하사는 머리를 푹 숙였다. 이 방문을 두드리는 사람들 중 자신과 즐거운 이야기를 나누고자 하는 사람은 거의 없다. 다들 아프다고, 괴롭다고, 네가 준 약이 듣지 않는다고, 조르기만 한다.

그동안은 잘 참았는데, 오늘은 그 역시도 영 괴롭다. 남은 하루만이라도 제발 그만들 좀 찾아와서 괴롭혔으면 좋겠다.

하아~ 또 어떤 사람이 어디가 아픈 걸까?

고 하사는 짜증을 부리지 않아야 한다고 스스로에게 다짐을 했다.

아픈 채로 여기에 갇힌 건 이 사람들의 잘못이 아니다. 어쩔 수 없던 거다. 그런데 노크 소리 뒤에 문 열리는 소리가 들리지 않는다.

응?

고 하사는 고개를 들었다.

다시 똑똑, 이번 노크는 좀 더 커졌다.

"네, 들어오세요."

고 하사가 답을 한 뒤에야 문이 열린다. 그리고 임수정이 들어선다.

아아~

고 하사는 자신도 모르게 안도의 탄식을 내뱉었다. 이렇게 다행스러울 수가.

"아, 피곤하시죠? 죄송합니다. 좀 참아보려고 했는데 두통이 가라앉지를 않네요."

임수정은 한숨의 의미를 착각하고 쭈뼛거린다. 고 하사는 손사래를 치며 의자를 권했다.

"아, 아닙니다. 앉으십쇼. 피곤해서 그런 거 아니에요. 그냥… 후, 머리 아프세요? 참… 계속 그러면 힘드실 텐데."

고 하사는 서랍을 열고 진통제를 꺼냈다. 이놈, 이 약… 지금 테이블 너머에 앉은 그녀에게 이 약을 주지 못할까 봐 온종일 마음을 얼마나 졸였던가. 남은 여섯 알 중 네 알을 떼어 임수정에게 건네며 고 하사가 말했다.

"고맙습니다. 이렇게 와주셔서… 저 정말로 걱정을 많이 했었는데."

"네? 어떤 걱정을……."

"약을 못 드리게 될까 봐 좀 무서웠습니다. 실망하는 얼굴을 보고 싶지 않았거든요."

"그게 무슨 말씀이신지 잘……."

임수정은 정확한 말의 의미를 이해하기 어려워 고 하사의 얼굴을 쳐다봤다. 고 하사도 자신의 설명이 불친절했다는 걸 깨닫고 설명을 보탰다.

"지금 받으신 약하고 이거 두 알이 쉘터에 남아 있는 이부프로펜 진통제 전부예요. 임수정 씨가 오시면 드리려고 모아놨었는데, 근데… 오늘 유난히 이 약을 찾는 사람이 많더라고요. 아마 조금만 늦으셨으면 이나마도 못 드렸을 겁니다.”

“아, 네.”

임수정은 그제야 고개를 끄덕이며 엷은 미소를 지었다.

“고맙습니다. 그런데 그렇게까지 걱정을 끼쳤다니, 죄송하네요. 그냥 다른 약을 먹어도 되는데…….”

“그러면 안 되죠. 저는 제일 좋은 걸 임수정 씨에게 드리고 싶어요.”

스트레스가 과했던 탓일까?

자신도 모르게 진심이 툭 튀어나왔다. 고 하사는 말을 해놓고 아차 싶어 식은땀을 흘렸다.

임수정의 얼굴에도 당황스러운 기색이 역력하다.

미쳤군… 진통제 몇 알로 여자를 홀리겠다는 수작도 아니고, 내가 이게 지금 뭐한 거지…….

고 하사가 난감해하고 있을 때, 임수정이 물었다.

“선생님은… 모든 환자분들에게 그렇게 말씀하세요?”

고 하사에게는 선택의 여지를 열어주는 질문이었다. 여기에서 그가 ‘네’ 라고 하면 말실수가 다 무마된다. 하지만 그래서야 진전도 없다. 그는 리스크를 택하기로 했다. 고 하사는 눈을 질끈 감으며 말했다.

“아뇨! 안 그럽니다! 좋아하는 사람한테만 그렇게 해요. 제가 약을 따로 챙기는 사람은 임수정 씨, 한 사람뿐이에요.”

이제 눈을 떠야 하는데… 씨발, 뜰 용기가 안 난다. 다시 눈을 뜨고 그녀를 봤을 때, 그녀가 곤란해하거나 불쾌해한다면… 어떻게 해야 되지?

이상한 타이밍에 너무 성급하게 고백을 한 것 같은데…….

고 하사는 딱 달라붙어 있으려는 눈꺼풀을 억지로 들어 올렸다.

임수정은 약간 걱정스러운 표정으로 고 하사의 꽉 쥔 손을 내려다보고 있었다. 그리고 그녀가 입을 열기까지 그 몇 초가 고 하사에게는 영원처럼 느껴졌다.

"저는……."

임수정이 시선을 다시 고 하사의 얼굴로 돌리며 입을 뗐다.

"여기 트렌드라고 해야 하나… 그런 걸 잘 모르는데요, 그런 말을 들으면 제가 어떻게 해야 하는지… 어떤 암묵적인 룰 같은 게 있나요?"

이곳 쉘터에서 군인들과 연애하는 다수의 여자들은 아주 빠르게 사랑에 빠져들고, 뜨거운 밀회를 즐긴다. 그게 서로의 공허함이나 두려움을 지우기 위한 것이든, 아니면 뭔가 다른 이유가 있든 엄청난 초스피드라는 것만은 분명하다.

마치 '내일' 이라는 시간이 남겨져 있지 않은 것처럼 사람들은 오늘 할 수 있는 모든 걸 다 해야 직성이 풀리는 모양이다.

주변 사람들과 특별히 친밀하게 관계를 맺고 있지는 않지만, 임수정도 눈과 귀가 있으니까 그런 사실 정도는 안다.

만약 지금 고백을 한 이 젊은 군인이 그런 걸 바라는 거라면 어쩌지?

그것이 고백을 받아 기쁘면서도 동시에 걱정스러운 부분이었다. 나눠본 대화라고는 '어디가 아프세요?' 정도가 전부인 사람과 섹스라니, 아무래도 이상하다.

"네. 있습니다, 그런 룰."

고 하사가 눈을 빛내며 말한다.

역시 그렇구나…….

임수정은 속으로 탄식했다.

뭐라고 하지? 기분을 상하게 하고 싶지는 않은데…….

임수정은 다시 걱정스러운 얼굴이 되어 고 하사의 손으로 시선을 돌렸다. 그의 손은 아주 미세하게 떨리고 있다.

"둘이서 커피를 마시는 겁니다. 이야기도 하면서."

에?

고 하사의 말에 임수정이 다시 고개를 들었다. 무슨 은어인가 싶을 정도로 정통파 구식 데이트 신청. 그녀가 반응하기 전에 고 하사는 빠르게 말을 이었다.

"제 관물대에 캔 커피 여섯 개가 아주 고이 모셔져 있습니다. 데이트 때 함께 마시고 싶어서 그동안 제가 아껴둔 겁니다. 오늘, 아니… 오늘 아니어도 됩니다. 아무 때라도 임수정 씨가 시간 나실 때, 같이 마셔주세요. 참고로 전 아홉 시에 근무 끝납니다."

이쯤 되면 귀엽다. 임수정이 미소를 지으며 대답했다.

"그럼 오늘 아홉 시 반에 만나요."

감격한 표정의 고 하사에게 임수정이 물었다.
"어디에서 기다리고 있을까요?"

고 하사가 마음속으로 만세를 부르고 있을 때, 체육관 3층에서는 무거운 분위기의 회의가 진행 중이었다. 참석한 사람은 다섯. 문 대위와 소위 셋, 그리고 이 원사였다.
"보급 소식은 아직인가?"
문 대위가 물었다. 멍한 얼굴의 박 소위가 그렇다고 대답한다. 무전을 아무리 쳐도 응답이 없다.
"안 좋군요."
문 대위는 이 원사를 돌아봤다. 이 원사는 '다 그런 거지' 하는 얼굴로 종이 철을 넘기며 보고한다.
"소등 시간을 한 시간 당기도록 했습니다. 전등 개수도 삼분의 이로 줄였으니까 그렇게 큰 표는 안 나면서 기름은 꽤 덜 쓸 수 있을 겁니다. 에, 그리고 배식도 일단 이십 프로 정도 양을 줄이라고 말해놨습니다."
"괜찮겠습니까? 이십 프로면 꽤나 큰 차이일 텐데요."
문 대위의 우려에 이 원사는 고개를 저었다.
"충분합니다. 사실 지금까지 중대장님 잘 만난 덕에 사람들이 너무 잘 먹은 겁니다."
강 소위도 그렇게 생각하고 있었다. 언제부터인가 건대 쉘터의 사람들은 슬슬 착각을 하고 있는 것 같다. 이 시설은 고생스럽더라도 살아남도록 해주겠다는 곳이지, 안락하고 평화로운 삶을 위한 휴가지가 아니다.

그런데 문 대위의 배려에 익숙해진 사람들은 점점 더 많은 것을 요구했다. 그러면서도 그게 다행이라거나 고맙다는 생각조차 하지 않는 것 같다.

왜 담배가 이것밖에 지급되지 않느냐고 따지고 달려드는 사람들을 보고 있으면, 정나미가 다 떨어질 지경이었다.

"가정을 하나 해볼까요? 지금부터 보급이 오지 않는다고 가정할 때, 이 원사님이 말씀하신 대로 하면 얼마 정도 더 운영이 가능하겠습니까?"

문 대위의 질문을 받은 이 원사는 곧바로 대답했다.

"사흘 동안 이십 프로를 줄이고 있는 동안에도 보급이 도착하지 않으면, 그다음에는 다시 사십 프로까지 낮출 겁니다. 일단 반찬 가짓수를 줄여야 하겠죠. 사실 고추장에 밥만 먹어도 사람은 몇 달 버틸 수 있습니다. 물론 성질이야 좀 내고 그러겠지만, 중대장님께서는 그런 건 모른 척하시면 됩니다. 제가 다 알아서 하겠습니다. 그렇게 하면 두 달은 갈 겁니다. 쌀은 좀 징발을 해왔거든요."

"하하, 역시 이 원사님이시네요. 그럼 유류와 탄약이 문제인 거군요."

"네, 그렇습니다. 제일 급한 게 화장실입니다. 이런 식으로 보급이 지연되면 앞으로는 계속 펌프로 물을 퍼 와야 하는 건데, 그 귀한 물을 그냥 똥 싸고 쫙쫙 내려 버리고 있으니까 말입니다. 물도 아깝고, 발전기에 쓸 기름도 아깝습니다. 다음 주까지도 보급이 도착하지 않으면 이제 외부에 화장실을 파야 할 것 같습니다. 지하실 있는 건물을 아예 개조를 좀 해서 만들든지 말입니다. 그 기름은 전차로 돌려야지요."

"저는 유류보다도 탄약이 더 아쉽습니다. 벌집탄도 다 떨어졌고… 운용 비용에 비해서 효율이 너무 낮은 것 같아 면목이 없습니다."

전차장이 한숨을 내쉰다.

"무슨 소리야? 밤낮 없이 좁은 전차에서 고생하고 있다는 걸 내가 잘 아는데."

문 대위가 그를 달래고 다시 이 원사에게 물었다.

"탄약은 어떻습니까?"

"에… 그거는 애초에 제가 하루 소비되는 양을 좀 뻥튀기를 해서 보고를 올리고 혹시 몰라서 조금씩 쟁여뒀었는데, 그래도 역시 넉넉하지는 않습니다. 제일 신경 쓰이는 건, 하루에 거의 두 번씩 이 근처로 지나가는, 그 무지개 좀비인지 뭔지 하는 이상한 놈들입니다. 워낙 많기도 하고 자꾸 공사해 놓은 걸 다 부숴놓고 가는 것도 적지 않은 손해고 말입니다. 만약에 그런 놈들이랑 전면전을 하게 되면… 반 정도 죽일 때 탄약이 바닥날 겁니다. 애들이 총을 또 워낙에 못 쏴서……."

이 원사는 생각하는 것만으로도 답답하다는 듯 고개를 저었다. 저쪽에서 좀비들이 응사를 하는 것도 아닌데 명중률이 너무 떨어진다.

물론 그게 다 평시에 사격 훈련보다 삽질과 청소를 더 많이 시켰던 고질적 병폐의 대가이기는 하다.

그나마 희망적인 면이라면 건대 쉘터에서는 오발 사고나 무리한 병력 운용으로 인한 손실이 확연히 적다는 점이었다. 주변 건물들을 먼저 연결하고 그 옥상을 점유해서 사대로 사용하도록 한 중대장의 덕이다.

"무리한 교전만 피하고, 아껴 먹고 싸면 두 달은 버틸 수 있다는 말씀이시군요. 고맙습니다. 이 원사님이 보급 행정을 관리해 주시지 않았으면 지금쯤 난감했을 겁니다."

문 대위의 칭찬에 이 원사는 쑥스럽다는 듯 웃었다.

"허, 아니, 제가 뭘 한 게 있다고… 다 중대장님께서 이것저것 세심하게 신경 써주신 거 그냥 꽉 움켜쥐고 안 풀었던 것뿐인데요. 그런 말씀은 진짜 부끄럽습니다."

가만히 듣고 있던 박 소위가 눈치를 살피며 물었다.

"그런데 중대장님, 두 달간이나 보급이 오지 않을 경우를 상정해야 합니까? 무슨 사연인지는 모르지만, 다음 주에라도 연락을 해오지 않겠습니까?"

"음… 박 소위, 귀관 말이 맞다. 이건 그냥 가정을 해보는 것이라고 이해를 하도록."

"만약 그런 상황이라면 제일 먼저 수감자들부터 해결해야 할 것 같습니다. 보급도 제대로 이뤄지지 않는데 굳이 그런 놈들에게까지 먹을 걸……."

옆자리의 강 소위가 테이블 아래로 손을 뻗어 허벅지를 꽉 잡는 통에 박 소위는 입을 다물었다. 문 대위는 박 소위를 노려보다가 한 번 화를 꾹 참았다. 계속 잔소리만 해 댈 수는 없는 노릇이다.

이 원사도 어이가 없기는 마찬가지였다.

어쩌다가 이런 미친놈과 같은 근무지에 배치되었는지…….

하루가 멀다 하고 밤마다 여자를 끌고 나가 교성을 질러 대는 것까지도 이해할 수 있다. 그럴 나이니까. 하지만 요즘 이놈 때문에 저승 문고리 만지고 온 병사들이 한둘이 아니다.

대체 정신이 어디 박혀 있는지, 총기라는 게 아예 없다. 늘 멍~하니 입을 벌리고 딴생각만 한다. 그래도 된다면 아주 멍석말이를 해서 내다 버리고 싶다.

"다들 돌아가도 좋다. 잘 알고 있겠지만, 오늘 회의 내용은 이 밖으로 유출시키지 않도록. 아, 이 원사님은 저랑 차 한잔하시죠. 제가 커피 잘 끓입니다."

"허허, 잘 밤인데… 그래도 중대장님이 주신다니 기쁘게 마시겠습니다."

어린 장교들을 내보내고 문 대위는 휴대용 가스레인지에 주전자를 올린 뒤 불을 켰다. 물이 끓기를 기다리고 있는 문 대위에게 이 원사가 물었다.

"어이쿠, 정말 커피를 끓이시게요?"

"후후후, 그럼 그냥 말씀드릴까요?"

문 대위가 멋쩍게 웃자 이 원사는 걱정스러운 표정으로 고개를 끄덕였다.

"예, 그러시죠. 무슨 사달이 난 게 맞습니까?"

“음… 그렇습니다. 최악을 대비해야 할 것 같습니다. 실은 어제 잠실에 계신 여단장님 참모께서 연락을 주셨었습니다.”

“뭐라고 하시든가요?”

“누가 찾아왔었답니다, 헬기편으로. 계급이며 소속을 말씀을 안 해주셔서 저도 모르는데, 하여간 그 사람들이 여단장님께 단도직입적으로 묻더랍니다.”

“물어요? 뭐를요?”

“어느 편이냐고.”

허, 이놈의 알력.

이 원사는 앞으로 듣게 될 이야기를 어느 정도 예상할 수 있었다. 그의 눈앞에 서 있는 문 대위만큼은 아니지만, 여단장인 잠실 쉘터의 김 준장도 어지간히 꼿꼿하고 강단이 있는 군인이다.

잠실부터 탈환하고 사람들을 피신시키는, 그 모든 큰 그림을 짠다는 것부터가 일단 보통 인물이 할 수 있는 일이 아니었다.

“그래서 뭐라고 하셨답니까?”

이 원사가 물었다. 그가 알기로 김 준장은 사실 채 장군 라인도 아니다. 문 대위가 미소를 지으며 대답했다.

“ ‘국민 편이다, 이 정신 나간 새끼들아!’ 라고 하셨답니다. 멋지죠?”

멋지긴, 이 대책 없는 양반아…….

이 원사는 바닥이 꺼지는 것처럼 정신이 아득해졌다. 일단 똥구멍을 빼는 척이라도 해서 힘을 모아야지, 이제 보급품 구경하기는 완전히 텄다.

이제 군에서는 김 준장 관할의 잠실과 건대를 포함한 주변 쉘터들을 버릴 것이다. 군인과 민간인을 합쳐 적어도 수만 명이 굶어 죽게 생겼다.

〈『좀비묵시록 82—08』 제12권에서 계속〉

www.bbulmedia.com

www.bbulmedia.com